THE GREAT HONGKONG

DETECTIVE 3

香江神探 福邇，字摩斯3

捲土重來

The Return

莫理斯 著

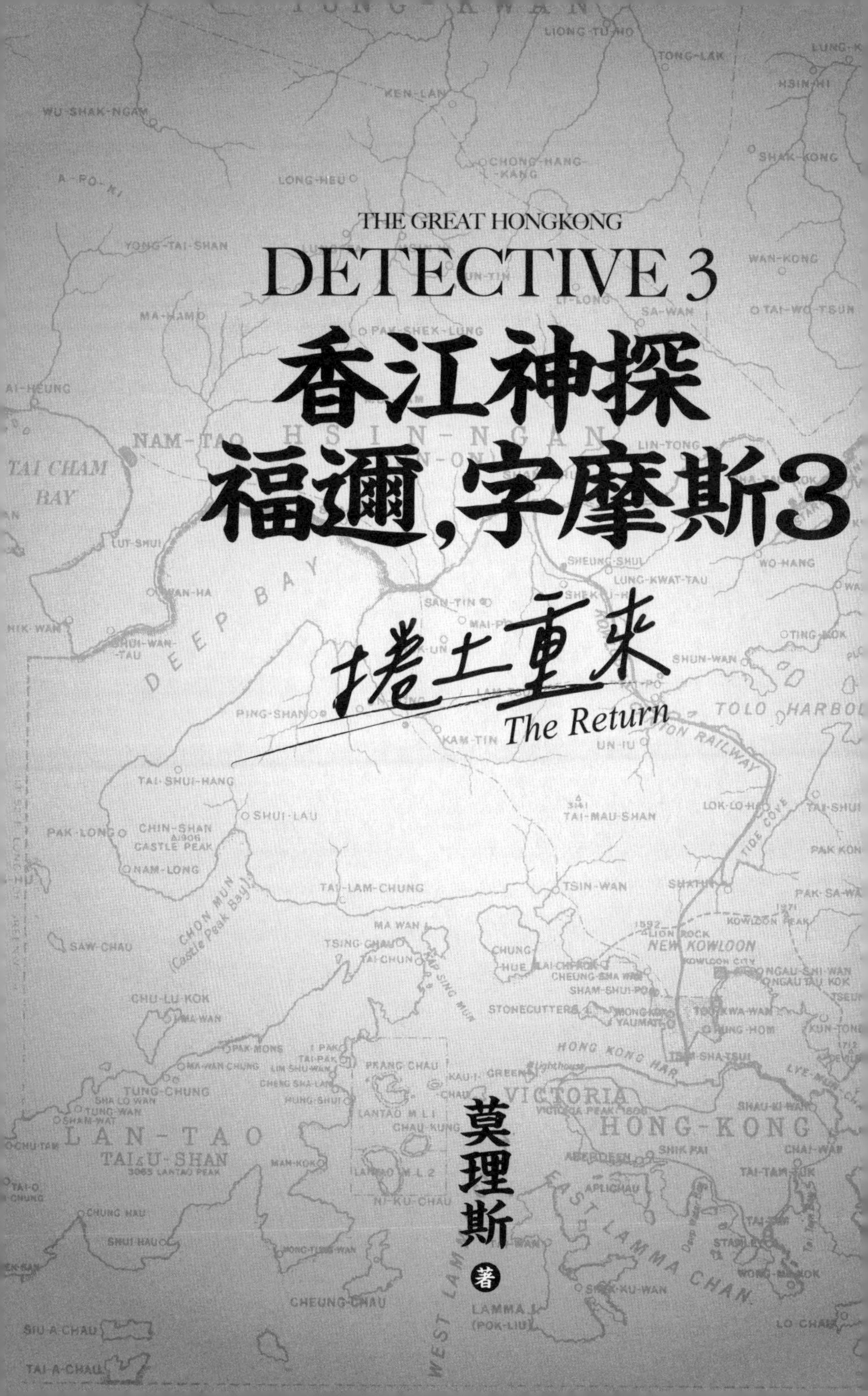

目次

推薦序

世界的香港人：神探福邇

楊佳嫻（作家）

一

福爾摩斯不只是一個虛構偵探，更是一種文化資源，取之不竭。從原作到種種不可思議的改編，華生變成女人，或福爾摩斯與華生均變成女人，或兩人都來到即時通訊與社群媒體混戰的當代，或混入羅曼史小說元素，或製造男男暗流，可以用來傳達十九世紀大都會的美夢與惡夢，表現特定國族的文化特質，或探討當代社會用藥、性別、公共場域之變形等多種主要與次要議題，簡直萬能——那麼，福爾摩斯和他的老夥伴華生，可不可以用來說香港故事呢？

好像一下子跳得太遠了？其實未必。

福爾摩斯誕生於維多利亞時代，香港成爲英國殖民地，也同樣是從維多利亞時代開始。維多利亞女皇（Queen Victoria）是第一代「事頭婆」（Lady Boss，用來暱稱做爲香港公務員老闆的英國女皇），香港至今仍有多處空間與街道以她命名，例如維多利亞港、維多利亞公園、域多利皇后街（Queen Victoria Street，「域」「維」乃對應粵語和國語發音不同所致）。時至今日，回歸後的新世界，文化詮釋權戰爭早已展開，以女皇命名的英治香港記憶是否岌岌可危？

從西西、也斯、小思、辛其氏、董啓章、陳慧、陳浩基到年輕的陳寧等等，不同世代香港作家們嘗試以各種文類、形式，試圖鎖定在特定歷史時段或質疑歷史的可信度，試著講一講英治時代香港故事。一杯鴛鴦是香港，肥土鎮是香港，難以捉摸的永盛街是香港，爭取中文成爲法定語文運動和保衛天星碼頭是香港，港警與港鐵是香港，而莫理斯則把小說之筆推到和西西《飛氈》（一九九六）一樣遠，十九世紀末，福邇與華笙大夫兩位雙語甚至多語的「香江大俠」伏惡斷案緝兇，正表現了香港本色——混染的語言，雜錯的身分，移動的邊界。

二

自莫理斯在台灣推出《香江神探福邇，字摩斯》第一集（二〇一二，港版爲二〇一七）以來，此一瘋狂、嚴肅、娛樂兼具的嘗試，推理迷之間蔚爲話題，晚清研究學術圈裡也不乏愛讀者。在我看來，此一嘗試及其傑出成績，更應擴而觀之：推理文學之外，是歷史文學，是當代武俠的新型態，更是香港文化記憶的特殊展演。

香港一向頗能接受類型小說吸納改造大議題。香港言情小說家亦舒曾寫過《薔薇泡沫》（一九八二），可說是殖民地羅曼史極致。香港女子無意間救起了英國王子，惹出一段纏綿，危及王子早已決定的婚姻，甚至搞到女皇微服訪港只爲了解決這樁意外，人物形象處處影射當時的英國王室。美人與王子邂逅並不罕見，但如果發生於殖民地呢？來自殖民地的女人（正如殖民地也時常以女體譬喻）和作爲殖民宗主的王子？亦舒大膽想像，既符應了羅曼史的跨位階狂戀，也像一記回馬槍，偏要把大英帝國最後餘暉放在最俗套的愛情公式裡重溫。

而在香港回歸二十年後，《香江神探福邇，字摩斯》已推出三集，採用另一種途徑來說香港故事。生活在香港華洋交織社會裡的福邇和華笙，打交道的對象包括了大清官員、殖民地幫辦、改革派知識分子和反清革命分子，周旋於華人、英人與日人之間。他們營救戊戌變法失敗出逃的康有爲與梁啓超，與支持孫中山的宮崎寅藏合作，走入蜑家船、幫派和九龍寨城。科學推理和鄉野奇譚、基督教、易容術、中國武術共榮，也正是東亞在近代的眞實樣貌，新與舊犬牙交錯，東與西互抗互融。

諸位讀者若與我是一代人，第三集中再度讀到黃飛鴻，肯定驚喜。廣東武術史上眞有黃飛鴻其人，幾位徒子徒孫到香港發展，除了精進武術，也與政治和電影脫不了關係。上世紀九〇年代徐克的黃飛鴻系列找來李連杰演出，忠厚、瀟灑且睿智的形象深入人心，由於背景乃晚清廣州，中外接觸最頻密的地區之一，也加入了不少東西新舊碰撞的幽默點。那時候我還是個中學生，黃飛鴻系列電影讓我初步理解到晚清的複雜和趣味，而不僅是台灣歷史課本上一系列背了就忘的條約和喪權辱國的定位。

三

同樣的，藉由福邇和華笙辦案，莫理斯也彰顯了晚清的複雜和趣味，尤其突顯晚清香港的特殊性。香港提供了一個中國及其周邊勢力和英國之間的灰色地帶，相對自由，這裡可以進行台面上與台面下的種種協商，宛如一處飛地。我想起香港賭博類型電影中，雙方常常在船上對決，船必然開到公海，前不著村後不著店，可否視之爲對香港的另類想像？它象徵著無法無天，也象徵著自立運作。九七回歸之前一百多年歷史中，香港就時常扮演這樣的角色。中繼站，轉折點，庇護地，逃難者、犯罪者與異議者，借道或棲居於此。

魯迅當年到香港大談「無聲的中國」，責備香港自外於中國的命運，也借題發揮，針砭中國的麻木病。此一形容有其曖昧性，因爲香港居民以華人爲主又不歸華人管理，究竟算英國還是中國？當它屬於英國，中國知識分子會格外意識到它的中國（性），將它的存在本身當作國體的病癥。可是，莫理斯尤其寫出一個「有聲的香港」，因爲此地通行多種語言，聲景豐富，外國幫辦能說粵語，就連華笙，雖出身清軍營，娶了信奉基督教的瑪麗，也努力學起英語來，還因爲此地知識分子、官員、商人、幫辦們，都有他們對中國如何現代化的看法，目的也許有異，卻同樣讓香港保持開放。

福邇立足香港，放眼世界，早就認定中國必須改變，但是，走哪條路好呢？在這方面，福邇屬於晚清開明派中國人的群體一員。莫理斯雖仍舊把福邇塑造成神探，卻沒有讓他變成孤僻之人，而是充滿好奇心、不輕視其他可能性。他加入了保國會，支持戊戌變法，同情康梁，「畢生抱負乃爲大清自強維新有所建樹」。他報國的願望仍然繫於帝制當權者的一線善念。可是，他也結識了孫文和宮崎，未來，福邇會不會從開明帝制走向革命道路呢？

推薦語

李靜宜（譯者、出版人）

《香江神探福邇，字摩斯》是一部創意斐然的作品。莫理斯魔改《福爾摩斯探案》，讓推理史上形象最鮮明且最深入人心的經典神探福爾摩斯，化身為滿族鑲藍旗的晚清博學之士，在華洋雜處的香港，破解一個又一個謎案。

這個系列小說精彩之處，不僅在於改寫經典故事，既保留原有韻味，又展現新意；同時也在於作者藉由紮實的歷史考據，以細膩精巧的細節，建構起晚清香港的濃烈氛圍，色彩、氣味、聲音，彷彿都透過精湛的文筆，一一重現讀者面前。

嗜讀福爾摩斯探案的讀者可以在莫理斯的魔改裡找到人物置換與情節顛覆的趣味。而從未讀過福爾摩斯的讀者，也可以從莫理斯精心佈局的故事與縝密推敲的文字裡，同時滿足推理小說與歷史小說的閱讀樂趣。

冒業（推理作家）

福大俠回來了！讀者就和華大夫一樣感動莫名，與兩人重新踏上破案之旅。《香江神探福邇，字摩斯》是令香港作家既引以為傲又無比羨慕的偵探小說系列，揉合世界史、香港史、推理解謎和對福爾摩斯正典的致敬，搭配半文半白的古風文字和信手拈來的文獻。這是只有身為香港人且博學多聞的莫理斯才能夠駕馭的超高難度創作。

喬齊安（台灣犯罪作家聯會成員、推理評論家）

在備受好評的前兩集後，「香江雙俠」福邇與華笙的冒險該如何推陳出新，帶給讀者不同的驚喜？那就是莫理斯在第三集「捲土重來」所妙筆刻劃的疆域「新界」。

與現代化的本島大相逕庭，新界成立之初的農業社會特色，為福邇辦案增添不少專屬於鄉野奇譚的風情，如〈雷橋屍變〉的殭屍傳說；內涵更為豐沛的本集再結合了來自村落文化的多元歷史視角，如〈木氏謎墓〉曲折的家族祕辛。雙俠的形象在

「捲土重來」裡更有血有肉，不僅在書中的各界鄉民、黑道眼中蔚爲傳奇，亦於戊戌變法失敗、八國聯軍入侵這段最黑暗的時期，暗中爲推動時代的巨輪而奮戰不懈。最值得歡喜的是，《香江神探福邇，字摩斯》這幅越展開越美麗的香港版「清明上河圖」，仍未推至盡頭，前方還有無限壯闊的景象留待讀者的挖掘與期盼。

譚劍（推理作家）

香港推理近年佳作不絕，我走訪香港各中學進行推廣，《香江神探福邇，字摩斯》一直穩佔我私房書單上的第一位。

我建議同學跳過原著，直接閱讀這個以香港爲背景的系列小說，除了文字精煉，而且有精彩絕倫的邏輯推理，更以百多年前晚清時華洋混融的殖民地、同學覺得既熟悉又陌生的香港爲背景，是上佳的課外讀物。去年香港的劇團把這故事改編爲舞台劇，吸納了讀者以外的粉絲。我在學校的大禮堂播出劇團製作的一分鐘預告，同學都看到興味盎然。

《香江神探福邇，字摩斯》的唯一問題，是莫理斯的魔改太成功太厲害，其他作者就算想依樣畫葫蘆，也要好大膽子才敢把故事背景放在同一時空裡。

空樓魅影

自吾友神探福邇勇赴國難，壯烈捐軀，已過了四個寒暑。我沒有一天不想他。

余以往拙作或幸蒙看官賜閱，已交代過甲午戰爭爆發前夕，福邇與宿敵毛利安藝教授相約大暑正午，於長白山瀑布之巔決一死戰，結果不惜犧牲自己，跟對手同歸於盡。

於此之前，我伴隨福邇探案十多年，無論遇上甚麼危難，他總能逢凶化吉，是以這次雖知對手乃空前勁敵，也從沒想過他最終竟會不剋。毛利安藝不但是敵國間諜魁首，年輕時更是名震東瀛的一代劍豪，一招必殺絕技「蜻蛉構」所向無敵。那年我陪伴福邇由香港遠赴長白山應戰，途上便跟他一路索盡枯腸，不斷試練，尋求破解敵人絕招之法，可惜終於還是不得要領。

雖事隔數年，但二人生死一拚那天的情景依然歷歷在目，涉想猶存。決鬥前夕，福邇擔心我安危，竟給我下了安眠藥，次日自己孤身赴戰。待我一覺驚醒，趕到瀑布時，只來得及目睹福邇和毛利在瀑布邊緣扭纏得難解難分，然後雙雙墮進激流，被滔滔洪水沖去無蹤。

其後，我在瀑頂發現屬於福邇的半截斷劍，才知他那柄前朝尚方寶劍，居然不敵對方的家傳村正魔刀！地上還留下一大灘血跡，福邇想必在兵器被砍斷後亦受了刀傷，唯有在最後關頭奮力抓著毛利不放，不惜殞身亦要跟敵人齊赴黃泉。[1]

如今絕世神探雖已長埋俠骨於寒川之底，但我依然念茲在茲。每次路經域多利城裡與他昔日共行的一街一角，無不觸景傷情；尤其是他位於上環荷李活道貳佰貳拾壹號的故居，曾是我倆同屋共簷之處，更讓人倍感垣瓦依舊，人事已非。

那年福邇啓程赴戰之前，自知吉凶難料，便立下文契，讓侍奉他多年的丫鬟鶴心脫離賤籍，還把整棟物業轉到她名下，讓她往後生活有所依傍。我也曾問過鶴心，要不要把房子賣掉，拿著這筆錢回國自立更新，但她卻堅決不肯，道：「公子吉人自有天相，我不信他眞的會這樣死掉，總有一天會回來。就算我不再是奴婢身分，也要一生一世服侍公子。無論要等多少年，哪怕要等一輩子也好，我也會守在這裡，一直等到他回來。」她如此忠心耿耿，令我欽佩之餘，亦不禁感觸萬分。

荷李活道這棟房子是上居下鋪的格局，樓上兩層福邇留作自住，樓下街鋪本來租給了一家名叫「白記」的糕餅店。因爲甲午年那場瘟疫，餅店東主離港避災後沒有回來，我便順理成章租下空鋪，把經營的醫館「華笙堂」遷址過來，好跟鶴心有個照應。誰又會想到，亡友昔日的丫鬟，這時竟會搖身一變，當上了我的房東？

福邇在香港德隆望尊，當城中華洋各界頃聞他夙殞噩訊，自是大爲震慟，前來憑弔慰問的人士，上至官紳富賈、下至星斗小民，接踵而至，久久不絕。

東華醫院董事在文武廟爲他附薦超度，跟福邇和我有多年交情的嶺南拳王黃飛鴻，帶領一眾徒弟遠道由廣州下來，親自爲故人舞演馬超白獅致敬。之後，爲表彰其功績，許多曾受過他恩惠的人士還合資覓地，爲他立了一個衣冠塚，以昭後人。

至於福邇生前的外國朋友，也依照西式傳統在大會堂一個禮堂內舉行了追悼會，我和妻子瑪麗也有參加。會上，賓客紛紛致辭悼念，我雖自問英語不夠流利，但多得瑪麗指導，勤練許久之後也說了一番話，結語如下：「福邇雖已離去，但不會被遺忘。他是我認識的所有人之中，最卓爾不凡、聰慧睿智的一個。」

人寄於塵世，不過短短數十年，華某能得友如福邇，實在不枉此生。

●○○○○○

1 請見《香江神探福邇，字摩斯2：生死決戰》最後一篇故事〈終極決戰〉。

光陰荏苒，話說已是光緒二十四年戊戌，即西曆一千八百九十八年。

自大清於甲午戰爭慘敗以來，列強對我國蠶食鯨吞，亦變本加厲。之前一年秋末，山東發生教案，兩名德國傳教士不幸被殺，德國以此爲由侵占膠州灣；俄、法、英三國不甘爲後，亦隨即強行分別進據旅順大連、廣州灣及威海。到了這年，英人爲拓展香港殖民地範圍，又與大清訂約，以九十九年爲期，無償租借九龍半島其餘疆域及大嶼山等離島爲「新界」。[2]

然而古語亦有謂：「明主圖危以制變，忠臣慮難以立權。」是年夏，恭親王薨逝，我本以爲其發起的洋務運動亦勢必隨之終結，詎料不久之後，康有爲、梁啓超等愛國志士連番上書的變法主張，竟得到太后默許，由聖上頒佈詔旨，下令改革，實施新政。

福邇生前長居香港，無非是爲了體驗英人統治下洋爲中用的制度政策，取長棄短，待有朝能爲大清自強維新之務作出貢獻。雖然他此番壯志畢生未酬，但假若泉下有知，這刻也必會感到欣慰。

萬料不到入秋之後，太后突又臨朝，廢除新政，幽禁聖上於瀛台，圍捕維新黨眾。誰又會想到，戊戌變法竟會歷時僅百日，還落得這樣悲慘的收場？[3]

可恨我本爲大清綠營軍官，但因傷退役已將近二十年，如今人微位卑，又德薄才疏，空有效國之心，亦無能爲也。自福邇離世後，現唯一力有所及的，是盡量讓更多人得知他的事蹟，是以每有空閒，便潛心寫作，把多年來隨他探案的經歷操觚詳錄，先於省港報章連載，及後又逐漸於全國各地復刊，短短數載之間已幸獲不少讀者青睞，小有名聲。

說到以前伴隨福邇破案，多年來結識了城中不少差人，其中跟我們最有交情的，有三位幫辦。其一是王昆士，他本是全香港唯一的華人幫辦，但一年前已經離職，這時正準備帶同家人回到國內另謀發展；其二是印度幫辦葛渣星，年紀比福邇和我大上十年八年，不久前亦已退休；所以這時只剩下最後一位，洋幫辦麥當奴。

麥當奴來自蘇格蘭，十六七年前初相識時，還是一個剛來香港上任的年輕幫辦，但這時已成爲整個巡捕房裡資歷最深的老臣子之一。他的廣東話早已說得十分流利，而我多年來亦跟福邇和拙荊學會了一點英語，所以跟他交談都是中英文夾雜的。西曆九月將盡時，有天麥當奴來到醫館，請我晚上過去中環喝酒。原來他接到差頭命令，不久將調派到新界成立新差館，所以

---

2 自此，外國列強紛紛在華爭奪特權及劃出勢力範圍和租界，掀起「瓜分中國」風潮。英國在一八九八年六月於北京簽訂《展拓香港界址專條》，向中國租借九龍界限街以北、深圳河以南的「新界」（亦包括大嶼山等離島），為期九十九年，是一九九七年期滿時香港整體主權回歸中國的主因。

3 一八九八年，翁同龢為光緒帝起草《明定國是詔》，經慈禧太后批閱後，於六月十一日頒佈，實行變法，全面改革教育、經濟建設、軍事政治等制度，直到九月二十一日太后臨朝宣佈廢除新政，歷時僅一〇三天。

就任前特地約我一敘，好好道別。

英人愛喝一種麥釀汽酒，[4]多年前，麥當奴最初跟福邇和我熟絡了之後，登門向福邇請教案件之餘，亦偶爾會邀約我們去洋酒館飲幾杯。福邇雖不好杜康，但在英國留學時習慣了洋人這種社交方式，只要有空便樂於奉陪，但我嫌這麥酒多氣，令人胃脹腹膨，所以試過幾次之後，多半會找個藉口婉拒。可是這時我剛脫喪不久，不用再戒酒，而反正每晚回到家裡也只是孤伶伶一個人，便心想，姑且陪他出去喝一次，就算喝醉亦無妨。

香港的洋酒館大多不招待華人，但麥當奴約我去的一間卻例外，以前福邇和我也跟他去過多次。我們邊喝邊聊，不用多久自然談到公事。原來之前一晚，城中發生了一宗離奇命案，當日新聞紙仍未及報導，主理案件的幫辦正好是麥當奴，也不用我多問，他便一五一十的告訴我詳情：「死者是一位日本人，姓相田，是駐香港領事館裡的隨員，三十六歲，未婚。他在半山租住一棟小洋房，位於包雲道接近中環這邊的一段路，家裡除了一個本地聘請的女傭之外便沒有其他人。事發當晚八時許，相田先生吃完飯之後，如常回到二樓的書房工作。過了不久，大概不到十分鐘，女傭在廚房裡突然聽到書房傳出玻璃破碎的聲音，便馬上跑上樓敲門問發生了甚麼事。她聽不見主人回應，開門一看，發現坐在書桌前的相田先生已經上半身趴伏在桌面，一動也不動，書桌面對著的窗口上的玻璃亦已破碎。女傭再看清楚，發現相田先生已經斃命，大驚之下便馬上報案。」

我道：「窗口玻璃破碎，難道是槍殺？」

麥當奴點頭道：「不錯，而且兇手的槍法很準，一槍正中死者額頭。」他呷了一口麥酒，再道：「我到現場看過，死者的書房下面是一個非常陡峭的山坡，兇手若要攀登會十分困難。而且就算眞的讓他攀上山坡頂，礙於角度，也絕對無法從窗外射中二樓書房裡死者所坐的位置。兇手唯一可能開槍的地點，是書房窗口斜對著的一處山頭，少說也有三四十碼距離。我過到那山頭實地視察，發現樹叢之中果然有可容兇手藏身的地方。」

我道：「距離三四十碼，難怪事發時女傭沒聽到槍聲。」

他道：「你說得不錯，在這個距離，女傭在屋裡聽不到槍聲並不出奇。但奇怪的是，屋子對面那山頭附近也有幾間房子，跟兇手唯一可能開槍的地點近得多，可是昨晚我和手下問遍那些屋子的住戶，他們全部都說沒有聽到槍聲。」

我奇道：「怎會這樣？」

---

4 中國首間啤酒廠於一九〇〇年由外國人在哈爾濱成立，三年後德國又在青島開設啤酒廠，這種飲料才開始廣為中國人熟識。最初音譯德文「bier」為「皮酒」或「脾酒」。「啤酒」一詞最早見於一九二二年出版的《青島概要》，「啤」字是之前不存在的新造漢字，沿用至今。

麥當奴道：「我當初也不明白，直到今天去請教專家才知道眞相。」他從衣袋拿出一件用手帕小心包起來的東西，打開來，原來裡面是一個指頭大小的鉛球。「這是醫官今早從死者頭顱挖出來的。」

我拿起鉛球，發覺分量比我想像還要重一點，端詳了一會，便問：「好像是火槍所用的彈頭，對不對？」當年我在軍中燒過洋槍，對火器也有點認識，知道未發明現代銅殼子彈之前，舊式槍械是用紙包著彈頭和火藥來發射的，而更古老的火槍，則要把火藥和彈頭直接塞進槍管，所用的彈頭便正像這種小鉛球。

麥當奴道：「我本來也以爲是火槍子彈，還奇怪兇手爲甚麼會用古董武器。可是今天下午我拿去請教英軍的軍火專家，才知道完全不是那麼一回事。」他湊近我低聲道：「原來兇手用的是氣槍！」

我還是第一次聽說有這種東西，傻問：「甚麼是氣槍？」

他道：「一般槍械使用火藥發射子彈，但氣槍所用的卻是氣壓。氣槍有類似抽塞筒的機械裝置，把大量空氣注入槍身內，產生的壓力足以發射子彈，威力堪比火藥，但聲響卻沒那麼大。」

我道：「難怪左鄰右里都沒有聽到槍聲！」

他取回我手上的小鉛球，道：「軍火專家檢查過這顆鉛球，沒有發現任何火藥痕跡，又量度過它的直徑，說正好跟一些氣槍的口徑吻合，所以一定不會錯。」

我奇道：「可是無論凶器是火槍也好，氣槍也好，兇手拿著一支長槍在城裡出沒，怎會沒有人看見呢？」

麥當奴道：「對啊！雖然包雲道比較僻靜，但案發時間又不是深夜，兇手來回現場時怎會不怕被人看見他拿著槍呢？可是軍火專家卻說，他所用的也許是一把特製的氣槍，可以拆開來方便攜帶，要使用時才重新組合。不然的話，亦可能是一支內藏氣槍的手杖！」

我越聽越覺不可思議，道：「想不到竟有這樣的東西！」

他道：「我也知道有使用一般彈藥的『手杖槍』，通常只能發射一枚子彈，卻不知道原來氣槍竟然也可以藏在手杖裡面。軍火專家還說，手杖氣槍的射程不太遠，三四十碼應已是上限，而且極難瞄準，兇手若真是使用這東西的話，必定是個神槍手！」[5]

---

5 最早使用機械原理把空氣壓縮後射出子彈的槍械，在十六世紀已經出現，之後幾個世紀一直用於軍事，不但威力不輸同時代的火槍，更有發射聲低、無煙火及不受天雨和潮濕環境影響等優點。到了十九世紀初，拿破崙軍隊仍配備可在半分鐘內連續發射二十顆.52（13mm）口徑鉛球的Girandoni1799型氣槍。到了本故事發生的年代，氣槍性能雖已被一般火藥槍械超越，但仍常作打獵及射擊運動等用途，而文中提到的特殊種類如手杖氣槍，亦有實例。

我又問：「那麼爲甚麼會有人要殺害這位日本人呢？既然他是領事館職員，會不會不是私仇，而是政治暗殺？」

麥當奴道：「我也覺得可能是政治暗殺。聽說日本政壇的黨派鬥爭十分厲害，但日本領事館人員甚麼也不肯跟我說，叫我怎樣調查？」他愁眉苦臉地喝了一大口麥酒，又道：「不過就算是政治暗殺，也未必是日本人幹的。你也知道，住在包雲道的差不多全是歐洲人，而凶案現場一帶的居民，更只有死者一個是東方人。可是我問遍周圍的鄰居，整天也沒有人看到有陌生的東方人出現過。」

我問：「你的意思是，這位日本領事館隨員可能是被某西方國家暗殺的？」

他點頭道：「對了。你也知道，近年日本和俄羅斯的關係越來越惡劣，說不定這位日本隨員眞正的身分其實是個間諜，因爲刺探俄國機密而被對方暗殺。」

他不說，我也不會想到凶案可能涉及列強之間的爾虞我詐。甲午戰爭後中日議和，日本原意是要大清割讓遼東半島，但俄國因爲本身在中國東北的利益會受到影響，便聯同德法兩國威逼日本放棄遼東，日俄亦自此交惡。[6]我以前跟福邇探案也遇過外國間諜，便道：「不管兇手來自哪個國家，如果眞是間諜的話，一定比普通罪犯更難對付。」

幫辦道：「雖然城中的日本人和俄國人不算多，但要在其中找出疑犯，又談何容易呢？

我已派了差人保護日本領事館和總領事先生本人，但人手有限，這樣下去也不是辦法。」他長嘆了一口氣：「可惜福先生已經不在，不然的話，他一定可以幫我破案。」說罷舉起手中麥酒，道：「致我們缺席的朋友。」

我跟他碰杯，大家一飲而盡。

●○○○○○

次日是中秋前夕，我不禁憶起當年我初到香港時，也正是迎月之夜，不知不覺已是十七年前的事了。回想期間種種經歷，但覺歲月催人，不勝唏噓。

兩年前，我收了一名學徒，姓安名時達，這時已有十八九歲。他本是福邇戲稱「荷李活道鄉勇」的一員，即是平素爲神探充當跑腿、偶爾幫忙查案的一班街童，到了年紀稍大的時候，我們都會讓他們到義學讀書，或拜個師傅學門手藝。可是在甲午年爆發的那場瘟災中，跟達仔

6　中國在甲午戰爭被日本擊敗後，根據一八九五年《馬關條約》，除了割讓台灣和澎湖列島，本來亦須割讓遼東半島，並賠償二萬萬（兩億）兩白銀。俄、德、法因為在華利益受損，聯合威逼日本讓中國以三千萬兩銀贖回遼東半島，史稱「三國干涉」。其中以俄國與日本在中國東北的競爭最大，最終在一九〇四年導致日俄戰爭爆發。

同齡的小鄉勇幾乎無一倖免，而他自己家裡兄弟姊妹亦盡數罹疫，只剩下早已守寡的母親與之相依爲命。我見他素來對醫術有興趣，又喜歡他聰明勤奮，待他讀畢義學後便收他爲徒，來華笙堂給我做幫手。

這天，我們送走了最後一位病人，已是黃昏時分。正值中秋佳節，鶴心可憐我沒有妻兒在身邊，邀我這幾晚到樓上跟她一起吃飯，於是我便叫阿達先回家陪伴娘親，自己留下來關鋪。

正要鎖門之際，突然有位扶著拐杖、鳶肩羔膝的老翁蹣跚而至，一見到我便顫聲歉道：「華大夫，來得有點晚，眞的不好意思。我老毛病突然又發作，可不可以勞煩你給我看看？」

我一時記不起有沒有給這位先生診過病，看他白首皓髯、滿面皺紋，一開口又露出只掉剩一半、參差巖儳的黃牙，應已達耄耋之齡。他雖然似無大礙，但我不忍心叫一位這個年紀的老人家明天再來，於是開門請他進內。

我請他坐下，轉身走到桌前，打開病人名冊給他登記，問：「先生貴姓？」

想不到此刻在背後回答我的，竟是一把我以爲永遠也不會再聽到的聲音：「華兄，別來無恙嗎？」

我心中猛然一震，立即回身一看，卻不見剛才的傴背老翁，取而代之站在我面前的，卻換了一個挺拔修長的身影——正是這四年來我日思夜想的福邇！

這突如其來的驚嚇，實在非同小可。一時之間，我只覺頭暈目眩，隨即眼前一黑，便當場暈倒了。

●○○○○○

說來慚愧，雖然年輕時作戰沙場，也曾重傷失血而暈倒，但因受嚇昏厥倒還是第一次。我華某平生不信鬼神，但此刻從迷糊之中逐漸蘇醒，卻見眼前果真是福邇的臉孔，又怎不會懷疑是否做夢，還是亡友魂兮歸來？當下急問：「福兄，真的是你？」

他含笑答道：「真的是我。」

這時我已清醒過來，方意會他適才及時抓著我臂膀，沒讓我暈倒地上那麼狼狽，還扶我到椅子坐下。我感覺他的手掌明明有血有肉，的確不像是夢。再看清楚他臉上依然留有假的眼袋和皺紋，連兩條白色的假眉毛也未脫下，只是扯掉了本來戴著的假髮和假鬚子，我才終於明白那位登門求醫的老者是他假扮的。

我忍不住眼淚奪眶而出，緊緊捉著他手臂不放，道：「四年了！我想得你好苦！」

他也不禁雙目一紅，答道：「我又何嘗不想你？」

久別重逢，我激動之下居然又暈又哭那麼失儀，慌忙把臉一側，快快抹掉眼角淚水才問：「長白山上，我明明看著你和毛利一起掉下瀑布……那天到底發生了甚麼事？這四年來你去了哪裡？為甚麼不讓我知道你沒有死、過了這麼久才回來？為何還扮成老翁的模樣？」

他聽了我一輪問題，垂首浩嘆道：「說來話長。我暫時不能讓人知道我回來了，所以才假扮成老翁來掩人耳目。剛來到華笙堂時，發現你原來收了達仔做學徒，只好等到他離去才現身。不如我們上樓到舊居泡壺茶喝，我再跟你慢慢解釋。鶴心在嗎？」

我道：「今晚迎月，我們約好一起在樓上吃飯，她大概去了街市買菜仍未回來。我們行後樓梯上去吧。」

荷李活道貳佰貳拾壹號這棟樓宇，樓下甲號和樓上乙號都各自有對著大街的正門，但在房子背面卻有道互相連接的後樓梯。以前樓下鋪位租給人做糕餅店的時候，上下兩戶平時沒有來往，都會鎖著開往後樓梯的裡門；但自從我把華笙堂搬來這兒之後，鶴心和我都習慣不鎖後樓梯門，好讓彼此要找對方時，不用走出大門到街上那麼麻煩。

我和福邇上到二樓，見鶴心果然不在，便自行到廚房燒水泡茶。福邇脫掉貼在臉上的假眉毛和假眼袋，用手帕抹去面上油彩，回復了本來面目，果然神采依舊，數載歲月未曾在他容顏上留下一絲痕跡。

我奇問：「剛才你扮成老人家的樣子，我明明看見你口裡的牙齒掉了一半，是怎樣假裝出來的？」

他從懷裡拿出那副齖齵疏落的假牙給我看，笑道：「這是特製的假牙，牙肉的部分其實是套在眞牙上面的，所以不但讓口裡的牙齒看起來掉了一半，戴上了還會稍微改變面型。」

福邇見水已燒到將沸未沸的當兒，正好用來泡茶，便選了一罐謝裕大茶行黃山毛峰，和我一起把茶具拿進大廳。他看見廳內所有擺設竟然一如往昔，彷彿自他當年離開後便連碰也沒有人碰過，不禁大爲感動。

我道：「鶴心一直都不肯相信你眞的去世，總是說，公子一定會回來，所以把屋裡每一樣物件都保持著原來的樣子。」

他一時無語，緩緩行遍大廳一圈，伸手輕觸書架上滿載的典籍、桌子上用來做科學實驗的器皿，終於感慨萬分道：「就像我沒有離開過一樣。這幾年來眞的委屈了你們。」

我們坐下，他便把毛峰放進兩個白瓷杯裡，倒水加蓋泡了一會再揭開蓋子，頓時飄出一陣芳香如蘭的霧氣。只見茶色清碧泛黃，入口後甘醇滋味滲透肺腑，韻味深長。我喟然道：「此情此景，眞的就像你沒有離開過一樣。」

待我們又喝了兩口茶，他才道：「現在才知原來令尊仙遊已有三年，未能慰唁，實在抱歉。」

我道：「父母恩深終須別，先父享年八十有三，是喜喪了。三年前的事情，你怎會知道的？」

福邇指指我衣服道：「在大城市裡不便長穿全孝，如今許多人都以孝誌替代。你褂子衣臂上隱約可見有剛拆線不久的針縫痕跡，依線紋的形狀來看，正是縫上一段日子的孝誌。我記得你家裡對上只有令尊和令堂兩位長輩，孝誌縫痕是在右臂之上而不是左臂，即代表失怙而非失恃。丁艱之期爲三年，既然你最近才脫孝，便知道尊翁甚麼時候作古。」

我摸摸衣臂，果然摸到衣料上仍留有針痕，之前連我自己也沒有察覺。

他微微一笑又道：「還要恭喜你再度添丁。嫂子和三個孩子都好嗎？他們不在香港，想必是去了福州探望令堂吧？」

我笑道：「你怎知道我們添了個老三？瑪麗其實希望這次可以生個女兒，想不到還是男孩。」吾妻是基督徒，我雖沒隨她入教，但也習慣用教名喚她。「家父過世時他才出生不久，瑪麗不便帶著個襁褓嬰兒跟我遠赴福州奔喪，所以我們等到孩子大了一點，這個夏天才一家五口回老家探望我娘親。我不便離開醫館太久，自己先行回來，但瑪麗和三個孩子還有一個月才返港。你是怎樣看出來的？」

福邇道：「我剛才在樓下，留意到幾份包好的禮物放在了一角，看來是你準備送給家人的。禮物有四份而不是三份，當然是因為添了一小孩之故。既然你買齊了禮物給妻子和三個孩子，早應拿回家送給他們，為甚麼仍放在醫館裡呢？給四位家人每人都送一份禮物，那當然不會是慶祝生日，而尚有多月才到耶穌誕及農曆新春，若說你現在已經為妻兒預備好過節禮物，又似乎言之過早。所以我便想到，嫂子和孩子目前一定不在香港，這些禮物是買來歡迎他們回家的。你把禮物放在醫館裡，而不是在家中，是因為這裡離港口較近，你打算接船的時候拿到碼頭送給他們。接著又聽你說，今晚迎月和鶴心一起在這兒吃飯，便證實了這個想法。因為自你成親之後，每逢過節，都是你和嫂子請我和鶴心到你們家裡一起吃飯慶祝的，嫂子和孩子不在香港，鶴心才會反過來請你在這兒吃飯。」

我呵呵道：「你一點也沒變，還是那麼料事如神。」

他也笑道：「小兒子叫甚麼名字，我可看不出來。」

我答道：「我和瑪麗給他取名『思福』。」

他聽了，一時說不出話來，良久才有感而道：「我好想見他們。」

談了這麼久，我急著想知道他這幾年來發生了甚麼事，便再也忍耐不住，連珠發炮般追問：「你還不告訴我，你在長白山上是怎樣死裡逃生的？為甚麼要瞞著我們？還過了這麼久才回來？」

福邇道：「說來話長。我回到香港，是爲了營救康南海先生。」

●○○○○○

我驚訝道：「原來康有爲逃亡到香港？」

他點頭道：「不錯。他今天一早到埗，香港政府官員已接他到大差館暫住，以保安全。明天的新聞紙應會公報他抵港的消息。」

我一時闔不上嘴巴，問：「這到底是怎麼一回事？」

福邇解釋道：「這四年來，我一直身在外國，但幾個月前一聽到康梁變法的消息，自是馬上趕回北京。我假裝成英國長大的華僑，毛遂自薦加入了保國會，卻想不到還未開始參與改革大業，卻反而要協助他們逃亡。太后下令緝拿維新黨員時，我及時收到消息，馬上送梁啓超到日本使館躲避，但那時康有爲剛巧有事南下，前一天已離開了京城。康先生打道天津經煙台前往上海，我馬上動身追趕，可是到達煙台時遲了一步，他已上了一艘英屬船隻出發，顯然茫然不知自己正被朝廷通緝。這時已有多人在北京被捕，康先生的行程亦已洩露，是以待他抵達上海，甫一登岸便會就擒。情況迫在眉睫，我立刻聯絡了煙台的英國領事，請求英方向康先生提供庇護。可幸英國人辦事神速，及時派員在吳淞口攔截該船，告訴康先生發生了甚麼事情，還把他轉到另一艘英國註冊的船上。」

我問：「那你是不是跟他會合，一起來到香港？」

他點頭道：「不錯。我一知道康先生已安全，原意是趕回京城設法營救其他人，但這時得知譚嗣同等六君子俱成階下囚，已經愛莫能助，所以最後還是決定隨康先生前來香港。爲安全計，英國人調派一艘戰艦到吳淞口護送康先生的船來港，所以我剛來得及趕到那裡上船跟他會合；英方雖然不知道我眞正身分，只知道我是保國會成員，但也給我作出適當安排。」[7]

我沮喪道：「你有沒有看今天的新聞紙？譚嗣同先生等六位，昨天已經處斬了。」

福邇黯然惋喟：「六君子未訊而誅，齎志以歿，我們現在更是必須確保康先生安全。」[8]

我奇道：「康先生已來到香港，還不夠安全嗎？」

---

7 康有為於九月二十三日坐船抵達上海，幸得英國駐滬總領事館及時派人攔截，轉登英國輪船「皮瑞里號」（Ballarat）避開清廷追捕。該船其後在英國軍艦護航下，於九月二十九日抵達香港。

8 變法派代表人物譚嗣同、林旭、楊銳、楊深秀、劉光第和康廣仁，合稱「戊戌六君子」，百日維新失敗後被捕，未經審訊便於九月二十八日在北京菜市口法場處斬。

他道：「今早我陪康先生抵達域多利城，才向迎接他的本地官員表露我的眞正身分。巡捕房總管梅亨利先生也在場，他跟我本來便認識，見我竟然死而復生，自然是吃了一驚。我也正是跟他談到康先生保安問題的時候，才發現事情有變。你知不知道，日本駐香港領事館有位隨員剛被人暗殺？」

我心裡打了一個突，道：「碰巧麥當奴昨晚告訴了我。這宗兇案怎會跟康先生有關？」

他道：「送南海先生到來香港，也只是權宜之計。我在船上跟他討論過，英國人未必願意讓他流亡到大不列顛。梁啓超已得到日本庇護，雖然現況未明，但多半會祕密潛逃到東洋，所以康先生覺得那裡可能才是首選。英人這次護送康先生來香港，雖不是張揚的事情，但難免走漏風聲。我懷疑這個死去的日本隨員，正是因爲知道康先生將會抵達香港，準備游說他投奔日本，所以才會被暗殺。」

我心中突然泛起一個可怕的念頭，惴問：「會不會……是黏竿處所爲？」

黏竿處是大清極其隱祕的密探機關，如今雖已遠遠不及雍正一朝初創立時的規模，但也不容小覷。福邇的兄長福邁，才智謀略跟其弟不相伯仲，便正是指揮所有大清間諜和密探的黏竿處總管。兩兄弟雖曾聯手抵抗外敵，但因爲對於法治有截然不同的理念，所以多年來，手足之間亦有失睦鬩牆的時候。

想不到福邇卻搖頭答道：「這不是黏竿處所爲。太后下令圍捕維新黨時，向我通風報訊的不是別人，正是家兄。他其實也支持變法，而且他若要對付康梁兩位的話，早就有所行動了，採用的亦不會是這種方法。暗殺日本領事館隨員的兇手，另有其人。」

我道：「麥當奴懷疑是俄羅斯間諜幹的。」

他斬釘截鐵道：「不是俄國間諜。依我看，兇手是毛利安藝的殘餘黨羽才對！」

●○○○○○

我駭道：「毛利安藝已死了這麼久，居然還有餘黨？」

福邇道：「他的祕密組織並沒有隨他身亡而土崩瓦解，而是分裂了一個新的黨派出來。你也許知道，日本在甲午戰爭大獲全勝後，朝野之中仍有許多人主張必須乘勢追擊、繼續征討。毛利教授遺下的組織也一樣，少數的激進分子認爲執政者戰後對待中國的策略過於軟弱，便形成了一個新的黨派來暗中反抗。如今日本有意收留康梁兩位維新領袖，說穿了無非也是爲了培養一股反清親日的力量，但主戰的毛利餘黨卻不會認同這做法，只會認爲是助長敵國之舉。依我看，暗殺日本駐港領事人員正是他們所爲，除了企圖妨礙康有爲赴日之外，亦可能是因爲這位隨員正在調查他們。假如讓他們有機可乘的話，恐怕更會嘗試暗殺康先生。」

若不聽他解釋，我也不會想到康南海先生來到香港，非但依然未脫險境，而刺殺之厄，更竟然來自日本人。當下忙問：「那麼你有沒有告訴差頭？」

他道：「當然有。梅先生知道事態嚴重，馬上安排康先生到大差館暫住。那裡守衛森嚴，大概比總督府還要安全，但話雖如此，一日抓不到刺客，大家也一日無法安枕。」

我又問：「你知道這個刺客是誰嗎？」

他道：「我懷疑刺客正是毛利餘黨的首領。此人姓村野，名叫『維參與昴』的昴，綽號『白虎』。[9]他雖姓村野，卻絕非一介山野村夫，縱使身世遠遠不及毛利安藝顯赫，但也是來自武士家族。村野昴武藝高強，劍槍騎射無一不精。三十年前，他參加過鳥羽伏見戰役，那個時候得到毛利安藝賞識。明治初年，他投身新成立的軍隊，在軍中練就了一手百發百中的洋槍射擊術，成爲著名的神槍手。」

我一拍大腿道：「果然是個神槍手！難怪從老遠也能夠用氣槍射中死者額頭！」

不料福邇卻搖頭道：「他使用的不是氣槍。」

我奇道：「他不是用氣槍？那用甚麼？」

他微微一笑，滿有玄機的答道：「晉靈公不君。」

我一時不明白他爲何會說一句這麼不著邊際的話，但我知道出處，便隨口唸道：「『晉靈公不君，厚斂以雕牆……』」接下來兩句還未出口，便恍然大悟了：「原來如此！」

他見我想通了，便繼續道：「二十一年前，村野昂在西南戰爭中立過大功，到了十多年前退役時已官至大佐。毛利安藝把他羅至帳下，自此他便成爲了教授的股肱心膂。甲午戰爭爆發前，日本部隊突襲漢城王宮，威逼朝鮮國王將大權轉交大院君攝政，村野正是背後策劃者之一。次年，閔妃在俄國支持下發動政變，村野更親自上陣，帶領日本浪人再度攻入宮殿，殺害閔妃。由此可見，他是個多麼心狠手辣的對手！」

●○○○○○

聽福邇說罷護送康有爲來香港的始末，我最急切想知道的，還是他如何在四年前的決戰死裡逃生，便道：「長白山決鬥那天，我明明親眼看見你和毛利安藝一起掉下瀑布，被洪流沖

---

9 二十八宿之一的昴宿，是西方白虎七宿的第四宿，有七顆恆星，即位於金牛座的七姊妹星團。《詩經·國風·召南·小星》：「嘒彼小星，維參與昴。」指參星和昴星。

走，怎會大難不死？」

他道：「這得先從我如何破解毛利的必殺絕招說起。」

我詫道：「原來你最後還是破解了他那絕招『蜻蛉構』？事後我上到瀑布之巔，在地上發現你的半截斷劍，還以爲……」

他道：「我知道。你後來把整件事情寫成故事，出版之後家兄弄來一份給我看。你發現半截斷了的中國劍，便以爲我那柄尚方寶劍被毛利的村正魔刀劈斷了。不過你看錯了，地上那半截斷劍並不是我的尚方劍。」

我傻道：「不是你的尚方劍？」

福邇道：「毛利安藝武功深不可測，那招必殺絕技『蜻蛉構』更是所向披靡，刀下從來沒有留過活口。你我由香港前往長白山赴戰途中，雖然搜索枯腸，不斷試練，但也一直尋求不到破解之法。你記不記得後來到了山上，你問過我有沒有想出破解毛利絕招的方法？其實那時我已經決定了，唯一可行的戰術，便是跟敵人同歸於盡，只是無法開口告訴你而已。」他頓了一頓，又道：「那尚方劍是故人所贈，我既已抱著必死之心，準備跟毛利共赴黃泉，又豈能讓寶劍隨我而亡呢？」

我道：「我也知道那把劍對你如何重要。決戰前我陪你練劍，你始終不肯使用寶劍，說尚方劍只能相向敵人，不能相向朋友，所以只用了一把普通鋼劍……」我腦裡忽然靈光一閃，道：「難道那天你便是拿著那把劍跟毛利決鬥？」

他點頭道：「不錯。」

我恍然大悟道：「難怪我發現斷劍時，覺得它好像變得黯然無光似的！我還道是因爲人亡劍亡之故，原來根本不是同一把劍！」我再想了一想，卻還是似懂非懂，便問：「但我仍不明白，你連劍都斷了，又怎樣破解毛利的必殺絕招呢？」

他道：「正是因爲我決定帶著那把尋常鋼劍赴戰，才能破解毛利的必殺絕招。你一定記得蜻蛉構厲害之處吧？」

我道：「這是返璞歸眞的招式，把刀尖朝天直豎於右肩之上，姿勢猶如蜻蜓憩息舉起尾巴的模樣，無論對方是進攻還是退守，都是全力一刀劈下去，以不變應萬變。正如你跟我說過，這攻守兼備的絕技，在毛利安藝手上已達到爐火純青的境界，防衛時無隙可蹈，進擊時則無從抵擋。我們由香港一路去到長白山，途中絞盡腦汁，也想不出破解之法。」

福邇點頭道：「不錯。還有，毛利教授身高跟我相若，但使用的村正古刀卻比我的中國劍更長，所以就算我出招的速度不慢於他，也無法在蜻蛉構斬下來之前刺中他。」他頓了一頓，又道：「我本擬在瀑底一旁跟毛利決鬥，因爲地方較寬，我便可以採取遊鬥的戰略，依靠靈活步法偏避其鋒，讓他的蜻蛉構沒那麼容易施展出來，這樣才有機會尋找破綻進攻。但我這種應對方法，他又怎會預料不到？他在決戰前一天給我發戰帖，道明正午在瀑頂恭候，目的便是逼我在狹窄的空間，無可閃避，不得不迎面硬接他的必殺絕技！」

我不忿道：「對！當時我們也看出他戰帖背後的用意。但你爲甚麼明知故犯，甘心墮入他的圈套？」

他道：「因爲我知道就算採用避重就輕的遊鬥打法，也難以取勝。毛利用蜻蛉構斬殺過的對手不計其數，其中使用過同一戰略的必定大不乏人，但當然是無一奏效。要知蜻蛉構厲害之處，在於可攻可守，若是圍繞著他遊鬥，固然讓他難以進攻，但他只要穩持守勢，以靜制動，那麼久耗之下首先露出破綻的便必定是對方。」他頓了一頓，繼續道：「所以我想到，與其跟他爭取地利，倒不如索性讓他占了這個便宜，因爲唯有這樣自處劣境，才反而有敗中求勝之望。」

我聽他越說越凶險，急問：「那麼你終於怎樣破解蜻蛉構？」

他道：「那天我臨走時，給你留下的遺書也寫得很清楚。這場決鬥，我已把生死置諸道外，只求取得毛利性命，就算同歸於盡也在所不惜；最後竟然僥倖不死，連我自己也難以置信呢。」他閉目回想了片刻，才再道：「一如所料，我和毛利決鬥時，大家甫拔兵器，他便馬上擺起蜻蛉構的架式。我們對峙了一會，他的刀勢凌駕於我長劍之上，步步進逼，很快便令我退到激流邊緣。我知道只要一腳踏進水裡，便再無退路，那就是他出招的時候，教我不得不硬接他雷霆一斬！」

我雖然已知道誰勝誰負，但仍不禁手心捏一把汗，忍不住道：「這麼說，你一定是在毛利揮刀的一剎那，同時使用你那式跳步直刺的祕技對攻吧？」

我所說的，乃福邇自創的險招，揉合了中華與西洋劍術的精髓，向前直刺時前弓的右腿同時跨跳出一步，讓身形暴增，在敵人斬下來之前搶進對方內門，一劍貫穿他的身體。那年在長白瀑布決戰之前，他曾經迎戰過毛利一名盡得眞傳的徒弟，當時用來破解對方蜻蛉構的，正是這招式。

不料福邇卻搖頭答道：「不是。這一招用於毛利的弟子也僅能險勝而已，用來對付師父，卻必敗無疑。跳步直刺的缺點，是假若對方能及時側閃的話，自己便門戶大開，無法避過敵人從旁劈下來的一刀。」

他見我默默點頭，便繼續道：「剛才說到，瀑布頂上空間有限，不足以讓我跟他遊鬥，毛利便步步進逼，令我退到湍湍洪流邊緣。當我退無可退，後腳還差一步便要踏進水裡之際，毛利馬上發難，一刀朝我左肩劈下！那速度和力量，遠遠超越了他的弟子，我若眞是用那招跳步前刺的話，非但必死無疑，更是多半賠上了性命也刺他不著。」

他緩緩喝了一口茶，才再道：「幸好我早已另有戰略。他揮刀的剎那，我已作好準備，直攖其鋒，用左掌平托劍脊，雙手橫舉長劍硬擋。『鏗！』的一響，我手中鋼劍抵擋不了毛利雷霆萬鈞的一擊，應聲折斷。」

我聽了不敢置信，驚道：「你故意不帶尙方寶劍，難道竟是爲了讓毛利劈斷你手中的長劍？」

他點頭道：「不錯。你也知道我十分珍惜那把尙方劍，我赴戰前決定棄之不用，本來也只是不忍讓它損毀，但正因爲這個念頭，卻讓我及時悟出破解蜻蛉構的方法。我既然知道毛利所用的是削鐵如泥的村正魔刀，卻偏偏帶一把尋常鋼劍去跟他決鬥，還故意讓他一刀平斬在劍脊之上，便正是要他把我的兵器從中劈斷！」

我大惑不解，忙問：「爲甚麼呢？」

他道：「我已下定決心跟毛利同歸於盡，用雙手平舉劍硬擋蜻蛉構下劈，正是要讓自己的長劍一斷爲二。當毛利刀鋒砍進我左肩的一瞬間，我便拚盡最後一口氣，用手中斷劍刺死敵人！」

他說得理所當然，但我聽了不禁冷汗滲背。我明白福邇這捨身求勝的奇招，高明之處在於手中長劍若不斷成一半、頓時變短的話，便無法在這種近身距離之內用來刺中敵人。可是他雖然豁出了一切來硬挨毛利一刀，結果卻明顯安然無恙，沒被對方擊中；不然的話，縱使能撿回性命也起碼要賠上一條臂膀才對。當下便問：「可是……你怎會沒有被他劈中呢？」

他感慨道：「只能說是我命不該絕。也不知是否因爲我決心一死，上天卻反而給予我一線生機。正當毛利把我長劍劈斷的刹那，他右腕剛巧觸及我本來托著劍脊的左掌。你也知道我熟練擒拿術，千鈞一髮之間，連我自己也沒爲意是怎麼回事，我左手已牢牢抓著毛利手腕。如此陰差陽錯，他這一刀竟然被我截著，砍不下來；但與此同時，我右手裡的半截斷劍卻已插進了他的心窩！」

我雖然沒有目睹福邇和毛利的戰況，但聽了他的描述，腦海自浮現出當時情景，令我良久無語。

過了一會，我才想到事情還有蹊蹺之處，便問：「可是那天我趕到決戰地點的時候，卻遠遠已看見你和毛利教授在瀑頂糾纏了好一會，跟你剛才所說的情況不一樣。之後你還跟他一起掉落瀑布，被洪流沖走。這到底又是怎麼一回事？」

福邇道：「你還不明白嗎？你的確看見我和毛利教授在瀑頂糾纏沒錯，但其實他當時已經斃命。」

我這刻才如夢初醒，道：「這麼說……你是抱著他的屍體，做戲給我看了？」

福邇點頭歉道：「我也是逼不得已才這樣做。不過之後和毛利屍體雙雙掉下瀑布的，卻不是我，而是另有其人。」

我剛才還以爲明白了他的把戲，但此際又糊塗了，問道：「另有其人？怎會突然無端多冒出一個人來？」

他得意微笑道：「之前我故意沒跟你說清楚，是要看看你能否自己想出來。」

我苦笑道：「我怎會想得出來呢？」

他道：「你陪著我千里迢迢遠赴長白山，沿途還有家兄手下護送，難道沒有想過毛利教授也不會孤身赴戰嗎？」

我一想又是，便靜靜聽他說下去。

他繼續道：「那天我單獨一人，準時上到瀑布之巔，毛利已在等候，旁邊還有一個三十來四十歲的日本人，他說是帶來見證戰果的。他見你沒有出現，想必猜到是怎麼回事，也沒有多問。」

我惶然道：「那麼當日你在瀑布上竟是以一敵二了？」

他道：「毛利視我爲生平最後一個堪與他一比高下的勁敵，決戰之時當然也要跟我單打獨鬥，親手把我斬殺刀下而後快，不會假手於人。所以他帶了一個弟子來觀戰，我也沒有異議。可是……」

他再度墮入回憶之中，過了片刻，才緩緩道：「我把斷劍刺進毛利胸膛之際，連我自己也不能相信竟然能夠扭轉乾坤。時間彷彿慢了下來，毛利雙目睜圓的瞪著我，斷氣的一霎仍死不瞑目，而他帶來的那個日本人更是木立一旁，過了頃刻，才慌忙從懷中掏出一把手槍來對付我。也不知道他是否一心爲主子報仇，還是毛利教授老謀深算，事前吩咐過他，萬一我戰勝也決計不能讓我活命。」

我又驚又怒，斥道：「好陰毒！」

福邇道：「可幸這刻我有如神助，當那人提起手槍指向我時，毛利的刀不知怎地到了我手中。對方未及開火，我已衝了過去，一刀把他劈死。」他長嘆了一聲，又道：「這場決鬥，眞的應驗了毛利這把村正魔刀『一出鞘便必須沾血』的傳說。毛利死於我的劍下，他的刀喝不成我的血，卻反而假我之手，取了他親信的性命。」

聽他說罷，我忽然心念一動，問：「這麼說……跟毛利一起掉下瀑布的其實是他這個親信？」

福邇讚道：「不錯，你想通了。」

我一邊想像當時情景，一邊說：「你在瀑布居高臨下，遠遠看到我趕來，便抱起毛利的屍體，還把武士刀塞在他手裡，假裝跟他糾纏……我一見狀，自是急奔上瀑布旁的山坡，你便趁著這時候退到我看不見的地方，迅速把自己的外衣穿到另外那具屍體身上，還讓他戴上你的帽子……」

他點頭道：「我查案時經常喬裝易服，手法熟練，所以一兩下子便把衣帽套到另外那具屍體身上。我把這人拖到毛利旁邊，用他的腰帶將兩具屍體綁在一起，便大喝一聲，把他們推下瀑布。」

我道：「我聽到大喝聲，抬頭一望，只見毛利和一個穿著你獨特裝束的人雙雙掉下瀑布，電光石火之間，又怎會看得清楚另外那人其實不是你呢？」

福邇當時所穿的是一套模樣十分奇特的洋裝，外套是一件連著披肩的長身大衣，說是來自蘇格蘭某地的式樣，還戴了一頂前後都有狀如鴨嘴帽簷的「獵鹿帽」。縱使我和福邇多年深交，在十萬火急的關頭驚瞥有人從瀑布墮下，也自是只能辨認出衣服而不能認出面貌了。

他點頭道：「不錯。我們登上長白山時，我故意換上那套模樣奇特的裝束，本是爲了令自己跟同行各人看來更爲突出，萬一山上埋伏了毛利教授的手下，可讓敵人一眼便看得出哪個是我。我當時最擔心的，便正是剛才提到的村野昴。假如他陪同毛利來到長白山的話，以他百發百中的槍法，從老遠也可以命中目標。我穿成那樣子，便是要保證敵人若突施暗算，必定第一個對付我，不會誤中副車。但意想不到的是，也正好因爲我穿了這套服裝，到了決戰之後才能夠完成利用別人屍體來偷樑換柱的把戲。」

我這時才知道，原來福邇在那種時候也不忘顧及同伴安危，不禁感激萬分；可是想到四年來一直被他蒙在鼓裡，亦難免心中有怨，便道：「我還是不明白，你戰勝之後爲甚麼要裝死？爲你傷心的人，可不止我一個……」

福邇疚愧道：「我又何嘗想騙你？我赴戰之時，深信必定一去不返，想不到居然能夠生還。殺死敵人之後，我第一個念頭自是直奔回去向你報捷。但轉念一想，雖然除去了毛利安藝，但他手下已有不知多少間諜潛伏我國，中日戰爭又爆發在即，如果毛利的爪牙知道我仍在世，必定不會罷休；你是我生死之交，恐怕也會殃及池魚。唯一的辦法，便是讓對方以爲我跟教授同歸於盡，這樣不但能確保你的安全，亦容許我暗中行事，設法把他們一網打盡。」

我聽了他解釋，才終於明白他用心良苦，又想到他這四年來深藏身名，必定也吃盡不少苦頭，一時百感交雜，不知如何答話。

我們談得入神，完全沒留意有人打開街門登上樓梯的聲音，直到忽聞廳門驀地打開，接著「啊！」的一下驚呼，才知原來是鶴心回來了。

只見她呆立在門口，本來拿著的菜籃已掉到地上，雙手掩著嘴巴，顫抖道：「公子！眞的是您！您回來了！」

福邇和我不約而同站了起來，他溫聲道：「是的，我回來了。這幾年辛苦你了。」

鶴心連忙搖頭道：「不辛苦！不辛苦！您回來便好了……」這刻她眼裡已噙滿淚水，突然「哇！」的一聲哭了出來，涕淚交零道：「我早知道……您一定會回來的……」接著哭得稀哩嘩啦的，說不出話來。

福邇拿出手帕遞給她，道：「傻丫頭，不要哭。暫時不能讓人知道我回來了，你要保守祕密。」

鶴心拿了手帕，一邊抹淚，一邊點頭抽泣道：「公子放心……我甚麼也不會跟人說……」

福邇正要再說甚麼，鶴心一時手足無措，急忙又道：「我……我……馬上給您們做飯！」說著便扭頭奔入廚房。須臾，她發覺忘了丟在大廳門口的菜籃，又紅著臉跑了回來，匆匆取返灶下。

我和福邇相視一笑，便坐下再談。我道：「你讓我以爲你和毛利一起掉下瀑布，被洪水沖走，知道我一定會拚命去追。那之後呢？」

他道：「之後我便佈置現場，掩飾眞相。毛利那位親信在瀑旁泥濘上所留下的足跡，全都被我踐踏得稀爛，讓你回來查看時不會發現當時除了我和毛利之外，其實還有第三者在場。我帶走了毛利的佩刀，卻把我在決鬥中斷了的半截鋼劍留在血跡旁，好讓你以爲我在對決中敗陣。」

我苦笑道：「你是看準我一定看不出那斷劍不是你的尙方寶劍吧？」

福邇微笑默認，又道：「之後我沿著原路走落瀑布旁的山坡，一路小心踩在石頭上面，沒有在泥地留下腳印。我迅速回到我們借宿的木屋，悄悄取回尙方劍，便趕往方博和他的手下在數里外紮營的地方。」

他所說的方博，是他兄長福邁在黏竿處裡的得力助手，當年和手下負責護送福邇和我到長白山。

我微嗔道：「原來方博他們是跟你串通的！」福邇這邊廂裝死瞞我，另一邊廂卻跟別人合謀，我自是有點不悅。

他歉道：「這也沒有辦法。沒有他們幫忙，我假裝跟毛利同歸於盡的詭計便不能成事。你後來發射穿雲箭作訊號召喚方博等人的時候，我其實已找到他們，解釋了一切。當方博帶著手下來到木屋跟你會合，我們剛已在下游尋回毛利和他親信的屍體。方博假裝陪你一起去搜索屍體時，你沒有留意他手下少了一個人，因爲這個手下當時正和我一起，一人一馬各馱著一具屍體下山，悄悄埋葬。」

我尷尬道：「我眞的沒有留意那天少了一個人。」

他道：「這人到了第二天才歸隊，因爲我們埋好兩具屍體之後，他還一路陪我回到北坡下的雙甸子鎭，待我在那裡買了一匹新馬騎著離開，他才帶著我原來的坐騎回到山上的營地。因爲若不是這樣做的話，便會讓你看出破綻了。試想，我們一隊人馬每人都有自己的坐騎，如果讓你發覺我本來騎的馬忽然不見了，你便可能會想到我沒有眞的死在長白山。」

福邇又說，他回程途中驚聞日本已在朝鮮發難，便快馬加鞭趕去跟兄長福邁會合，共謀對策。兩國正式開戰後，他不斷奔走於中國和朝鮮兩地，還去過台灣一趟，跟黏竿處密探一起刺探敵方軍情，及對付潛伏我國的間諜。可惜福氏兩兄弟雖竭盡所能，仍無法爲大清扭轉敗局。戰事結束後，他又化名「福中次郎」冒充東洋人到日本居留，暗中調查毛利安藝遺下的祕密組織。

我驚道：「你長期假扮日本人，豈不是要剪辮留髮？」

他淡然一笑，摸摸腦後的辮子道：「那當然了。這條是眞髮編成的假辮，是我今年回國時才駁上的。看不出吧？」

李鴻章大人代表我國前往馬關議和時，險遭刺殺，原來事件背後其實另有蹊蹺，而暗中及時救了他一命的不是別人，正是福邇。[10]其後，福邇還偵破多宗奇案，當中最詭奇譎怪者，莫過於島田巨鼠事件，及馬淵男爵之龐大陰謀。待他終於離開日本時，想在回國前趁機往外遊歷，遂打道檀香山前赴阿美利加。到舊金山尋訪故人之後，他便乘坐火車跨洲越省。適逢李鴻章訪美，[11]福邇又再次伸出援手，祕密爲大清外交團隊解決困難。之後。到了紐約上船，航越大西洋抵達英倫後，便往返歐洲諸國，考研最新的西方科學。

正是「君子藏器於身，待時而動」，福邇畢生抱負乃爲大清自強維新有所建樹；他身在維也納時，得知康梁變法付諸實行，便急乘東方快車到伊斯坦堡，登船由地中海穿過埃及大運河

---

10 甲午戰爭後，大清全權代表李鴻章（一八二三—一九〇一）於一八九五年三月二十四日在日本馬關（今山口縣下關市）與日方談判和約時，被反對中日議和的刺客小山豐太郎開槍擊中左面，幸好急救後迅速復原。

11 一八九六年三月，李鴻章帶領使團遠赴歐洲，先到俄國參加沙皇尼古拉二世加冕大典，其後再訪德、荷、比、法、英諸國。同年八月底，團隊到達美國紐約，經費城到華盛頓，之後乘專列火車前往加拿大，十月初回到中國。

出阿拉伯海，再於印度轉船，經星洲等地返回大清。抵達京城時，正值國家求賢若渴之際，他不便透露真正身分，便化名「蘇勒」，冒充歸國華僑加入保國會效力。一眾維新志士原本希望慈禧太后終會撤簾歸政，可惜一番救國興邦的宏願，百日之間卻成爲泡影。

待他說完，我倆都沉默下來。過了良久，我才想到問他：「你回京時一定有途經香港吧？爲甚麼不順道來找我？那麼我們便可以早點見面了。」

他歉道：「我又何嘗不想？可是又怕如果跟你見面，便再也下不了決心上京了。更何況我之前也說過，不敢在香港露面，是怕萬一讓村野昴知道我仍在世，必定不惜一切爲毛利教授報仇，到時恐怕亦會危及我身邊的人。」

我拍案道：「爲了保障康先生安全，也爲了自己，我們必須剷除村野昴這個禍根！」

●○○○○○

鶴心廚藝精湛，這晚弄出滿桌佳餚，讓我們大飽口福。這頓飯本來是爲了迎月，但這個中秋前夕，卻變成慶祝福邇歷劫歸來的團圓飯。

對鶴心來說，福邇回到家裡就好像是最理所當然的事情。大家一起吃飯時，她似乎想也沒有想過要問個究竟，總之現在終於等到公子歸來，便心滿意足了。

我可卻不同，睽違四年後跟摯友久別重逢，雖然已聽他大略說過期間經歷，但渴望知道的種種細節依然數之不盡。是以飯後，待鶴心把碗碟杯盤收回廚房，便急不及待跟福邇促膝長談，徹夜不休。

之後一連數日，福邇都早出晚歸，爲防引人注目，每日都裝扮成一個不同外貌的人物，利用貳佰貳拾壹號的後門從屋背小巷出入。他整天祕密奔走，一邊協助安排康南海的去留事宜，一邊又暗中追查村野昴的下落。最初，外界只有康先生、巡捕房總管梅亨利及麥當奴幫辦知道他的眞正身分，而不久之後，他亦暗中向日本領事透露了自己是誰；但除此之外，便沒有別人知道神探尙在世間。

自福邇歸來後，我如常在華笙堂給人看完病，總叫學徒阿達先行回家，以免他奇怪我爲甚麼每天關鋪之後總不回家，而是跑到樓上。這時已是西曆十月初，有日傍晚，我從華笙堂裡面鎖好大門，正要從後樓梯登上二樓等候福邇回家，忽然聽到有人在街上輕輕敲響醫館正門。

開門一看，原來是個大家都叫他老張的相熟街坊，他一見到我，便壓低聲音急道：「華大夫！剛才有個怪人在你門口徘徊，你有沒有見到？」說著左顧右盼，彷彿害怕怪人會突然出現似的。

我問：「甚麼樣子的怪人？」

老張道：「是個高大的日本人，粗粗魯魯的，一看便知道不是善男信女！我之前留意到他在你醫館前面行來行去，卻又不上前敲門，已經覺得可疑，剛剛又看見他繞到你們這幾棟樓背後的小巷，一副不懷好意的樣子，所以我馬上跑過來跟你說。」

我聽了心中一凜，暗忖：莫非是村野昂或他的手下？當下謝過老張，告訴他我馬上去看看，又怕殃及無辜，還叫他回自己屋內避避，以防萬一。

華笙堂出門向右，再過幾個門號有條橫巷，進入再轉右便可折回我們這一排樓宇背著的後巷。我這樣從大街繞到屋後的窄巷，果然看見有個高大壯碩、穿著和服的陌生男人在醫館後門徘徊。

我大喝：「你是誰？想幹甚麼？」

那日本大漢轉過頭來，只見他約莫三十歲年紀，滿臉濃密鬍鬚，一看到我便忙搖雙手，說的卻是中文：「朋友！朋友！」他口音頗重，一時也不知想說的是官話還是粵語。

我道：「誰的朋友？你來幹甚麼？」

他道：「我來找福先生。」他先是說官話，然後再小心翼翼，用廣東話再說一遍：「我來搵福先生。」

我聽了暗暗一驚，心想：怎麼這人居然知道福邇依然在世，還找上門來？我生怕他是敵人，當下便擺起馬步，以防他進襲。

對方見狀，正要再解釋，卻不料這時貳佰貳拾壹號的後門驀地打開，鶴心拿著一把大掃把走了出來。我後來問起她，才知原來老張放心不下，別過了我之後又去拉樓上的門鈴，告訴鶴心後巷有個形跡可疑的日本人，她便馬上執起掃把到後門看個究竟。這時鶴心一見我和那大漢好像正要動手的樣子，情急之下二話不說，掄起掃把大力向他迎頭撈過去！

可是這日本人分明是個練家子，但鶴心從來沒有學過武功，又怎會打得著對方？大漢眼明手快，一手捉著掃把，一扭之下便輕易從鶴心手上奪了過來。剛才我第一眼看到這人時，已知道是個勁敵，本不會貿然出手，但這刻顧及鶴心安危，便馬上衝過去保護。

福邇早年留學日本時曾鑽研東瀛柔術，我跟他相交十多年，切磋武功時早已領教過日本擒摔技法的厲害，而當前這個對手又比我年輕力壯，自是明白若放棄長攻遠鬥來跟他埋身短打，吃虧的必定是自己。偏偏這條後巷卻窄小狹隘，但我爲救鶴心，一時之間已別無選擇。

說時遲、那時快，我衝前插身於大漢與鶴心之間，正要推開那男人，手臂和衣襟已被他抓著，隨即天旋地轉，被他順勢摔了個頭下腳上。我耳中聽到鶴心驚呼，即將要像廣東人所謂「撻生魚」般重重摜落地上之際，[12]竟又感覺對方雙臂突然運力把我拉著，讓我只是腿股輕輕著地，沒有受傷。

對方一把我摔倒，便馬上撤手退後幾步，又再急搖雙手，官話和粵語夾雜道：「不要打！唔好打！我是朋友！我係朋友！」

這時我明白他沒有惡意，連忙狼狽爬起身來，拍拍衣服，抱拳跟他說：「多謝手下留情。」

他尷尬地摸摸後腦，歉道：「得罪！得罪！」

鶴心躲在我身後，小聲怯問：「您沒事嗎？」

我搖頭說沒事，轉向那日本人道：「在下華笙，字籥瀚，請問尊駕是……？」

對方聽了大喜：「原來是華笙大夫！久仰！久仰！」說著恭謹地向我鞠了一個躬，道：「我叫宮崎。宮崎寅藏。」[13]

我們正要繼續說話，卻見巷子另一端出現了幾個左鄰右里，探頭探腦看看發生甚麼事情，為首的一個正是老張。我暗自慶幸他們沒有來早一步，不然便會看到我被人摔倒的窘相。正盤算著如何打發他們之際，坊眾後面有個中年漢走了出來，直步入後巷，向我們說：「哎呀！這位日本先生啊，我說好給你帶路來華笙堂，怎麼你又自己跑開了？害我找了你好久！」

這人身上雖然穿著長衫馬褂，頭上戴著的卻是一頂圓頂洋帽，體態稍微肩斜背彎，下巴有顆長出數條長毛的大黑痣，鼻上架著一副小小的金絲眼鏡，雙眼也瞇成一線，好像非要這樣才能把東西看個清楚。待他走近，突然向我打個眼色，我定睛一看，才認出原來竟是福邇！

我斜眼一瞥身旁兩人，只見宮崎一副摸不著頭腦的表情，但鶴心嘴角卻掛著一絲笑意，想必當天在福邇出門前已見過他這個扮相。福邇來到我們面前，壓低嗓門用日語跟宮崎說了一兩句話，想必是告訴他自己是誰。宮崎頓時滿臉驚愕，正想說甚麼，福邇卻把食指在嘴前一豎，示意他不要作聲，隨即又回復之前的語音，大聲道：「呵呵，你自己找到路來華笙堂便好了！華大夫，這位先生專程由日本遠道而來拜訪你，想請教一下中國醫術呢！」

我馬上會意，當下也大聲答道：「啊，原來如此！有失遠迎！兩位請進來再談！請進請進！」

我招呼宮崎和福邇進門之際，福邇又低聲跟鶴心說：「給我圓一圓謊，打發這些街坊。」

---

12 鱧魚粵語俗稱「生魚」，有補身功效。廣東民間傳說有種名叫「化骨龍」的生物，外觀跟生魚相像，錯食會中毒而死；又因化骨龍長有四足，平時縮在體內，必須重摔才會露出來，所以劏煮前一定要先「撻生魚」，以免吃錯。

13 宮崎寅藏（一八七一—一九二二），亦作宮崎滔天，日本近代豪俠，孫文友人及其革命事業的支持者。「滔天」之別號，來自他於故事同年在《九州日報》翻譯連載孫文《倫敦蒙難記》時，所用的筆名「滔天坊」。請同時見註17。

鶴心忍俊伸了伸舌頭，拾起地上掃把，走過去跟老張等人打個哈哈道：「沒事沒事！原來是一場誤會！唔，反正拿了掃把出來，不如打掃一下後巷吧……」說罷便眞的掃起地來。坊眾見沒有熱鬧看，便一哄而散了。

●○○○○○

福邇和我帶宮崎由後樓梯上到二樓，請他到大廳坐下之後，便一邊卸下裝扮、一邊賠罪：「華兄，宮崎先生，對不起，我遲了回來，讓你們發生誤會，實在非常抱歉！」

剛才進門後，福邇已站直了身子，這時脫掉了帽子、眼鏡和下巴那顆難看的假痣，頓時回復了本來面目。宮崎一定從未見過這麼神奇的易容術，不禁「啊！」的一聲，用日語說了一句想必是讚嘆的話。

我道：「所謂不打不相識，宮崎先生武功好厲害！」

宮崎謙道：「我只不過一時……廣東話怎樣說？只不過一時好彩。[14]我聽說，華先生就像是福先生的辨慶，眞的沒錯！」

福邇知道我不明白，道：「辨慶是日本古代一位名將源義經的生死之交，兩人都是傳奇故事裡爲人津津樂道的英雄豪傑。」[15]

我聽了，轉向客人道謝：「宮崎先生太過獎了。」接著又問福邇：「你怎不早點告訴我和鶴心，宮崎先生會今天到訪？」

他答道：「宮崎先生是日本派來的密使，[16]我也是今天跟領事上野季三郎先生聯絡的時候，才知道他來了香港，於是拜託領事先生替我約他來見面。」

宮崎也道：「我太心急，應該晚一點來。」

鶴心已從後巷回來，也不用福邇開口，這時便從廚房端了茶出來給我們。待大家呷過一口，我便讚道：「宮崎先生中文說得很好啊，連廣東話也會講。」

他呵呵笑道：「中文我已經學了很久，不過廣東話是去年才跟中山先生學會了一點。

---

14 粵語「好彩」，即「僥倖」或「走運」的意思，是廣東話保留了的古代漢語。「彩」本作「采」，用例有南宋許棐《選官圖》詩：「縱有黃金無好采，也難平白到公卿。」

15 日本平安時代末期名將源義經（一一五九—一一八九），後世視為武士的完美典範。在史稱「源平合戰」的內亂中，他與後來成為鎌倉幕府第一任征夷大將軍的同父異母兄長源賴朝（一一四七—一一九九）一同討伐伊勢平氏政權，但後來為兄長所嫉而遭逼害，最終剖腹自盡，是日本最早有記載切腹自殺的武士之一。其親信部將武藏坊辨慶（一一八九年卒），相傳本為僧兵，與源義經比武被擊敗後死心塌地追隨，最後護主身中亂箭而亡，至死仍屹立不倒。日本在一九四六年簡化日語漢字之後，現寫作「弁慶」。

16 宮崎寅藏這次來香港的任務，是由日本名政客犬養毅（一八五五—一九三二）所委派，亦得到時任內閣總理大臣兼外務大臣大隈重信（一八三八—一九二二）所默許。犬養毅當時仍為眾議院議員，同年十一月才第一次進入內閣，任文部大臣，直到一九三一年成為首相，次年在由軍人發起的「五一五」軍國主義流產政變中遇刺身亡。

呀，不對不對，不應該叫他中山先生，應該說，孫先生。」

我奇道：「哪位孫先生？」

福邇道：「他是說孫文。『中山樵』是孫文流亡到日本之後，在當地使用的化名。」

我驚道：「孫文是朝廷通緝的革命亂黨啊！」

六年前，福邇和我最初遇見孫文的時候，他還是一位年輕的見習西醫，不久之後又幫過他一個忙。就算如福邇這般神機妙算，當時也預料不到這人竟會在短短兩年之後投身革命，發起武裝起義。[17]

福邇嗟嘆道：「康梁兩位推行新政，並非從事革命，但如今又何嘗不是被朝廷通緝？」

宮崎慷慨激昂道：「我是中國人的朋友，我的國家自強維新成功，也要幫助你們的國家成功。中國的未來，要由中國人決定。康先生的方法是一種，孫先生的方法又是一種。無論你們要用哪種方法，總之我一定幫忙！」

福邇跟我道：「孫文和革命黨是另一回事，我們暫且不用理會。目前首要的任務，是保護康先生，讓他安全前往日本。」

宮崎道：「你託領事找我來，便是爲了這件事？」

福邇點頭道：「不錯。領事上野先生向我透露，梁啓超已經安全登上一艘停泊在天津塘沽的日本軍艦，該艦正在候命把他送往貴國，所以康先生現在的意願也是前往日本。領事亦告訴了我，宮崎先生你這次來香港的任務，正是接康先生到日本。我今天請你來跟我和華先生見面，便是想請你協助我們在他離開香港之前，捉拿想暗殺他的刺客！」

宮崎拍拍心口道：「我一定幫忙！」

福邇道：「你一定知道村野昂是甚麼人吧？我已查出他不久前來了香港，但可惜依然找不到他在城裡藏身之處。觀乎日本隨員被殺的方式，兇手一定是村野無疑。康先生目前身在大館裡，村野無從下手，但若被他探知康先生甚麼時候上船離開香港，便當作別論了。海港碼頭地方空曠，附近又有許多建築物可讓刺客藏身，到時無論警衛多麼森嚴，也難以提防遠程伏擊。我剛才說，必須在康先生離開香港之前捉拿村野，便是這個原因。」

我問：「可是你還未找到村野的下落，我們怎樣捉拿他？」

福邇微微一笑道：「我自有辦法。村野昂綽號『白虎』，對付他的最好計策當然就是——引虎出山！」

---

17 福華兩人在一八九二年初遇孫文，當時他仍在中環雅麗醫院見習（請見《香江神探福邇，字摩斯2：生死決戰》中〈舞娘密訊〉一案）；兩年後，他上書李鴻章提倡改革不果，才全力投身革命。「中山樵」是孫文在一八九五年第一次廣州起義失敗，流亡到日本時所使用的化名；後來宮崎寅藏寫及孫文的著作《三十三年之夢》由章士釗翻譯成中文時，才首次出現「孫中山」這個名稱。

兩日後，我提早收鋪，黃昏前已坐了人力車過下環，獨自來到由灣仔延伸至銅鑼灣的海旁東。我在約定的地點之前提早下車，沿著海皮信步而行，看清楚附近沒有可疑人物，便由海旁馬路急步閃入一條小街，正是福邇事先跟我說好會合之處。

這街道不長，一眼便看見福邇還沒有來，整條路上除了有個乞丐正瑟縮在角落打盹之外，便別無他人。再過兩天便是寒露，縱使身在嶺南也漸覺涼意；我可憐這叫化子衣衫單薄，正要過去施捨點錢給他，不料他已先悄悄給我打個手勢，低聲道：「華兄，是我。」

我見狀幾乎不禁失笑，福邇回到香港後一直不斷喬裝易容外出，但我居然沒有想到這個乞丐是他假扮的，實在太大意了。

他向我招招手，示意我跟著，便帶著我左穿右插，繞路經過幾條後巷，去到一條僻靜無人的街道。這裡有棟新落成不久的三層樓宇，剛拆掉的竹棚還堆在前面的街上有待清理，福邇掏出鑰匙打開大門，便迅速引我進內，再把門鎖好。

這樓子裡面空空如也，仍殘存著一陣灰土粉漆的氣味，顯然尚未入住。我們上到二樓，福邇帶我進入對著前街的一間房間，只見暗牖空樑之中，宮崎寅藏已經在等待我們。

大家打過招呼，福邇便指著窗外對街的那棟樓，告訴我：「對面那兩個窗口的房間，便是村野昴今晚要射殺的人將會出現的地方。」

這兩天以來，福邇和宮崎兩個都忙著設下陷阱，把村野昴引出來。福邇暗中跟巡捕房總管和麥當奴幫辦約定，讓日本領事館知道康有爲將在這天由大館搬到一個安全的祕密地點，準備不日上船離開香港。另一方面，他又叫宮崎故意大模斯樣地走去領事館跟領事上野先生會面，接著再去找城中的房產經紀，拜託他們給他物色一個可以馬上租住數天的房間。

福邇這樣佈局，是因爲懷疑日本領事館內一定有人向村野通風報信，他的消息才會這麼靈通，竟能在康有爲還未來到香港之前，便先行除掉了那位本來將會跟康氏接洽的領事館隨員。不出福邇所料，房產經紀給宮崎找到租用的地方之後，馬上又有個日本人到來，自稱是宮崎的同伴，藉故查詢租房的地址。這個日本人當然便是領事館裡的內奸，他跟蹤宮崎到房產經紀行，卻不知道黃雀在後，原來福邇一直易了容在暗中監視一切。不用說，房產經紀其實一早跟福邇串通好，那個租給宮崎的房間也是福邇預先安排的，便正是我們現在身處的空樓望著對街的那個地方。

福邇又道：「領事館內奸以爲查出了康先生今天離開大館所搬去的地方，便不出我所料，馬上急不及待向村野昴告密。我繼續跟蹤下去，便輕而易舉找到村野的下落。不過我們必須掌握足夠證據，才能把村野入罪。他知道康先生很快會離開香港，若要下手暗殺便不能再等。我今天假扮成乞丐在附近監視，果然見到他白天來到這條街視察環境，肯定是預備今晚出手。我選擇了對面的房間做餌，正是因爲這棟空樓是最佳的陷阱。村野一定會從這裡射殺目標，待他企圖行凶之時，便會當場落網！」

這時他已抹去了臉上骯髒的化妝，拿起預先放在這房間裡的一件大衣和一頂帽子，穿在了襤褸衣衫之上和戴回頭上之後，回復了原來面目。

福邇告訴我和宮崎：「這是你們藏身之處，請看。」房間的一邊擺放著一些建築材料和其他雜物，他移開了一塊倚在牆上的大木板，原來後面隱藏著一道門，只有門框，卻仍未裝上木門。他解釋道：「隔壁是個相連的房間，只能用這道門出入，用這塊木板遮蓋著，在黑暗中難以察覺。你們躲在隔壁房間裡，可以從窗口望到街上及對面的窗口，也可以從門口木板的狹縫暗中觀察這個房間。」

宮崎和我進入隔壁房間後，福邇便把木板放回原位，道：「我還要去打點一切，作好最後準備，接下來的事情便拜託兩位了。」臨走前，又不忘叮囑：「村野是個殺人不眨眼的魔頭，待會你們千萬要小心！」

不久，夜幕低垂，宮崎和我便匿伏在窗旁暗處，窺看街上動靜。這時中秋只過了一個禮拜，天上仍有大半個虧凸月，這晚又天朗無雲，所以這條小路雖然沒有自來火街燈，我們也能夠清楚看見屋外情況。香港自五十年前開埠，本來一直對華人實施宵禁，逼令我們入黑後上街必須手提燈籠，而除非有通行證，十一點後更是嚴禁外出。這條苛刻無理的法例，一直維持到去年才終於撤銷，是以這時候街上偶有行人經過，也沒有一個是攜著燈的。

宮崎和我雖然明知街上不會有人聽到我們，但也只敢小聲交談。我們這樣待著，過了大約一個鐘頭，他突然往窗外一指，輕聲道：「你看！會不會是他？」

只見街尾出現了一條人影，身形精壯，衣服簡樸，頭上包著一塊大汗巾，右肩上托著一根廣東人稱爲「擔挑」的扁擔，卻沒有負物，看來是個剛收工的挑夫或苦力。待他走近，我才看出不對勁，急拉宮崎一起往暗處一縮，低道：「他的衣服太過乾淨！」

這人來到我們這棟樓前面，先望了一望對街二樓的窗口，見還未有燈光，便迅速顧盼左右，看清楚周圍沒有人，立即走到大門前。我們聽到他輕輕撬弄門鎖，又聞大門開閉之聲，接著便是躡步上樓梯的足音。我們無聲無息地過到門口旁邊，從木板罅隙望進主房，看見這人提著扁擔走了進來。黑暗之中，我們看不到來者的容貌，只見他拉掉頭上汗巾，隱約可分辨出頭頂沒有辮子盤著，而是長著滿頭短髮，顯然根本不是中國人。

他過到窗口前，把擔挑平放在外面月光照及的地板上。扁擔的中段和接近兩端的位置，都用布帶牢牢綁著，他迅速解開布帶，把擔挑一分爲二，原來這根擔子從中剖開成兩半，裡面是空心的。他把扁擔內藏的物件拿了出來，但見是一條微現彎曲的幼長木竿。他拿出一小束弦線，熟練地捲開來套在竿子兩端，上了弦之後，柔韌的竿子便變成一把短弓。

回想之前福邇向我提示刺客殺人方法時，引用了《左傳》一個典故，全段是：「晉靈公不君，厚斂以雕牆，從台上彈人，而觀其避丸也。」村野昂的暗殺工具並不是氣槍，而是弓和彈丸！

福邇也說過，村野在軍中練成百發百中的西洋槍法之前，早已精於騎射，而氣槍這麼罕見的武器又想必極難到手，所以棄槍用弓其實亦理所當然。日本弓跟我在綠營慣用的大清軍弓截然不同，弓身以竹木鰾合而成，比中國弓大得多，又爲了方便騎射，是上長下短的形制。宮崎事後告訴我，日本的「大弓」一般長達大半丈，而較小的「半弓」則介乎大弓一半到七八成的長度。村野這晚所用的是一把偏小的半弓，不足五尺長短，不然的話也藏不進扁擔裡面了。[18]

村野暗殺那位名叫相田的日本領事館隨員時，一定也是這樣假扮挑夫，把半弓藏在扁擔裡面，上到包雲道埋伏。那裡幾乎是清一色歐人居住的地方，一個生面的東方人在那裡出入很難不引人注意，只有假裝成本地傭僕或工人，才會讓外籍居民對之視而不見。

這時村野拿著短弓，小心翼翼去到窗前半跪，輕輕打開了兩扇玻璃窗，然後便靜靜等候目標在對街的窗口內出現。他沒讓窗外射進來的月光照到臉上，我們靠著窗旁微弱餘光，只能依稀看到他的輪廓，反而那雙在黑暗中炯炯閃爍的眼睛，才最令人望而生畏。

我連氣也不敢深吸一口，心臟在胸膛裡一直卜卜亂跳，這樣過了大概十來二十分鐘，卻感覺好像已經歷了一兩個時辰。終於有人在對面房間裡亮起牆上的自來火燈，卻只是調到半明不暗的光度。待他走到窗前，看清楚面貌——原來這人竟不是康有爲，而是福邇！

●○○○○○

---

18 清代一尺等如三十二公分，一丈即三百二十公分。現代日本弓道運動所用的和弓，標準長度是大弓約兩百二十一公分，半弓約一百八十九公分，但在形制統一之前，像文中村野昴那把更短的半弓並不罕見。

村野昂一見對街房間裡是誰，不由得全身猛然一震，聽到他忍不住倒抽了一口涼氣。要知他本要刺殺的康有為居然不在場，已是夠意外的了；取而代之出現在眼前的，竟然又是他以為已經死了四年的福邇，那突如其來的無比驚愕，自是可想而知。

對街的房間有兩個窗口，但見福邇沒有把窗子打開，只是拉上了右面窗口的窗簾，卻沒拉上左面窗子的簾子。過了片刻，又見他拿著一盞剛點起的油燈走到從窗外望得見的左窗之處，房間頓時光亮了許多。房間內似乎沒有甚麼傢俱，他把油燈放在地上，走到從窗外看不見的一處地方，拿了一張小凳子回來放在油燈旁邊，接著又走開拿了把胡琴回來，便坐在小凳上奏了起來。自福邇回到香港之後，這還是我第一次聽他拉胡琴，也不知他這幾年來是否疏於練習，雖然是一首非常簡單的調子，這晚卻竟奏得大失水準。

村野一直看著福邇，猶豫了片刻，終於下定決心，從衣袋拿出了一顆彈丸，放到弓弦上的軟皮墊。有謂「射以觀德」，我雖還只是首次目睹東洋弓藝，但也馬上看得出他確是一位高手。只見他不徐不急地舉、張、瞄、放，撇腕翻弓，一連串動作無不乾淨俐落，一氣呵成。

說時遲，那時快，「哐噹！」一聲，彈丸射碎了對街窗子上的玻璃，但福邇卻沒有中彈倒下，而是竟然整個人連同凳子和一旁的油燈，瞬間消失了！

看官可能會以為，這一定是使用一面大鏡子所玩的把戲而已，村野昂從窗外射向的其實不過是鏡中影像。可是在他眼前失去影蹤的只有福邇和身旁之物，身後的房間景物卻原封不動，絲毫沒有改變。若是打碎鏡子，原本看見的場景應該整個馬上不見了才對。無論村野如何膽識過人，突然看見福邇死而復生，頃刻之間又如同鬼魅般消失不見，自是駭矚驚心。

正當村野嚇得一時呆在當地，宮崎和我馬上推開遮掩著隔壁門口的木板，從藏身之處衝了出來，一左一右擋著他的退路。村野還未來得及反應，宮崎已用日語對他喝了一句話，想必是叫他投降。

我雖然領教過宮崎的武功，知道他身手不凡，但村野昂也絕非泛泛之輩，所以老實說，就算是合我們二人之力，也沒有十足把握可以拿下敵人。幸好這時樓梯上響起一陣急速的腳步聲，麥當奴幫辦隨即衝進房間，拿著手槍指向村野，用英文喝道：「不要動！我現在拘捕你！」

其實麥當奴早已在外面隱祕處等候，只因之前要部署手下差人在附近埋伏，才不能跟宮崎和我一起藏身於隔壁房間。這時幫辦掏出一支香港人俗稱「銀雞」的哨笛，[19]大力吹響，正是召喚差人支援的訊號。

村野知道無路可逃，突然從腰後反手拔出一把短刀，麥當奴見狀連忙舉槍大喝：「放下武器！」

不料村野沒有向我們衝過來，卻怒吼了一聲，竟把刀子大力插進自己左腹！

正當我們三人驚惶無措之際，村野已把刀子向橫一拉，將自己的肚子剖開，鮮血猛地左右飛射，令我們不由退後幾步。村野仍未罷休，一咬牙，竟把刀子再捅入上腹中央，一拉而下，前後兩刀便這樣割出一個十字形的血洞。只聽見「滫！」的一下濕濡聲音，一串腸子隨著如注血流從他肚內滑了出來，頓時讓室內充塞一股令人欲嘔的腥臭味。

忽又聽到樓梯有一大群人跑上來的聲響，為首出現的正是福邇，後面緊隨著五六個拿著鐵皮燈籠的差人，頓時把陰沉暗黑的房間照得有若白晝。

亮光之中，只見村野昂因為大量失血，臉色已變得猶如死灰。他一看到方才像鬼魅般消失的福邇，此刻竟又活生生的出現在眼前，充滿怨毒的雙瞳在燈火照耀下，簡直就像要噴出烈焰一般。他面容扭曲，似乎想跟福邇說話，但喉間只能發出一陣「荷荷！」怪音。他這樣跟福邇對視了片刻，終於淒厲地咧嘴獰笑，接著雙腿一軟，倒在地上，抽搐了幾下，便再也不動了。

事後，福邇也自責道：「其實宮崎先生和我也預料到，村野可能會寧死不屈。可惜我未及趕來勸降，他已先剖腹自盡了。」

上文交代過，福邇為了把村野昴繩之以法，便以康有為作餌，把刺客誘到下環這處。不過到了最後關頭，當然不能讓康先生冒這麼大的危險，眞的在村野面前出現，所以福邇便換上自己作為替身，引敵人出手。

當初他給宮崎和我解釋計劃時，是這麼說的：「只有引得村野昴出手行刺弒，當場把他擒獲，我們才有足夠證據控告他意圖謀殺，和證明他是暗殺日本領事館隨員相田先生的兇手。既然我們不可能眞的讓康先生做目標，那麼我便是唯一人選。華兄，你一定記得甲午戰爭之前那年，廣州沙面一案中的日本間諜吧？我後來查出他名叫石上幸雄，是毛利安藝手下最出色的間諜，跟村野昴並列為教授的左右手，兩人之間也頗有交情。我不但殺了毛利教授，石上也可說是因我而死，所以村野一看見我原來竟仍在人世，必定不會放過這個機會把我置諸死地，為毛

19 香港俗稱「銀雞」的，是一種特別響亮的銀色哨笛，專門用來召喚差人。

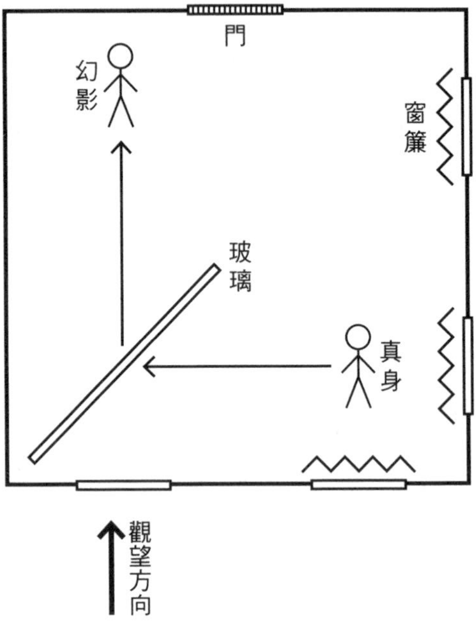

利和石上報仇。」

至於福邇在村野眼底下憑空消失的把戲，他說原是西方劇場裡的特殊舞台技巧，在戲劇中用作展露幽靈出沒之類的情節，或在魔術表演中製造種種不可思議的效果。他給我們講解時畫了一幅草圖，複製如上。

他道：「我最初只是想到利用一面大鏡子欺騙村野，令他向著我在鏡中的反影發射彈丸。這樣的話，當他射中鏡中影像的時候，一見人物和周圍景像全部一起破碎，當然會馬上明白是怎麼一回事。可是一時之間，我在城中無法找到夠大的鏡子，幸虧在堅利地城玻璃廠發現他們剛好有一塊尺寸合用的大玻璃，才想到可以改爲使用這個效果更佳的舞台戲法。

「我如圖中這樣，預先在房間裡把這塊大玻璃斜斜豎立在左方的窗口前。既然這塊玻璃是完全透明的，從對街的空樓望進這個窗口，無法看出室內其實另有乾坤。到了晚上，我進入房間亮起牆上自來火燈的時候，故意把燈火調得暗暗的，是爲了避免大玻璃上出現反光。我隨即拉上右邊窗口的簾子，是爲了掩蓋接下來我在房間裡眞正所處的位置。

「古語也有謂：『火燭一隅，則室偏無光。』這句話正好用來解釋這個舞台戲法背後的光學原理。起初村野從左窗望進房間時，因爲整個房間內的燈光都一致地昏暗，所以他可以看到那大塊透明玻璃後面的房間背景，根本不會察覺房內豎立這樣的一面大玻璃。然後我在房間右面後方點起油燈，行到已拉起簾子的右窗前面。油燈令我所處的這一角比房間其餘地方來得光亮，便把我拿著油燈的影像投射到大玻璃上面，但因爲在我身旁和後面的窗簾都是深色的，所以玻璃上只反映出油燈和我。又因爲油燈的亮度不足以讓大玻璃變得完全不透明，所以依然可以透過玻璃，看到玻璃後面的房間背景。從村野的觀望角度看來，就有如這幅圖這樣，好像我拿著油燈走到左窗可見到的位置，卻不知那只是我的幻影而不是眞身。

「我把油燈放在右邊窗簾前的地上，讓光源維持不變，然後回到房間右面後方拿凳子和胡琴，回到油燈旁坐下拉奏。因爲右窗已拉上了簾子，村野一直看不見我的眞身，便以爲投射在大玻璃上幻影是我本人，坐在房間左面後方拉琴。

「在舞台上表演這個戲法時，只要突然改變那片大玻璃前後光源的光暗，便可以做出各種幻像瞬間出現、消失、變化等效果；相比之下，我這個版本便簡單得多。當村野對著我的幻影射出彈丸，打碎了房內豎立的大玻璃，我和油燈的影像便馬上消失，但玻璃後面一直看到的背景卻沒有改變分毫，所以如果不曉得箇中乾坤，剎那間可能眞的會以爲看見鬼魅。」[20]

福邇又說，這個戲法也不是沒有缺點的。因爲那片大玻璃上反映出來的影像，像鏡子裡所看到的一樣，都是左右倒置的；爲免露出馬腳，他也逼著要用左手拉胡琴，才能讓村野在玻璃上看到一個右撇子的福邇。也正是因爲他不慣用左手拉琴，奏出來的調子才會如此失色。

戲法另一個美中不足的地方，是玻璃上出現的幻影其實是半透明的，所以如果觀看距離太近的話，一定會被人看穿虛實。不過因爲村野身處對街，又要隔著窗子上的一重玻璃才能看到房間裡福邇的幻像，所以才沒有讓他發現並非實體。

說到窗子上的玻璃，當時福邇讓窗子一直關著，正是爲了利用彈丸擊碎窗上玻璃的聲音，來掩飾房內大玻璃破碎之聲。雖然後者的音量其實比前者大得多，但一時之間，村野又怎能判斷出來？

由於村野昴被當場擒獲時，行凶的手法和所用的武器都跟之前包雲道命案吻合，所以雖然未能活捉他歸案，但仍有足夠證據讓法庭後來裁定，他便是殺害日本領事館隨員相田先生的兇手。至於領事館裡向村野通風報訊的內奸，福邇則私底下把他的身分透露給了領事上野先生，但此人最後遭受到怎樣的處分，便不得而知了。

我們對付村野那天，康有爲的確搬出了大館，卻當然並非如敵人所想那樣去了下環，而是祕密遷往本地殷商何東的府邸。福邇和我跟何東認識多年，這次用來擒兇的空樓和對面的房子，其實便是何東借給我們的物業。康先生在位於半山西摩道的何府作客期間，福邇不但帶了宮崎和我去拜訪，同時亦和何東一起把康先生的家人和弟子由廣東接到香港。[21]

---

20 以英國科學家約翰・亨利・佩珀爾（John Henry Pepper, 1821-1900）為名的舞台特效「佩珀爾的幽靈」（「Pepper's Ghost」，現譯「佩珀爾幻象」），原理一如福邇在文中的解釋，自一八六〇年代直至二十世紀初常見於舞台劇及魔術表演之類的節目。現代電視攝錄演說或新聞報導時，設於攝影機前下方的讀稿機（teleprompter 或 autocue，中文亦稱「提詞器」）仍應用基本相同的原理：鏡頭以下有一面以斜角放置的玻璃，把文字投射在上面，讓讀稿者說話時可以一直望著鏡頭而不須低頭看稿。

21 何東（一八六二—一九五六），字曉生，香港著名富商及慈善家，除了如本故事所述，接濟過逃亡香港的康有為，亦曾資助孫文的革命事業。福華二人與他結識的經過，請見《香江神探福邇，字摩斯》第一集〈買辦文書〉一案。

這時危機已過，福邇終於可以把他回到香港的消息公諸於世。多年來，香江神探的俠名在本地無人不知，如今廣大民眾喜聞他原來未死，已經捲土重來，一時毋論華洋，前來道賀的人士絡繹不絕，當中不少亦帶來奇案委託他偵查；但此乃後話，且留他日再詳述。

村野自戕後兩個禮拜，康有爲在宮崎陪同之下，搭乘輪船前往日本神戶。臨去送船時，福邇便跟我說：「雖然村野昴在日本仍留下零星黨羽，但我們既然除去了他們的首領，應已不足爲患。康先生沿途有宮崎在旁，去到日本後，相信亦會跟梁啓超先生一樣，得到適當保護，不用我們擔心。」

這次經歷中，最值得我慶幸的，當然是本以爲天人永隔的畢生摯交，竟能失而復得；想不到除此之外，還結交了宮崎寅藏這位行俠好義的異國朋友，更是錦上添花。

差不多要上船的時候，福邇和來到港口送行的眾多香港高官顯貴，仍有很多話要跟康先生說，我便和宮崎走到一旁，與他道別。

我還未開口，他已先說：「華先生，認識你和福先生，是我的榮幸。」

我道：「宮崎先生太客氣了。認識你，也是我們的榮幸。今日一別，希望有天可以再見面。」

宮崎懇切道：「我們一定會再見面的。也希望我們的國家，可以像我們一樣，永遠做朋友，永遠互相幫助，永遠不要再打仗！」

自甲午戰爭以來，我一直只懂得敵視日本人，待認識了宮崎，才知道原來還有像他這樣致力於扶華抗洋的義士。當下答道：「對！永遠做朋友！」

說罷，便學著日本人的模樣，向他鞠了一個躬，想不到他卻反而像我們中國人般，跟我拱手作揖。大家一怔之下，不禁哈哈大笑，結果來了個折衷，像西人那樣握手。我們緊捉著對方右掌，久久不放。

巧還遺珠

福邇素有「神探」美譽，看官若久已有聞，當知乃源自他首開先河的「顧問偵探」之職。無論官府貴冑抑或平民百姓，凡遇上棘手疑案，均可登門求助，而他亦必能批郄導窾，令謎團迎刃而解。

爲防太多人因瑣碎事情前來委託，福邇通常會收取一點費用，金額卻鮮因人而異。唯有當對方財力雄厚、案情又事關重大的時候，福邇才會老實不客氣索取一筆可觀之數；但若是清貧者，則不但分文不收，更經常自掏腰包也在所不計。

然而今回所述的故事，卻屬獨一無二的例外，因爲這既是福邇收費最便宜、但卻又最貴的一案。

時爲光緒二十四年戊戌臘月底，即西曆一千八百九十九年二月上旬。自甲午年戰事以來，世人本以爲福邇已經壯烈殉國，一直惋嘆不輟；詎料數月前，他竟突然現身，勇擒圖謀暗殺康有爲的東洋刺客。[1]消息轟動香港之餘，市民喜聞他劫後回歸，無分華洋盡皆額手稱慶，舉城歡騰。

及後，福邇便搬回到上環荷李活道貳佰貳拾壹號故居。這棟三層高的樓房，本是他多年前自置的物業，但四年前，他即將啓程遠赴長白山與宿敵毛利安藝教授決一死戰之際，自知吉凶難料，便立下了文契，讓服侍了他多年的奴婢鶴心消除賤籍，還把整棟樓宇轉到她名下。數年前，我租用了樓下街鋪作爲醫館，福邇現又重回樓上寓所長住，是以他昔日的丫鬟這時一躍而成我們房東。

說到鶴心，她雖依舊把福邇照顧得無微不至，但如今既已非奴僕，就算保留身爲丫鬟時的名字，也總該回復原姓才對。偏偏她自懂人事之初已賣身給福家，根本不知道親生父母姓甚名誰，所以便問過福邇，可否跟隨前主人一家的姓氏；可是福邇怕別人誤會二人關係，便溫言婉拒了。鶴心沒說甚麼，但我知道她爲此偷偷哭過幾回。其實連我也看得出來，福邇又怎會茫然不察？無奈只能裝作不知道罷。自此，街坊鄰里亦一如既往，繼續喚鶴心做「心姑」。

話說戊戌年適逢閏月兼雙春，[2]第二個立春落在臘月廿四，之後那天是禮拜日，拙荊瑪麗如常帶了三個孩子去教堂。我沒有隨他們入教，他們往返教堂又不時和教友結伴，不用我接送，所以我與其在家裡無所事事，通常都會過到荷李活道找福邇。這時離大除夕只剩數日，鶴心正在廚房忙著，這朝天氣陰冷，福邇和我在樓上大廳裡的壁爐生了個火，一邊喝茶、一邊看新聞紙，大家彷彿又回到往昔一起同屋共住的日子。

突然，玻璃窗上響起「嗒！」的一下輕輕碰撞聲，我最初也不知道是甚麼，待隨即又聽到第二下同樣的聲音，才知原來有人在街上用小石子投向我們的窗子。自從福邇回港後，多月來登門送禮問候的訪客紛至沓來，但未曾有人會如斯無禮，有門鈴不拉卻用小石投窗。我心想多半是頑童惡作劇，馬上走出去騎樓一看，果然不出所料，確是個小孩。但想不到的是，這個並非想像中的街童，而竟是個一表斯文、看來只有七八歲的女孩。

女童本已拾起了一顆小石正欲再投，一看見我走到騎樓，馬上丟下石子，高聲道：「叔

---

1 請見《香江神探福邇，字摩斯2：生死決戰》最後一篇故事〈終極決戰〉，及本書第一篇故事〈空樓魅影〉。

2 陰曆以十二個月為一個「平年」，日子的數目少於地球環繞太陽一周的週期，所以必須設置「閏月」來填補。約莫十九個農曆年之中，會有七個長達十三個月的閏年，以至閏年內可能出現兩次立春。本故事發生的光緒二十四年戊戌（公曆一八九八年一月二十二日至一八九九年二月九日）正是「閏月兼雙春」：閏三月為一八九八年四月二十一日至五月十九日，兩個立春為正月十四和臘月廿四（一八九八和一八九九兩年的二月四日）。

叔，對不起！我不夠高拉門鈴。請問你是不是福先生啊？」

我當然不會生氣，跟她說：「福先生在裡面，你等一等。」接著轉頭告訴福邇：「有位小姑娘來找你。」

福邇奇道：「喔？那我下去請她上來。」說罷放下新聞紙，走出廳門下樓。

待我再看清楚這個小女孩，只見她尚在齠齔之年，應比我大兒還要小一點，雖然明明是唐人，卻不知爲何穿了一套洋式衣裙，不但不甚合身，而且料子單薄，讓她在冷風中不斷顫抖。

福邇落到樓下打開大門，一見街上小女孩怪可憐的模樣，便道：「小妹妹，天寒地凍，當心著涼。上來叔叔家裡坐坐，在火爐旁暖一暖再說吧。」

我回到廳裡，不一會，福邇也帶了女孩上來。她一進門，便斯抬斯敬地跟我們道：「福先生早安。你一定是華醫生了，華醫生早安。我叫韓小珍，英文叫珍妮，不過個個都叫我做珍珍。」說罷雙手拎起左右裙角，把裙子輕輕提展了一下，又微微屈了一屈膝。

我認得這是西方女子對尊長的禮節，有點兒像中國人的扶膝請安，但看見這麼年幼的小童一本正經的行禮，只覺十分趣緻可人。

福邇生得高，爲免嬌小的女孩仰視得太辛苦，便在她身旁蹲下跟她說話：「珍珍，我看你是飛利書院的寄宿學生，對不對？[3]獨個兒偷偷溜了出來，不怕老師責罰嗎？」

小女孩一聽福邇說中她所讀的學校，猛力點頭，歡天喜地道：「是的是的！我正是飛利書院的學生！人人都說福先生只要看你一眼，便甚麼都看得出來，果然沒錯！」

福邇問：「你來找我，是不是有甚麼事情需要幫忙？」

珍珍突然雙眼一紅，委屈道：「差人抓了我爸爸，說他偷了東西，但我爸爸不是壞人，不會偷東西的！所以我來找你，想請你救救我爸爸！」

我本道小孩子胡鬧，一定是聽說過福邇的事蹟，被同學欺負了便跑來找福大俠爲她出頭，卻想不到竟是這麼一回事。

福邇帶她過到火爐邊，抱她坐上自己坐慣的皮椅，才問：「你爸爸叫甚麼名字？差人說他偷了甚麼東西？」

珍珍垂頭喪氣道：「我爸爸叫韓楠，一棵樹的那個楠。我也不知道他偷了甚麼東西。」

福邇耐心再問：「那你怎知道差人抓了他？你家裡其他人呢？不要急，慢慢告訴福叔叔。」

---

3 「飛利女校」（Fairlea Girls' School）是香港名女校協恩中學的前身，原於一八六六年由聖公會傳教士莊思端（Margaret Johnstone, 1851-1909）創辦，以教育華裔基督徒女兒為目的，名稱來自當時用作校舍的建築物「Fairlea」（飛利樓，位於般咸道聖保羅書院現址）。

珍珍委屈道：「媽媽已經上了天堂，家裡只有爸爸和我兩個。爸爸平日要做工，所以送了我去學校寄宿，不過每個禮拜日都會一早來探望我的，還會帶我出外玩。可是今天早上，我在學校上完了主日學，等了很久爸爸也沒有來，然後有位老師來找我，跟我說爸爸今天有事情要辦，不能來了。我覺得奇怪，問老師是甚麼事情，但老師說不知道，於是我等老師回到校務處，便偷偷走到門外偷聽。原來校長正在跟一個男人在裡面說話，他們說的是英文，說的字句有點深，我不完全明白，但聽得出那男人是個差人，他說爸爸昨天工作的時候偷了東西，於是被抓了上差館。但我爸爸不會偷東西的！他們一定是冤枉他！福先生你一定要救救他！」

福邇不禁和我對望一眼，我看得出他跟我都是同一個想法：儘管我們如何同情珍珍，但又怎能單憑小孩子一句話，便斷定她的父親是無辜的呢？

珍珍見福邇面露猶豫之色，急道：「福先生，我聽老師們說，幾年前你在很遠的地方遇到危險，所有人都以爲你死了，但原來你沒有死，不久之前終於回到香港。我知道你一定是得到上帝保佑，才會沒事。上帝讓你回到香港，便是因爲這裡有很多像我爸爸的人，需要你幫助。所以你一定要救他！」她說著，忍不住眼淚也流出來了。

福邇連忙拿出手帕給她拭淚，道：「別哭。告訴福叔叔，你爸爸在甚麼地方做事？做的是甚麼工作？」

珍珍揉揉眼睛，搖頭道：「不知道。爸爸沒有讀過書，只能去到許多不同的地方，做個甚麼都肯做的打雜，但他昨天在甚麼地方做甚麼工作，我便不知道了。」她頓了一頓，再道：「所以爸爸常常跟我說，雖然我是個女孩子，但也一定要好好讀書，將來才可以找一份好一點的工作，不要像他一樣這麼辛苦。」

福邇又問：「那麼這個來到學校告訴校長你爸爸被抓了上差館的男人，他離開的時候，你有沒有看到他的樣子？」

珍珍點頭道：「有啊有啊！他們用英文講話，我本來還以爲這個人像校長一樣是西人，但他出來的時候，我躲在一個角落偷看，才知他原來是個中國人。他穿著制服，不過不是街上差人穿的那種綠色制服，而是神氣得多。應該是個高級差人吧？」

福邇和我相視莞爾，轉向珍珍道：「是不是個高高瘦瘦、年紀沒有我和華叔叔這麼大、相貌頗英俊的？」

珍珍道：「是的是的！我說不出他有幾多歲，總之沒有爸爸和你們那麼大，更像是應該叫他『哥哥』而不是『叔叔』的年紀。你們認識他嗎？」

福邇微笑道：「他姓侯名健，是個幫辦。我們最初認識他的時候，他比你還大不了多少歲呢。」

福邇以前有一班他戲稱爲「荷李活道鄉勇」的街童，專門爲他充當跑腿，侯健兒時便正是其中一員。福邇見他聰明，便送他到我們英國朋友俾士先生主理的學校念書，讓他學得一口流利英語，後來又引薦他到巡捕房當上差人。侯健本於遠在香港島南邊的赤柱擔任「沙展」，職位比普通巡捕高一級，但因爲福邇和我的老朋友王昆士幫辦這時已經退休離港，巡捕總管梅亨利發覺全城連一個華人幫辦也沒有，實在太過不便，於是把侯健調回中央大差館，晉升他爲幫辦來塡補這空缺。其實侯幫辦這時還差幾歲便有三十，但因爲天生一張清靚白淨的娃娃臉，看上去比實齡年輕得多，也難怪連珍珍這麼一個小女孩也覺得應該喚他做「哥哥」了。

福邇又道：「珍珍，這位差人哥哥走了之後，你一定也隨即溜出學校，趕來找我幫忙了。你怎會知道我的地址？」

她神氣地道：「香港有誰不知道神探福邇先生住在荷李活道貳佰貳拾壹號？我雖然沒有來過，但要找也不難啊。福先生，你一定要去差館跟那位差人哥哥說，東西不是我爸爸偷的！」

福邇婉言道：「侯幫辦是個好差人，他把你爸爸留在差館裡，無非是想把事情弄清楚吧。」他轉向我道：「華兄，侯幫辦禮拜日還穿著制服去飛利學校找校長一談，可見今天沒有休假，仍在辦案。他離開學校之後，多半回到大館，我們趁還未到午飯時間，現在便過去找他如何？」俗稱「大館」的地方，是指位於荷李活道彼端的中央大差館，是全香港的巡捕房總部。

珍珍聽到福邇這樣說，知道他肯幫忙，便從衣領內抽出一條她戴在頸上的紅色幼繩，只見上面穿了一枚銅錢。她道：「這一文錢是媽媽生前留下給我的，我知道不夠請你辦案，不過我就只有這麼多了。其餘欠你的錢，可不可以等我長大了出去打工，再慢慢還給你？」說罷便把掛著銅錢的小繩遞給福邇。

不久之前，普魯士親王赴華途經香港時，曾拜託福邇爲他辦過一點事情，報酬自是不菲；但這刻對著如此天眞爛漫的小女孩，福邇又怎會收她一分一毫？當下便跟她說：「我答應你，一定會把事情查個清楚，不用收錢。這一文錢是你媽媽留給你的，你好好收起來吧。」

珍珍年紀雖小，可卻不笨，怕福邇只不過是敷衍之言，急跺腳道：「不行不行！你一定要收錢！你收了我的錢才算是答應救我爸爸！」說著眼淚又奪眶而出。

福邇拿她沒辦法，只好收下銅錢，道：「好吧，這一文錢已經足夠，等到你將來長大找到工作，也不用再補錢給我。」

珍珍大喜道：「當眞？」她想了一想，學著不知從哪兒聽來大人說話的口吻，老氣橫秋地再道：「人人都說香江神探福先生是一位大俠，大俠講過的說話，一定要算數啊！」

福邇不知好氣還是好笑，道：「我講過的說話當然算數。」

女孩正要道謝，但還未開口，肚子卻忽然咕咕作響，原來餓了。

福邇問她：「你今天還未吃過東西吧？」

她搖了搖頭，楚楚可憐道：「每個禮拜日爸爸到學校接了我之後，都會帶我出去吃東西，所以我上完主日學之後，都不跟其他小朋友一起吃早餐。」

福邇聞言，便走過去打開廳門喚了鶴心進來，請她弄點東西給小女孩吃，然後跟珍珍道：「我和華先生這便去差館，弄清楚你爸爸到底發生了甚麼事。差館不是小孩子可以去的地方，你在這裡吃點東西之後，鶴心姨姨會送你回學校。我們一有甚麼消息，便會去學校跟你校長說。」說罷又吩咐了鶴心兩句，便和我一起穿衣下樓，前往大館。

○●○○○○

路上，我想起福邇剛才一眼看出小女孩的來歷，便問：「對了，你怎會知道珍珍是飛利書院的學生？」

他微笑道：「那還不夠清楚嗎？她有個英文名字叫珍妮，一進門又向我們提裙屈膝行禮，這是西式禮節，肯定受過英語教育。她所穿的的洋裙雖然乾乾淨淨，卻並不稱身，亦不適合這個季節穿著，分明是洋人家庭捐出來的舊衣服，讓教會轉送給本地的貧苦兒童。香港有多少間學校既用英語教學、又收留無所依靠的女童寄宿的呢？珍珍年紀這麼小，從學校獨自溜出來難以走遠，最有可能就讀的便是位於般含道的飛利書院。還有，她叫你做『華醫生』而不是『華大夫』，可知她一定是聽慣了大人用英語提及你時，稱你爲『鐸德』，所以她跟你說中文時也自然而然地叫你做醫生了。[4]飛利書院跟我們老朋友俾士校長的書館關係密切，兩校師長平素互有來往，珍珍想必是從他們口中聽說過你我兩人的名字。」[5]

我道：「這個小女孩也眞有她的，孤身一個來到荷李活道，居然還請得動神探福先生。你還是第一次受年紀這麼輕的人委託辦案吧？」

福邇點頭道：「她這份孝心，堪比古之緹縈。華兄，嫂子有沒有跟你說過《聖經》裡寡婦捐兩個錢幣的故事？」

我道：「我聽過瑪麗跟兒子們講這個故事。耶穌和門徒在神殿裡，看見許多富翁把大量

---

4 鐸德，即是英語 doctor 一字的早期中譯，原指博士（如晚清張德彝《使英雜記》：「三考俱獲雋者，即印鐸德某，即進士之謂也。」），後來亦引申至英語同稱 doctor 的「醫生」。

5 由俾士（George Piercy, 1856-1941）擔任校長的拔萃書室，當時位於般咸道，本為男女同校，在一八九一年轉為男校（即現在的拔萃男書院）時，所有女生轉讀到的學校便正是飛利女校。到了本故事之後一年（一九〇〇），拔萃女書院於原址附近的玫瑰行（Rose Villas）成立，飛利女校的英語系學生（多為混血兒）又盡數轉回拔萃女書院，只留下華語系學生。

金錢投進收集善款的錢箱，接著來了一個貧窮的寡婦，捐出兩個小錢幣。耶穌便跟門徒說，這寡婦捐出的款項比那些富翁的更有價值，因爲那兩個錢幣已是她的全部財產。[6]瑪麗還告訴兒子，爸爸給人看病，和福叔叔爲人辦案的時候，家境清貧的便少收他們一點錢，或甚至費用全免，便是這個道理。如今珍珍的情況不就是一樣嗎？」

他點頭道：「不錯。對珍珍而言，亡母遺下的這一文錢，是世上最寶貴的東西，但她卻一定要我收下作爲酬勞。我又怎能辜負所託呢？」

我憂道：「珍珍的父親若是無辜，你固然一定會還他一個清白，但萬一他眞的有罪，你又怎向小孩子交代呢？」

福邇道：「這個現在尙言之過早，待我們問清楚侯健再說。」

○●○○○○

香港的中央大差館，毗連著域多利監獄，由福邇的寓所沿著荷李活道一路行過去，只消十來二十分鐘。在大門口當値的正好是個認得我們的老差骨，聽我們道明來意，便馬上喚人來帶我們去找侯幫辦。

來到侯健房間，見他正在寫報告。他雙目滿佈紅絲，瞼靨眼腫，看來多半徹夜未眠；但他一見到我們，卻頓時滿臉倦容盡掃，驚喜道：「福先生！華大夫！我正想這個下午過去找你們幫忙，你們反而先來了。是不是已經聽到珍珠失竊的事？」

福邇道：「我們剛剛聽聞你拘捕了一個名叫韓楠的人，卻不知原來是一宗珍珠竊案。你去到飛利書館找校長，說話的時候被韓楠的女兒在門外偷聽到，她知道父親被抓上差館，便偷偷溜出學校，一個人跑到荷李活道請我幫忙。」

侯健嘆了口氣，道：「疑犯告訴我女兒每個禮拜日都會在學校等他探望，我怕小孩子擔心，便親自去書館告訴校長發生了甚麼事，請她編個謊言給女孩解釋爸爸爲甚麼沒有來。想不到一番好意想瞞著她，卻還是被她偷聽到眞相。」

福邇道：「到底是怎麼一回事？」

侯幫辦道：「事發於昨晚，今天的新聞紙還未來得及報導。事主是一位正在環遊世界的英國貴族，叫做莫卡伯爵夫人，上月由星洲抵港，住在山頂酒店。[7]昨晚大約八時十五分左右，

---

6 《新約聖經．馬可福音》第十二章第四十一至四十四節，〈路可福音〉第二十一章第一至四節。

7 位處太平山之巔的山頂酒店（The Peak Hotel），於一八七三年開業，直至二十世紀初，與中環海傍的香港大酒店（Hongkong Hotel）是當地兩間最豪華的大酒店。到一九三六年停業，兩年後拆除，原址位置是現在的山頂廣場。

伯爵夫人在酒店餐廳與私人祕書和女僕吃過晚餐後一起回到她的套房，發現疑犯韓楠在她的睡房裡面，形跡可疑。由於言語不通，伯爵夫人又懷疑對方是進來偷東西的，便命女僕馬上下樓去召酒店職員到來，自己則與祕書留下阻止疑犯離開現場。」他乾咳了一聲，補上一句：「我應該說得清楚一點，伯爵夫人是一位年過五十的寡婦，女僕年紀也跟她差不多，但私人祕書卻是個二十來歲、非常英俊的男子。」

我道：「你是說，男祕書其實是伯爵夫人的……小白臉？」

侯健頷首道：「後來我到場調查時問過酒店裡的人，餐廳的侍役說，伯爵夫人他們進餐時，女僕總是自己一個遠遠坐在另一張桌子，但男祕書就一定和夫人同桌，而且態度十分親暱。還有，雖然男祕書和女僕在酒店裡都另有自己的房間，但清理房間的傭人告訴我，祕書的房間不像是有人睡過的，反而伯爵夫人的睡房就……」

福邇打斷他道：「這種私事，我們不必細究。酒店職員到場之後呢？」

侯健道：「在酒店做夜班門房的人會說英語，女僕找到他，帶他趕回套房，那門房證實韓楠其實是酒店的打雜，但縱是這樣，卻不應該無緣無故擅自進入客人房間。」

福邇問：「韓楠怎樣解釋？」

幫辦道：「他說，有賓客向酒店投訴房間裡火爐的煙囪塞了，但他弄錯了房號，以為是伯爵夫人的套房，去敲門時沒有人應，試門時發覺沒有鎖，便走了進去。他告訴門房，檢查過廳裡的火爐，不像有問題，剛走進睡房正要檢查那裡的火爐，夫人他們便回來了。他不懂英語，無法解釋，自然惹人懷疑了。」

我道：「瓜田不納履，李下不整冠，如果他眞的沒有不軌企圖，實不應在客人不在的時候貿然進入房間。」

侯健道：「不就是嘛！伯爵夫人聽了門房翻譯韓楠的說話，當然不信，她的女僕也堅稱，之前陪夫人和男祕書下樓吃完飯時，明明是鎖好了套房大門才離開的。這時酒店的夜班經理也趕來了，夫人便在經理面前點算放在睡房內的珠寶首飾，發現不見了一顆價值連城的珍珠。她大發雷霆，叫男祕書在眾人面前搜韓楠的身，但甚麼也找不到。便要經理立即派人到差館報案。」

他正要繼續，但福邇卻打斷他話柄道：「等一等。當時先後到場的酒店職員是夜班當值的門房和經理，對不對？除了他們兩個，還有沒有其他人在差人抵達之前進出過套房？」

侯健答道：「沒有。我已經問得清清楚楚，經理派人報案時離開過現場一會，但回到套房之後便陪著伯爵夫人他們一直等到山頂差館的人抵達。在這段時間內，沒有別人進出過現場。」

福邇問：「套房的門鎖有沒有被人挑過的痕跡？」

幫辦道：「我像你教過我那樣，用放大鏡檢查過套房門鎖，並沒有被人挑過的痕跡。除非夫人的女僕說謊，她陪主人和祕書離開套房時其實忘了鎖門，不然的話，韓楠一定要用門匙才能進入現場。可是搜他身的時候，不但沒有發現珍珠，也沒有發現套房的備用鑰匙。」

福邇「唔！」了一聲，道：「進出過現場的這兩個酒店職員是怎樣的人？一個是門房，一個是經理，想必都管有套房的鑰匙吧？」

侯健道：「那個做夜班門房的姓黎名湛，年約六十歲，以前在洋行當過文員，所以英文不錯。可是四五年前中了風，身子太弱，眼睛又越來越差，不能繼續做原來的工作，便只好到酒店當門房。至於那夜班經理，是個四十來歲的英國人，叫做彼得遜，在山頂酒店任職已超過十年。我跟酒店證實過，伯爵夫人所住的那種貴賓房間，為了安全起見，除了交給客人的房門鑰匙之外，便只有兩副備用鑰匙，其中一副平時由門房保管，做日班和做夜班的在交更的時候便會交給對方，所以沒有機會拿出酒店去找匙匠多複製一副。傭人進入客人房間打掃，都要請門房給他們開門和鎖門，而門房會把時間寫在登記簿裡。」

福邇道：「門房管有的備用門匙一定很大串了。那麼另外一副備用鑰匙呢？」

侯健道：「所有客房的另一副備用匙，全部鎖在酒店辦事處一個櫃子裡，只有當值經理才有這個櫃子的鑰匙，日班和夜班經理也像門房那樣，在交更的時候把櫃子的鑰匙交給對方。」他不待福邇再問，又道：「不過我亦已查問清楚，伯爵夫人他們離開套房到回去發現疑犯的那段時間內，夜班門房黎湛和經理彼得遜都一直身在別處，有旁人可以作證。」

福邇想了一想，忽問：「這位夜班洋經理彼得遜懂不懂中文？」

幫辦道：「不懂。未有華差到場時，經理跟伯爵夫人幾個質問疑犯，都要靠門房黎湛翻譯。」福邇點頭示意他繼續，他便再道：「山頂差館的差人一到現場，馬上再把疑犯帶到一個房間，脫光了他的衣服徹底搜身，但仍找不到珍珠。他們懷疑犯人可能把珍珠藏在了現場某處，便徵得伯爵夫人同意，搜遍她套房的每一個角落，但依然沒有失物的蹤影。」

我忍不住插口道：「疑犯未及離開現場便跟伯爵夫人幾個撞個正著，既然在他身上搜不出失物，套房裡也找不到，會不會他其實吞下了珍珠？或是……塞進了屁股？」

侯健尷尬道：「我當然也有想到。我們後來把韓楠關起來之後，逼他服下瀉藥，又不給他東西吃，只給水喝。我吩咐獄卒用清水和竹篩子小心過濾便桶內的排洩物，但過了這麼久，犯人的腸子一定早已空空如也，但獄卒依然沒有發現珍珠。」

福邇眉頭一皺，急轉話題道：「山頂差館的差人搜不出珍珠，便派人到大館找你吧？」

侯健答道：「不錯。那時我早已下班，大館聽到發生了甚麼事，便急忙派人到我家找我。我趕到山頂酒店的時候，已經差不多半夜，伯爵夫人一見到我是中國人，本來很不滿意的，嚷著要換個英國幫辦來調查。我只好禮禮貌貌地跟她說，全香港便只有我一個華幫辦，這案件又需要用中文盤問疑犯和酒店的本地員工，所以我是最好的人選。她發覺我英語說得夠流利，又見我辦事乾淨俐落，才不再說甚麼。」

福邇道：「說了這麼久，你還未告訴我們失物的模樣。你之前說，失竊的是一顆珍珠，它不是鑲在首飾上面的嗎？」

侯健道：「本來是鑲在一條還有許多小珍珠襯托的項鏈上，但被賊人拆了出來。」他頓了一頓，又道：「說到這顆珍珠，便大有來頭了，在竊案發生之前，酒店上下人等都早已聽說過這件無價之寶。伯爵夫人已故的丈夫年輕時是個軍官，參加過英法聯軍之役，還有分火燒圓明園，珍珠便是那個時候得來的其中一件戰利品。」[8]

我聽了心中滿不是味兒，嗤道：「哼！原來是洋人搶掠自我國的東西！本來便是賊贓，被人偷了也是活該！」

福邇道：「華兄，話不是這樣說。積非不能成是，不然只會錯上加錯。雖然珍珠本來是洋人搶自我國的，但現在又被偷去，難道賊人便會完璧歸趙，送到京城獻給皇上嗎？」他轉向侯幫辦又問：「既然夫人這件珠寶這麼有名，賊人把珍珠從項鏈拆出來，一定是因爲覺得這樣比較容易脫手。這珍珠有多大？有沒有甚麼特徵？」

他道：「伯爵夫人說，這珍珠足有一英寸闊，而且不是普通的色澤，是顆暗灰色的黑珍珠。當年伯爵請古董專家鑑辨過，專家說這顆黑珍珠本來屬於軒轅黃帝，伯爵聽了十分高興，便用來製成項鏈，送給夫人作爲禮物。」

福邇道：「古書確有黃帝玄珠的記載，[9]但把這顆珍珠說成此物，無非是穿鑿附會吧。但姑置勿論，這麼獨特的一顆珍珠，就算從項鏈拆了出來，也難以脫手。案件一經新聞紙報導，全城的珠寶商都知道是賊贓，必定會將賣家舉報。」

侯健道：「對，我會請上頭廣派人手，通知城中所有珠寶店和當鋪。」

福邇問：「這麼貴重的珠寶，伯爵夫人怎會隨隨便便的放在睡房裡面？應該請酒店代爲保管，存放在他們的保險庫才對。」

侯幫辦答道：「伯爵夫人的珠寶本來確是寄存在酒店保險庫裡面的，之前只在出席一兩個

---

8 英法聯軍在一八六〇年洗劫及火燒圓明園後，被帶回兩國的文化瑰寶不計其數；拿破崙三世為了存放來自圓明園的戰利品，特地在楓丹白露宮建立了中國館。據聯合國教科文組織二〇〇二年的《全球防止非法販運文化財產報告》，中國流失海外的文物，可統計的已高達一百六十四萬件，分佈於四十七個國家二百一十八間博物館內，估計其中百餘萬件來自圓明園。

9 《莊子．天地》：「黃帝遊乎赤水之北，登乎崑崙之丘而南望。還歸，遺其玄珠。」

隆重場合時才拿出來佩戴。她今天晚上本來要到總督府出席宴會，昨夜吃晚餐前便拿了珠寶回套房，打算餐後回房慢慢試穿赴宴的服裝和珠寶配搭。我剛才忘了說，這也是她為甚麼會比平時早回套房。她通常會從頭盤到甜品吃足每一道菜的，可是昨晚她急不及待試穿衣服，只點了一道主菜，吃完便馬上回房，不然也不會當場撞破疑犯。」

福邇摸摸下巴道：「聽你這麼說，疑犯的確又似是早有預謀。他本以為伯爵夫人幾個會跟平時一樣，花不少時間進餐，卻沒有想到她們提前回房，所以便被對方逮個正著。但韓楠只不過是個打雜，又怎會知道夫人從酒店夾萬提取了珠寶拿回房間呢？」

幫辦道：「這個便不知道了，可能他暗中偷看到吧。我查問過酒店上下，韓楠通常到了下午六七點鐘便下班，但他昨晚卻留到八點以後，還擅自進入客人的房間，實在非常可疑。」他稍頓又道：「當然，可能在韓楠進入套房之前，已有一個小偷到過現場，盜走了珍珠。但要是這樣的話，這個小偷為甚麼只盜走珍珠，卻留下其餘的珠寶呢？無論怎樣看，也似乎是韓楠偷東西偷到一半便被撞破，才合理得多。」

我想了一想，道：「會不會是伯爵夫人的男祕書或女僕串通小偷，趁夫人不在的時候進入套房行竊？夫人他們離開房間時，說不定女僕只是假裝鎖門，讓小偷可以乘虛而入。」

福邇道：「這個我也有考慮過。但如果女僕或祕書眞的跟外人串謀盜寶，共犯不可能是韓楠。大家言語不通，又怎樣合謀偷竊呢？還有，當夫人提早由餐廳回房，女僕或祕書若明知共犯可能仍在現場未走，爲甚麼不設法拖延呢？」

我仍不死心，道：「不是我多疑，但這個伯爵夫人信得過嗎？會不會是她自己不小心弄丟了珍珠，便無中生有，硬說是這雜役偷了？又或甚至是她故弄玄虛，假裝珍珠被盜來騙取燕梳？」[10]

侯健沮喪道：「就是了！這個我也不是沒有考慮過，但人家是堂堂的英國伯爵夫人，你叫我怎樣調查她呢？我問過她珍珠有沒有買燕梳，她便發怒了，說這是一件無價之寶，要買多少燕梳才夠？還反過來質問我，是不是懷疑她誣衊這個姓韓的？」

福邇道：「如果她眞的給珍珠買了燕梳，也一定是在英國而不是香港，她騙你說沒有買你也難以查明眞相。一旦涉嫌偷珠的犯人在香港定罪，那麼伯爵夫人日後回到英國便可以名正言順領取賠償；就算讓你知道了，又怎樣越洋追究她向香港差人給予假證供呢？」他頓了一頓，又道：「不過話雖如此，夫人若眞的想假裝失竊來騙取保險賠償的話，又怎可以預知剛巧會有個酒店雜役進入她的套房，正好讓她用來作代罪羔羊？」

10　燕梳，即是英文 insurance（保險）一字的粵語音譯。

侯健道：「依我看，東西一定是韓楠偷的，只差我們不知道他把贓物藏在了哪裡而已。我親自把韓楠由頭到腳搜一次身，然後又監督著差人，徹徹底底再次搜查現場，但莫說是這麼大的一顆珍珠，就連一根針也找不到。沒辦法之下，我唯有把疑犯帶來大差館，繼續扣留問話。」

福邇道：「伯爵夫人和她的祕書和女僕，之後想必一直留在酒店吧，但那夜班經理和門房呢？之後你有沒有讓他們離開酒店？」

侯幫辦道：「酒店提供了一個小房間給夜班經理彼得遜在居住，但做門房的黎湛則沒有這麼好的待遇，所以我把疑犯帶來大差館扣押的時候，便讓他回家了。不過黎湛離開酒店之前，伯爵夫人卻一定要我也給他搜一次身方肯罷休。」

我奇道：「爲甚麼呢？你剛才不是說，有人可以證明在夫人他們離開套房的那段時間內，黎湛一直身在別處嗎？」

幫辦嘆道：「不錯。黎湛是在夫人他們回到套房遇著韓楠之後才到場的，而我亦問清楚夫人幾位，他們都說黎湛自始至終連碰也沒有碰過韓楠。不過因爲他管有套房的備用鑰匙，伯爵夫人便一口咬定他必定是韓楠的同黨，說一定要搜過他的身才可以讓他離去，而且還信不過我，堅持要讓她的祕書來搜身。我說她不過，便只好帶祕書和黎湛去到一個房間，讓祕書在我面前搜黎湛的身。不用說，結果當然在他身上找不出玄珠。」

我憤道：「可惡！爲甚麼那個夜班經理不用搜身？只因他是英國人，便沒有嫌疑嗎？黎湛不是跟他一樣，根本沒可能使用備用匙進入套房偷東西？伯爵夫人分明厚此薄彼，歧視中國人！」

侯健苦道：「就算不是有人能證明黎湛沒可能進入過夫人的套房，但我看他行動有點兒遴迍，上落樓梯也要慢吞吞地一步一步來，又怎會是小偷？但我無法拂逆夫人的意思。」

福邇問：「黎湛沒有反對搜身嗎？」

侯健嘆道：「他怎能反對？唯有逆來順受。他離去的時候，我留意到他偷偷抹了一抹眼角，好像幾乎想哭的樣子，我看了也很過意不去。」

福邇又問：「他今天會回酒店上班嗎？」

侯健點頭答道：「他的當值時間是下午六點鐘到早上六點。」

福邇道：「好極。那麼我想先盤問疑犯，下午再跟你前往山頂酒店逐一見見伯爵夫人及其他證人，待黎湛回去上班的時候便應該剛好輪到他。」

侯幫辦開門命下屬帶韓楠過來問話，又跟我們說：「我把疑犯押來大館之後，翻查過罪犯檔案，原來這個姓韓的年輕時當過扒手，坐過幾年監。光是這個原因，便足以扣留他。」

不久，差人便把韓楠帶到。只見他年紀四十上下，身型頗爲壯碩，一副幹慣粗活的模樣，但關了一晚牢之後，此刻已神情委靡，疲累不堪。也不知他是否心中有愧，一進門便一直低頭垂望腳前地板，不敢跟我們目光相接。

福邇道：「我是福邇，你可能聽過我的名字。是你女兒珍珍找我來幫忙的。」他見韓楠面露驚愕之色，便簡略地告訴了他小女孩獨個兒偷走出來登門委託的經過。

福邇故意先不提珍珠的事情，反而問他家庭境況，果然讓韓楠放下戒心。原來他妻子於四年前那場瘟疫中身故，幸因亡妻生前是基督徒，女兒領受過洗禮，韓楠才得以把珍珍送進教會學校寄宿。

他愧憾道：「我平日由朝到晚要打工，只有禮拜天才可以去探望珍珍，今天去不到，還要讓她擔心。」說罷長長嘆了一口氣。

之後問到他昨晚事發經過，他堅決否認偷了珍珠，深深不忿道：「我身也被你們搜過，連瀉藥也被你們餵過，還要怎樣證明東西不是我偷的？分明是那番鬼婆自己丟了東西，冤枉好人！」

聽了他這麼說，我也不免感到有點可憐，但又隱約覺得他說話之中有不盡不實之處，卻說不出是甚麼。

差人正要帶走韓楠時，福邇問他：「你有沒有甚麼話想跟珍珍說？我們可以代爲傳達。」疑犯聽了，欲言還止，但終於還是沒有說話，只是搖了搖頭。

待他離去，我忍不住道：「我看這人去到套房可能眞的是爲了修理火爐，但發現門沒有鎖，裡面又沒有人，因一時貪念便忍不住探囊胠篋，偷了伯爵夫人的玄珠。」

侯健也道：「我也是這麼想。除了他，還會是誰幹的？不過如果他沒有把東西吞下肚，我們翻遍套房又找不到，便眞的想不到還可以藏在甚麼地方了。總不能剖開他的肚子來看看珍珠是不是在裡面啊！」

我道：「雖然沒有當場人贓並獲，但韓楠很可能在伯爵夫人幾個回到套房之前，已先把珍珠交給了某個同黨。」

福邇道：「不錯，但如果是這樣的話，他爲甚還要逗留在現場呢？相反，韓楠也同樣可以辯稱，在他來到套房之前已經有人先進去偷走了珍珠。韓楠固然有嫌疑，但差館目前沒有足夠證據把他入罪。」

侯幫辦嘆道：「我們當然明白證據不足，所以仍未能正式起訴韓楠，只能把他扣留問話。但他是唯一的疑犯，我們又怎能輕易放人？」

我們不約而同轉望福邇，想知他有甚麼高見。他胸有成竹道：「這事情我已有端倪，但要親自視察過現場和跟所有證人談過，才可以說得準。」

這時已過中午，我們便和侯健一起在大館附近找了一處地方吃飯，之後福邇便跟幫辦一起乘坐登山纜車前往酒店。他們自有邀我同行，但這既非命案，不用由我來驗屍辨傷，我也沒興趣花一個下晝陪他們盤問證人，婉拒之後便自己回家了。

○●○○○○

那晚我跟內子瑪麗談起，她最關心的倒不是玄珠的下落，而是疑犯的孩子。

她道：「假如韓楠眞是無辜的話，福先生必定可以爲他洗脫嫌疑，但他的女兒才最需要人幫助。珍珍年紀這麼小，又沒有媽媽，眞的好可憐。」瑪麗跟飛利女校的莊校長有點交情，便說每天早上都會過去探望小女孩。「就算一時沒有好消息帶給她，若能安慰她一下也是好的。」

次日清早我回到醫館，福邇趁著我還未開門看診，不待我上樓找他便自己先下來了。他一見到我，便急不及待道：「事情有變。昨天傍晚黎湛竟沒有依時上班，我和侯健離開酒店後便去他在鴨巴甸街租住的房間找他。誰知他似乎匆匆忙忙的突然搬走了，連房東也是給我們開門的時候才知他已不辭而別，嚇了一跳。」

我奇道：「難道黎湛畏罪潛逃？但他怎會是偷了玄珠的賊人呢？侯幫辦不是說，事主離開房間的時候，有人可以證明黎湛身在別處嗎？」

福邇點頭道：「不錯。我昨天也一再跟酒店的職員印證過，伯爵夫人去到餐廳用膳之前，黎湛已離開崗位過到酒店另一翼，而當夫人她們回到套房發現韓楠，然後女僕趕去找人來的時候，黎湛才剛回到原來崗位。因爲黎湛需要在另一翼的更簿上簽名及寫下到達和離開的時間，而身處兩翼的酒店職員亦能證明記錄黎湛來去的時間無誤，所以他根本沒可能暗中進入現場偷竊。」

我大惑不解道：「那麼黎湛爲甚麼會失蹤呢？難道他知道韓楠把玄珠藏在了甚麼地方，偷偷去拿了然後遠走高飛？但玄珠只可能藏在酒店某處吧？那晚黎湛被人搜過身之後才離開酒店，之後又沒有回去上班……」

福邇道：「我有個想法，但必須找到黎湛才能證實。」他頓了一頓，又道：「不過黎湛雖已不見蹤影，可幸案情卻另有進展。」

我問：「甚麼進展？」

福邇道：「原來普魯士親王和王妃在香港的時候跟伯爵夫人有數面之緣，離港前跟她提起過你我怎樣爲他們解決了那件事情，所以伯爵夫人接見我時一聽到名字，便馬上對我另眼相看。我說服了她，查明誰是罪魁禍首並非首要之事，尋回失物才是當前急務，所以夫人決定懸賞一千圓，任何人只要歸還玄珠便可以得到賞金，夫人亦答應不會過問失物如何落到這人手上。」

我問：「這麼說，即是既往不咎，差館也可以釋放韓楠嗎？」

他搖頭道：「沒那麼簡單。答應不會過問歸還失物領賞的人是一回事，但韓楠涉嫌盜取玄珠，雖然巡捕房沒有足夠證據把他入罪，但伯爵夫人是大有來頭的人物，若未經她同意便釋放疑犯，便要背上辦事不力的罵名了。侯幫辦一定是受到上頭指示，才一直羈押著韓楠不放。」

我這才明白，道：「所以不但要盡快爲伯爵夫人尋回玄珠，還要說服她不再追究珍珠失竊之事，韓楠才有望釋放了？」雖然我不能確定韓楠是否冤枉，但念在他孤苦伶仃的女兒，自不禁希望他能在歲晚之前及時出獄，跟珍珍團聚。

福邇點頭道：「不錯。雖然比起玄珠這樣的無價之寶，區區一千圓賞金連九牛一毛也不如，但對一般平民百姓來說已是非常可觀的數目。玄珠失竊的新聞現已傳遍香港，城中無論在黑白道上都難以把贓物脫手。除非拿了玄珠的人已帶著贓物遠走高飛，不然的話，他一聽到懸賞的消息，很可能便會取易不取難，交還玄珠領賞。」

我不禁追問：「你說的這個拿了玄珠的人，應該便是黎湛吧？他突然失蹤，除了他還會是誰？但玄珠又是怎樣落到他手上的呢？」

他微微一笑道：「既然夫人也答應不過問，我便先讓你自己想想吧。」他看了一眼自鳴鐘，又道：「時候不早，不要耽誤你看診，我們容後再談。」

○●○○○○

我一直念念不忘玄珠的事，中午過後，和學徒在附近吃完飯回來，見一時仍未有病人來求醫，便留下學徒看著鋪子，自己上樓找福邇再談。

我登上後樓梯時，鶴心正在廚房忙著，見到我經過便道：「華大夫，剛才有人送來一尾新鮮肥美的石狗公，[11]我待會拿來煲湯，你今晚回家前先上來喝一碗吧。」這半年來，福邇歷劫歸來的消息在城中傳開之後，前來荷李活道道賀的人許久不絕，這時年近歲晚，自然又有人送禮上門。

我謝過鶴心，走進大廳，只見福邇已泡了一壺茶，正一邊閱讀當天的新聞紙，一邊自斟自飲。他請我坐下，也給我斟了一杯茶，大家聊不了兩句，忽然廚房傳來鶴心「啊！」的一下大聲驚呼，讓福邇和我都嚇了一跳。我們正要走去看個究竟，她卻已慌慌忙忙的跑進廳子來，惶然失措道：「公子！華大夫！您們看！」

鶴心把拇食中三指之間拿著的東西舉起給我們看，原來是一顆龍眼大小的渾圓物件，上面仍沾著一點穢跡。只見這東西遍體灰黑，本應是毫不起眼的顏色，卻不知怎地依然透出一種晶盈柔潤的光澤。

她道：「剛才我劏魚準備煲湯，卻在魚裡面發現了這東西！是珍珠嗎？」

我驚道：「莫非這便是那顆失竊的玄珠？」

福邇接過珍珠，拿出手帕把它抹個乾淨，到窗前仔細檢視一番，道：「這絕非贗品，以大小和色澤來看，確是伯爵夫人所失的玄珠無疑。」

我驚奇不已道：「怎會這麼巧？」

他道：「這當然不是巧合。」隨即轉問鶴心：「你在魚的哪個部位找到這珍珠？」

她答道：「好像是有人從魚的嘴巴塞進去的。我劏開了魚肚，正要將魚鰓連內臟一起拉出，誰知一把魚頭和魚鰓分開便發現這珍珠了。」

福邇追問：「這條魚是誰送來的？」

鶴心道：「中環街市一個叫柯老實的魚販送來的，說是有個客人買下之後，託他送來給公子的。」

福邇道：「古有成語『買櫝還珠』，但這回卻是有人『買魚還珠』了。」

我驚道：「你是說，有人偷偷把玄珠塞進魚口，叫魚販送來給你？」

福邇微笑道：「當然了。」

我急跟鶴心說：「快去找這個柯老實，問清楚這個叫他送魚的客人是甚麼樣子的！」

鶴心點頭道：「我馬上去！」

她正要動身，福邇卻道：「不急。待會去問個清楚也無妨，不過我現在便可以告訴你們，這人是個年約六十、中等身材的男子，頭髮灰白，眉毛和鬚子稀薄，架著一副銀絲眼鏡，雙目細長，左邊面孔微微臉歪嘴斜，像中過風因而面癱的模樣。」

我愕然問：「你怎能說得這麼清楚？」

---

11 石狗公，或作「石九公」，即褐菖鮋（Sebastiscus marmoratus）的粵語俗稱，外形跟石斑相近，有補脾胃、益中氣等功效。

他笑笑道：「你忘了侯幫辦說過，黎湛中過風嗎？他昨晚沒有回去酒店，我自然問清楚他是甚麼長相，方便追查。」

我道：「但玄珠怎會在黎湛手上呢？我們今天早上才討論過，他當晚根本沒可能在現場沒有人的時候進去行竊。」

他道：「黎湛的確沒可能在現場沒有人的時候進去偷取玄珠，但卻極有可能後來抵達現場時取得玄珠，把它帶走。」

我可糊塗了，搔頭傻問：「甚麼意思？」

福邇道：「你還未想通嗎？進入現場偷取玄珠確是韓楠，但把玄珠帶離現場的卻是黎湛。」他見我仍一頭霧水，又道：「我示範給你看，便更容易明白。」

他示意鶴心過來他身旁，在她耳畔低聲說了幾句話，鶴心便點了點頭，站到大廳一角。

福邇跟我道：「當晚韓楠在套房裡被伯爵夫人他們撞個正著，第一個搜他身的是夫人的男祕書，當時黎湛和夜班經理彼得遜亦已在場。現在由我來扮演韓楠，你來扮演男祕書，鶴心扮演黎湛。」他又拿起手中的玄珠讓我看，道：「我們假設韓楠眞的偷了玄珠，請你轉個身背著我，讓我把玄珠藏在自己身上，你再過來搜我身。」

我依言轉身不看福邇，待他隨即說「可以了」，便又轉回來。他張開雙手，讓我上前探手進他的衣袋搜尋珍珠，但找遍了他褂子幾個衣袋也依然找不到。

他笑道：「好了，便當作搜不到吧。總不能像後來差人到場那樣，脫光我的衣服再搜一次。」

我奇問：「你把珍珠藏在了哪兒？」

他向鶴心打了個眼色，她便含著笑走了過來，二話不說伸手進我褂子左腰口袋，把珍珠拿了出來。

福邇道：「剛才我其實把玄珠藏在手中，你顧著搜我身之際，卻沒有爲意我偷偷把玄珠放進了你的口袋。」他稍頓，又道：「韓楠以前當過扒手，他的手法一定比我高明得多，不然也不可能騙得過在場那麼多人。當晚差人趕到現場前，在場各人跟韓楠說話都要依靠黎湛來翻譯。韓楠被祕書搜身時，便用中文告訴黎湛自己已暗中把玄珠放進祕書哪個口袋。其他人聽不懂，只道韓楠說些求情之類的說話，又怎會知道箇中另有轇轕？[12]」

我將信將疑道：「不會吧？就是這麼簡單？」

福邇點頭道：「這是扒手慣用的伎倆。盜竊時若被發覺，便讓事主搜身以示清白，正好趁

12 「轇轕」是廣東話現存的古代漢語，原指打雷聲，引申為「不對勁」的意思。《文選．洞簫賦》王褒：「故其武聲，則若雷霆轇轕。」

著這機會把贓物暗中放回對方身上。很多時候最簡單的把戲，卻反而最騙得到人。」他頓了一頓又道：「無巧不成話，黃帝玄珠的故事正好說明這個道理。黃帝遺失玄珠之後，先後派遣睿智的『知』、明察秋毫的『離』和力大無窮的『吃詬』去尋找，卻遍尋不獲，終於只有無形無我的『象罔』才能把玄珠找回來。古語有云：『少則得，多則惑。』把事情想得太過複雜反而更容易出錯，最簡單的解釋才最有可能是眞相；無論是中國還是西方，也有類似的說法。」[13]

我想了一想，道：「不對。就算眞的如你所說，韓楠偷偷把珍珠藏在祕書身上，黎湛再偷偷從祕書身上取得珍珠，但他又怎樣帶著珍珠離開酒店呢？他也有被祕書搜身啊，而且連衣服也要脫得清光。難道黎湛又把珍珠藏在祕書身上，待他搜完再偷偷取回嗎？這個把戲騙得過伯爵夫人那種鼻孔朝天的洋鬼子我覺可信，但當時侯健一直在旁監視，我就不信騙得過他的眼睛！」

福邇點頭道：「我也跟你一樣想法。我認爲黎湛用了另一種更高明的障眼法，才會連侯幫辦也騙得過，把玄珠帶離酒店。但我今早也說過，要待找到黎湛，才能證實我的想法。」

我聽他這麼說，知道再問也沒有用，便道：「姑勿論黎湛用甚麼方法把玄珠帶離酒店，現在爲甚麼又要把玄珠藏在魚內送來給你呢？應該不會是爲了報酬吧？伯爵夫人昨天才決定懸賞，今天的新聞紙未及報導，案發之後黎湛又沒有回過酒店，怎會知道？」

福邇道：「你說得不錯，他應不會知道歸還玄珠可以得到賞金；就算知道，也不必假手於我。佯言在酒店某處發現玄珠，豈不是簡單得多？依我看，黎湛把玄珠送來這裡，一定是希望我從中斡旋，讓巡捕房釋放韓楠。他既然不知道有賞金，當然也不知道伯爵夫人說過，不會過問歸還者如何得到玄珠。所以他擔心，若是把玄珠匿名送回酒店給伯爵夫人，或是送到差館的話，多半只會令韓楠入罪。」

我道：「這麼說，黎湛倒算有義氣。」其實我自始已懷疑韓楠可能眞的犯了罪，這時聽福邇說玄珠確是他與黎湛合謀盜取的，一想到可憐的小女孩珍珍還堅信父親無辜，心裡不禁悒悒然。於是又問：「即使你把玄珠歸還給伯爵夫人，她不再追究，但韓楠和黎湛畢竟犯了法，巡捕房眞的會這麼輕易銷案嗎？但若這樣放過罪犯，豈不是太過便宜了他們？」

福邇面有難色道：「我還未決定應該怎麼辦。」

我道：「我依然不明白，黎湛爲甚麼要用這麼奇怪的方法把玄珠送來給你呢？」

福邇道：「這麼貴重的東西，他大概不放心使用郵遞，亦不知道我甚麼時候會到書信館領

---

13 《莊子・天地》（接註9）：「使知索之而不得，使離朱索之而不得，使吃詬索之而不得也。乃使象罔，象罔得之。黃帝曰：異哉，象罔乃可以得之乎？」《道德經》第二十二章：「少則得，多則惑，是以聖人抱一為天下式。」福邇在文中把這句的意思解釋為類似「卡姆剃刀」（Occam's Razor）常譯作「如無必要，勿增實體」（Entia non sunt multiplicanda praete mecessitatem）的推理原則。

取郵件。這個魚販既然叫做『柯老實』，一定以誠實可靠見稱，黎湛趁他不覺時把玄珠藏在魚內叫他送來給我，未嘗不是個更安穩快捷的方法。還有，因爲鮮魚不能久存，所以他知道我們必定會馬上發現玄珠。」

他雖然說得很有道理，但我仍未信服，道：「換了是我，乾脆把玄珠放在包裹內，夜半無人的時候過來荷李活道投上你的騎樓，不就行了？」但話一出口，突然靈機一動，馬上自問自答：「啊！不對！他中過風，侯健說他眼睛不好，行動有點不便，所以未必能夠把包裹投上騎樓。」

福邇微微一笑，滿有玄機道：「你推想得差不多，黎湛若要把東西投上騎樓，的確會有困難，但卻不是因爲中過風，而是另有原因，而這亦跟他怎樣把玄珠帶離現場的方法有關。我暫且賣個關子，待我們找到黎湛的時候，你自會明白。」他想了一想，轉向鶴心道：「那麼你先到街市找柯老實，問清楚買魚的人是甚麼樣子的，再去雪廠街買些冰回來，今晚把那條石狗公冰鎮過夜。」

鶴心奇道：「公子，今晚不用來煲湯嗎？」

福邇道：「反正要把玄珠歸還給伯爵夫人，我們不妨拿這條魚來借花敬佛，留待明天晚上請她飽餐一頓，到時歸還玄珠。」他轉向我又道：「我現在便去安排，到時請你帶嫂子也一起來吧。」說罷便和鶴心一起下樓出外。

○●○○○○

次日我如常一早到醫館，福邇和之前一樣，趁我還未開門看診便下樓來找我。

他說：「昨天鶴心跟魚販證實了，買石狗公的果然是黎湛。我到杏讌樓西餐廳訂了個廂房今晚吃飯，之後找侯幫辦陪我去山頂酒店邀請伯爵夫人，說在晚宴上便可以把玄珠交還給她。我還費了一番唇舌，希望說服夫人如果能找回失珠的話，便不要再追究竊案，這樣差館也可以釋放韓楠了。不過她始終不置可否，只說會考慮一下。」

我驚道：「你眞的打算放韓楠一馬？雖然找回贓物，但他始終犯了偷竊罪啊！」

福邇道：「我們也討論過，韓楠一直堅持自己無辜，差館又無法證明玄珠如何不翼而飛，所以除非掌握到新的證據，遲早還是要放人的。」

我奇問：「你沒有告訴侯幫辦，韓楠怎樣用障眼法暗中把珍珠傳給了黎湛嗎？」

他搖頭道：「還沒有。疑犯把玄珠傳給黎湛的方法，純粹是我的推測而已，但除非韓楠肯招認，單憑推測還不足以定他的罪。」他稍頓又道：「不過我也說過，只要找到黎湛，便能夠證明他用了甚麼方法掩人耳目，藏起玄珠帶離開酒店。我們叫魚販前來認人，證實黎湛便是吩咐他把內藏玄珠的魚送來給我的人。到時，姓黎的便無法抵賴他跟韓楠是共犯。」

我聽了覺得甚有道理，想了一想，又問：「那麼你爲甚麼不索性昨天便把失珠交還給伯爵夫人，要留待今晚呢？」

福邇道：「我在晚宴上才交還玄珠，是要趁著她酒酣耳熱之際，乘機說服她不再追究失珠之事，這樣差館便可以釋放韓楠。」

我大惑不解問：「你剛剛還說要證明黎湛跟韓楠是共犯，爲甚麼又要讓差館釋放韓楠呢？一定是想珍珍來得及在大年夜跟她爸爸團聚吧？」

他嘆了口氣道：「珍珍若能跟她爸爸一起團年，固然是最好，但我眞正的目的，是利用韓楠引出黎湛。」

我正想追問，但福邇看見已有病人來到華笙堂外面等候，便道：「我也要出去了，今晚還有很多事情要安排。我約了伯爵夫人八點鐘到杏讌樓吃西菜，到時見你和嫂子吧。」臨走時不忘補了一句：「中午不要吃得太飽，要爲晚宴留肚子。」

時近歲晚，這天前來求診的人沒有平時那麼多，正好讓我提早回家。

鶴心知道我和妻子瑪麗跟福邇有約，便隨我一起回到位於西環的寓所，好讓我們不在家時代為照顧小孩。內人已穿了她最華麗的一襲洋式晚禮裙等候，還戴上一串由她已故父親所送的東珠穿成的短項鏈。我們做了十載夫妻，育有三子，但她依然跟我當年第一眼看見她的時候那麼漂亮動人。

杏讌樓位於擺花街與石板街交界，是由唐人開辦的西餐館，廚子據說師承於一位曾受聘於本地的歐洲名廚，福邇回港後慕名試過他的手藝也讚不絕口。我在家裡換上了最得體的一套衣服，便和瑪麗坐人力車過中環，到達餐館時還未夠八點鐘。入到裡面，只見福邇也穿了盛裝，正在指揮一眾侍役做好最後準備。

他跟我們打過招呼，便道：「店家知道今晚有貴賓光臨，自是不敢怠慢，但這地方的派頭始終無法跟豪華酒店相比，於是我上午便去找了何東，[14]跟他借了最名貴的餐具器皿和其他配套一用。之後我還特地從中環香港大酒店請來一位英語流利的餐廳堂長，請他臨時休班一

14 何東（一八六二—一九五六），香港富商。請見本書第一篇故事〈空樓魅影〉。

天，特地過來客串一晚，爲我們招呼外國貴賓。」說著喚了一個穿著洋式晚禮服的中年男人過來，介紹說是姓陳的堂長，又道：「多得陳堂長下午陪我到中環的洋酒商，精心挑選了幾支洋酒來伴餐。今晚絕不能讓伯爵夫人感到我們招待不周。」

侯健幫辦早已去了山頂酒店接伯爵夫人和男祕書，但饒是如此，客人依然過了八點半鐘才姍姍來遲。餐廳大門一開，只見引路的是身穿全套筆挺幫辦制服、頭上還頂著頭盔的侯健，一到來便扶著門恭請兩位貴賓內進。祕書是個年輕高大的英俊金髮壯男，而攙著他臂彎的珠光寶氣洋婦，當然便是伯爵夫人了。這位寡婦雖應已有五十開外，但風韻猶存，年輕時想必讓不少人傾倒。

福邇上前歡迎，帶他們進入廂房，陳堂長拿了夫人的貂裘掛起來，又接過男祕書和幫辦的大衣帽子頭盔放妥。夫人剛才甫到餐館，看見裝潢遠遜於她所下榻的酒店，臉上已露出一副不屑降貴紆尊的表情，這時待福邇引見了我和瑪麗，便不耐煩道：「福先生，士丹利幫辦說你今晚可以把珍珠還給我，我才臨時推掉其他約會來到這種地方。我的珍珠呢？」

她所說的「士丹利」是侯幫辦的洋名，這其實是香港島南邊一處叫赤柱的地方的英語叫法，侯健因爲以前曾駐守過那裡，便以地取名，讓不諳中文的西人這樣稱呼他。

福邇道：「不急，珍珠就快送到。我們先喝一點『三邊』，慶祝你的寶物失而復得。」他所說的「三邊」，是一種香甜淳郁的白葡萄汽酒，[15]瓶子早已放在一旁充滿碎冰的酒桶內浸得凍涼。姓陳的堂長不愧是大酒店出身，彬彬有禮地拿起酒瓶給伯爵夫人和祕書看過後，只聽見清脆「卜！」的一聲，已熟練地扭開了木塞，把美酒斟進六個高身玻璃杯子裡，給每人遞上一杯。

大家把酒閒談了一會，我英語不及其他人，沒能跟客人對得上多少句話，但瑪麗的流利口音，卻令伯爵夫人驚訝不已道：「你說得跟美國人無異！」卻不知是褒是貶了。

福邇請夫人移步到餐桌，坐在上席。陳堂長告訴大家精選了甚麼名酒來配合今晚菜式，還略爲解說了這些葡萄酒的釀地和年分。頭盤是芝士焗蠔，他對貴賓說：「除了各種魚類之外，蠔也是我們香港著名的海產之一，是今天才從對岸流浮山送過來的，絕對新鮮。」[16]

眾侍役捧著一碟碟用銀製拱形蓋子蓋著的前菜放在各人前面，待堂長微微點了一點頭，便給每位客人逐一揭開蓋子，頓時香氣撲鼻。忽聞伯爵夫人發出一聲尖叫，大家轉頭一看，原來

15 三邊，亦作「三變」，是法文 champagne 的早期粵語音譯。現代中文通用的「香檳」一詞，最早用例見於韓邦慶《海上花列傳》（一八九四），但據考證，之前已出現「香賓」的寫法。

16 「芝士」是英文 cheese（乾乳酪）的粵語音譯。香港採珠業早在五代時已有記載，南漢後主劉鋹曾於大寶六年（公元九六三年）在「大步海」（今大埔吐露港）設置採珠機制。文中提及的蠔類，應是指在二〇〇三年經基因測試證實為新品種而命名的香港巨牡蠣（Magallana hongkongensis），分佈於珠江口及華南海岸。

她碟子上不像我們那樣放了幾塊香噴噴的焗蠔，而是只有一片蠔殼，裡面沒有蠔肉，卻放了那顆在燭光下倍覺晶瑩溫潤的玄珠！

福邇欠一欠首道：「我想給夫人一個意想不到的驚喜，請勿介意。也請你確認一下，是原物無誤。」

伯爵夫人拿起玄珠看了又看，笑逐顏開道：「這確是我不見了的珍珠！福先生，你是怎樣給我找回來的？」

福邇道：「我只能告訴夫人，玄珠是有人匿名送來給我的。但至於這人是甚麼身分，玄珠如何落入他手上，我仍未查明全部眞相，而你亦答應過只要取回玄珠便不會過問，所以請恕我無法回答。」

夫人把玄珠交給祕書收起，點頭道：「不錯，最重要的還是找回珍珠。既然我答應過你，便會遵守承諾，不再追問。」

侍役給她換上一碟焗蠔，大家津津有味的吃完後，接著而來的便是杏讌樓給我們特別炮製的一道法國雜魚湯。歐人不像我們中國人飯後才喝湯，而是在上主菜之前享用，這湯雖然是法式製發，所用的卻是本地鮮魚。鶴心早上把那條隔夜冰鎮的石狗公拿到餐館之後，大廚子又親自去街市選了一條黃花魚和一條鯽魚來做配搭，加入洋蔥番茄等材料，烹煮成濃湯用麵包來伴著吃。[17]

西人的餐桌禮儀跟我國大相逕庭，湯並非用碗喝而是用匙子舀，菜肉更是要自行用刀叉在碟子上切割，幸好多年來我早已跟福邇和內子熟習，不然便要在英國貴婦面前大出洋相了。但話說回來，這位高高在上的伯爵夫人，又何嘗會用筷子？也難怪福邇沒有請她吃中國菜，以免她丟人現眼。

來到主菜，餐廳交託附近一家著名的燒味鋪，代爲以傳統醃烤法精心燒製三隻烏鬃鵝，送來杏讌樓後由大廚一分爲二，每位客人半隻，用祕方梅子醬配合西式煮法的時蔬上桌。最後的甜點，也是中西合璧，堂長說是脫胎自近年流行的一種桃子伴雪糕的歐式甜品，[18]但因這個季節沒有鮮桃，便用冰糖燉雪梨代替，配以本地牛奶公司出品的白雪糕。

餐後喝珈琲時，侯建見夫人心情甚佳，便乘機跟她說：「玄珠物歸原主，我再次恭喜夫

---

17 文中提到的「法國式雜魚湯」，應指中文因其發源地而現多譯作「馬賽魚湯」的 Bouillabaisse（法國南部普羅旺斯語，包含「先滾後熬」的意思）。

18 牛奶公司（Dairy Farm Co.）創辦於一八八六年，在港島薄扶林經營牧場，為市民提供新鮮牛奶；位於中環下亞厘畢道的舊倉庫，建於一八九二年，現列為一級歷史建築。蜜桃配香草冰淇淋和紅桑子甜醬的「梅爾巴蜜桃」（Pêche Melba），是倫敦薩伏依（Savoy）酒店的法國名廚奧古斯特．埃斯科菲耶（Auguste Escoffier, 1846-1935）在一八九〇年代初為著名女高音奈麗．梅爾巴（Nellie Melba, 1861-1931）發明的甜品。

人。我們現在仍扣留著那個涉嫌盜竊玄珠的疑犯，但沒有足夠證據起訴他。既然夫人沒有損失，又不會追究是誰交還失物，如果你同意就這樣結束案件的話，我們便可以釋放疑犯了。」

夫人聽了大為不悅，道：「雖然現在找回玄珠，但我應承付出賞金，不能說沒有損失。我答應不追究交還珍珠的人，可沒答應不追究涉嫌偷珍珠的犯人。幫辦，找不到足夠證據起訴疑犯，是你們差人的問題，但必須有人為我的損失負上責任才對。」她不待侯健回答，轉向福邇又道：「福先生，今晚你給我找回失物，又安排了這麼豐富的一頓晚餐，確實應該獲得這賞金。」說罷向她的私人祕書點了點頭。

祕書拿出支票簿子和墨水筆，問福邇：「福先生，請問你的全名怎樣拼法？」

福邇道：「不要寫我的名字，請把支票寫給『保良局』吧。這是香港一個保育婦孺的慈善團體，專門收容和照料本地無依無靠的婦女和兒童。」[19]他告訴了祕書保良局英文名稱的拼法，轉向伯爵夫人又道：「我會以夫人的名義，把這筆錢捐給保良局作慈善用途。我先代表他們多謝你。」

瑪麗見夫人愕然之下一時無言以對，便跟她說：「保良局雖然不是教會機構，但他們所做的善事卻依然可說是為神服務的，所以福先生代你捐給他們的這筆錢，又怎能當作是損失呢？我是基督徒，記得主耶穌說過：當我饑餓和口渴的時候你給我食物和水，流離失所的時候你收容我，赤裸時給我穿衣，生病和被囚禁時又來探望我；當你爲我們之中最卑微的人做這些事情的時候，便是做了在我身上。[20]我不知道這個現正被羈押的疑犯到底有沒有罪，但英國法律可貴之處，便是寧可放過有罪的人，也不能冤枉無辜。既然幫辦也說證據不足，那麼我們不是應該假設這個人是無辜的嗎？夫人，你這次差點失去一件無價之寶，說不定其實便是上帝提醒你，自己生活得越富足，便越不應該忽略社會上那些最不幸的人。疑犯有個未滿八歲的女兒，如果失去了爸爸的話，多半也會被送進保良局，不能在現在的學校繼續讀書。」

伯爵夫人聽了內子一番話，沉默不語；英人喜怒不形於色，一時也看不透她心中想甚麼。過了許久，她轉頭向男祕書說：「撕掉你剛才寫的那張支票吧。」

我只道瑪麗一定說錯了話，激怒了夫人，不料她卻接道：「再寫一張雙倍數目的，讓福先生捐給這慈善機構。」說罷又跟侯健道：「士丹利幫辦，我改變了主意。明天早上請接我到差館見你上司，我要跟他說，不想再追究珍珠被盜的事情了。」

---

19 以「保赤安良」為宗旨的保良局，於一八七八年由華人領袖上書時任港督軒尼詩後，集資成立的慈善機構。最初的專責，是防止誘拐婦孺和收容受害者，其後亦為平民百姓提供養老及教育等服務，是香港歷史最悠久和規模最大的慈善團體之一。

20 《馬太福音》第二十五章第三十五至四十節。

歲殘年盡，急景凋年，翌日已經是廿八，又因戊戌臘月逢小月，所以沒有年三十，再過一天的年廿九已是大除夕。[21]

粵諺有云：「年廿八，洗邋遢。」這天是廣東人過新春前傳統大掃除的日子，華笙堂亦開始休假，所以整個上午，我便和學徒在荷李活道貳佰貳拾壹號樓下清潔地方。鶴心是北方人，臘月廿三小年夜時早已將樓上寓所除穢換氣一番；這天清晨，她先陪了內子到飛利學校探望珍珍，告訴小女孩她爸爸很快便會來接她一起團年，之後便和瑪麗一起回到我們寓所幫忙打掃，除舊迎新。

與此同時，福邇去了大館跟侯健幫辦和伯爵夫人見差頭，之後幫辦留下安排釋放疑犯韓楠，福邇還親自送夫人回去山頂酒店。待他回到荷李活道時，已是下午三四點鐘，我和學徒剛好打掃完畢，我便讓他回家，自己上樓跟福邇慢慢詳談。

福邇泡好一壺茶，拿到大廳跟我坐下，便道：「昨晚全靠嫂子一番肺腑之言，打動了伯爵夫人。」

我道：「你叫我帶同瑪麗一起赴宴，其實是預料到要借助她說服伯爵夫人吧？」我見他含笑默認，忍不住又嘆道：「瑪麗不知道韓楠其實有罪，才會跟伯爵夫人那樣說。但她每天上午都去飛利學校探望珍珍，跟這個小女孩很有感情，我又怎忍心告訴她眞相呢？」

福邇道：「華兄你不必自責。嫂子昨晚說得一點都不錯，無論韓楠是否無辜，既然不夠證據把他入罪，便應該把他釋放；不能爲怕開罪伯爵夫人這位權貴，便證據不足也繼續扣留著他。」他稍頓，又道：「再者，黎湛才是本案的關鍵人物，就算差人繼續羈押韓楠也無濟於事，反而把韓楠釋放，才有機會利用他把黎湛引出來。」

我道：「對，你也說過，釋放韓楠是爲了引出黎湛。是欲擒故縱之計！」

福邇點頭道：「不錯。侯幫辦今早陪夫人去大館，告訴差頭她無意再追究，這樣幫辦便可以釋放韓楠了。我已跟侯健說好，要晚一點才能讓他離開大館，這樣韓楠便錯過女兒學校的探望時間，要明天早上才能接她出來一起團年。這麼一來，韓楠很可能會馬上去找黎湛；就算他不知道黎湛藏身何處，多半也有聯絡的方法。幫辦和一眾手下已做好部署，換上便服暗中跟蹤韓楠，黎湛若現身，便手到擒來。」

21　由於一個朔望月平均有二九．五三〇六天，並非三十天整數，所以農曆為了確保每月初一必定是朔日，除了有三十天的「大月」之外，也會間中出現只有二十九天的「小月」。如果臘月適逢小月，因為沒有「年三十」，「大除夕」便落在歲末最後一晚的年廿九。

我這時才明白，道：「伯爵夫人決定不再追究，差館又沒有足夠證據，侯幫辦才可以釋放韓楠。但這並不等於玄珠失竊之事就此銷案，待韓楠引出了黎湛，便有辦法證明兩人是共犯，到時就可以起訴他們了。」

福邇道：「不錯。當證據不足以把韓楠入罪時，固然不應該繼續扣留他，但一找出黎湛，掌握到足夠證據，便當作別論了。就算伯爵夫人不久便離開香港，不能出庭作證，官府依然可以起訴黎韓兩人。」

我又問：「你還未跟我解釋清楚，黎湛和韓楠究竟是怎樣合謀偷珠的。」

他道：「這個不難推想。黎湛不知怎樣打聽到，伯爵夫人在事發當天將會從酒店的保險庫把珠寶提取出來。他知道夫人和祕書及女僕通常甚麼時候到餐廳用膳，便心生一計，趁著套房沒有人的時候，跟韓楠分工合作盜取珠寶，而且不會讓人對他倆起疑。黎湛身爲門房，隨身帶著一大串所有客人房間的備用鑰匙，所以必須能夠證明自己在案發時身在別處，才不會成爲頭號疑犯。於是他便故意在夫人幾位正在樓下進餐的時候，找個藉口由自己平常的崗位去到酒店的另一翼，這樣兩翼的同事可以爲他做證，兩邊的更簿裡還會寫上他到達和離開的時間。黎湛的詭計，便是在前往酒店另一翼之際，把夫人套房的備用匙從他那串鑰匙脫出來，偷偷藏在沿途某處跟韓楠事先約好的隱蔽地方。」

我憬然悟道：「原來如此！我記得你說過，韓楠通常在這個鐘點已經下班，所以他這時只要小心不讓人碰見，悄悄拿取黎湛留在隱蔽處給他的備用鑰匙，便可以進入套房偷取珠寶了！」

福邇見我想通了，便點頭道：「不錯。試想，假如伯爵夫人這天不是匆匆吃完晚餐提早回房，黎湛和韓楠的計劃便會順利完成。韓楠從隱蔽處取得備用鑰匙，便馬上趕去夫人的套房開啓門鎖，但以防萬一，黎湛必定再三叮囑過他，必須在進房之前先把備用鑰匙放回原來的隱藏處。」

我問：「爲甚麼呢？偷完東西之後再把鑰匙放回不行嗎？」

他搖頭道：「不行。因爲萬一韓楠在套房內被人撞破，只要沒有贓物在身上，也依然可以辯稱發現門沒有鎖，所以進內檢查火爐。但假若被人搜身，發現身上竟有備用鑰匙，那麼不但韓楠自身難保，到時便連黎湛也脫不了關係。也正因黎湛有此先見之明，韓楠被撞破後才有裝傻充愣的餘地。」他頓了一頓，又補充道：「還有，我估計依照黎湛的計劃，是韓楠偷了珠寶之後，故意讓套房的門鎖開著，這樣一來大家便會不免想到伯爵夫人她們離開房間時可能忘了鎖門，二來亦會以爲罪犯只是個碰巧經過而發現房門沒鎖的人。」

我道：「對，如果房門是鎖著的，大家一定會懷疑賊人有鑰匙。」

福邇繼續道：「夫人他們當場撞破正在行竊的韓楠後，女僕急忙去找酒店職員，這時黎湛剛從酒店另一翼回到原來的崗位，沿路想必已從跟韓楠約定的隱藏處取回套房的備用匙，放回由他掌管的那串鑰匙上。之後韓黎兩人便使用我已經解釋過的障眼法，瞞過現場眾人，讓黎湛帶走玄珠。」

我咄嗟道：「最令我痛心的是珍珍，還一直相信父親是無辜的。」

福邇正要答話，卻突然有人大力急拉門鈴。我們望出窗口，原來是個綠衣華差。他抬頭一見到我們，便大喊：「福先生！華大夫！發生了命案！」

我們連忙下樓，那綠衣急道：「西營盤那邊有人被殺，已經抓到兇手，請兩位馬上過去！」

福邇急問：「死的是甚麼人？兇手是誰？」

綠衣道：「不知道。兇手是大差館的侯幫辦和他的手下抓到的。」

我轉望福邇，驚道：「難道韓楠和黎湛……」

他不待我說完，立刻問綠衣：「你是西營盤那邊的差人吧？到底發生了甚麼事？」

綠衣答道：「不錯，我是七號差館的巡捕。剛才我和拍檔正在西營盤巡邏，忽然聽到幾個街口之外有人不斷吹響銀雞，我們趕去一看，原來是侯幫辦。他一見到我們，便說那裡一間屋內發生了命案，他和手下已經當場抓到兇手，又命令我們一個馬上回差館多召喚幾個綠衣來幫忙，另一個趕來荷李活道找你們過去！我沒有走入現場，所以只知道這麼多了。」

綠衣又說，侯幫辦還吩咐他通知大館，告訴我們兇案現場地址之後，便匆匆趕往中環報信。

○●○○○○

福邇和我沿水坑口落到大馬路，去到人力車伕通常候客之處，但時近歲晚，只有一輛車子在那裡，我便讓福邇坐，先赴西營盤。待再有空車經過，載我到達目的地，已經是十多二十分鐘之後的事情。

那地方是位於海皮附近的一棟三層高的民房，門口有個綠衣守著，旁邊還有一個穿著便服的差人，我認得是侯健手下之一。他一見我抵達，馬上引我進內上樓。原來這棟樓宇是一梯兩戶的格局，案發處是頂層其中一戶，侯健幫辦一定是聽到我們登樓的聲音，上去時已在樓梯頂等候。

我急不及待問：「發生了甚麼事？是韓楠殺了黎湛嗎？還是……」

侯健擺擺手，示意那便衣差人回到樓下，才跟我說：「死者是黎湛，但殺他的不是韓楠。」他頓了一頓，繼續道：「我想福先生也跟你說過，我們釋放韓楠，是為了暗中跟蹤他到黎湛藏身之處。果然不出所料，今天他一離開了大差館，不是立刻回家，而是來到這兒。我和一班手下早已換上了便服，一路偷偷尾隨，終於看見他走進這棟樓。我們正要跟著上樓抓人之際，想不到卻先聽到他在樓上大喊救命，接著有三個人衝落樓梯，其中一個手裡仍拿著一把染了血的小刀！幸好連我在內，我們這邊有五個差人，擋在了樓梯口他們便無路可逃，我一拿出手槍，他們不得不乖乖投降。」

我訝愕道：「那麼是這幾個人殺了黎湛？他們是甚麼人？」

他道：「他們嘴巴硬，我盤問時沒肯說出多少，但多得福先生剛才來幫忙，已套問出他們是從廣州下來香港的黑道中人，本來是要跟黎湛買下那顆玄珠的。」

我道：「這麼說，他們發現玄珠已不在黎湛手上，便把他殺掉？」

幫辦道：「看來是了。你來到之前，我剛叫綠衣把這幾個人押回七號差館。福先生正在屋裡盤問韓楠，我帶你進去。」

一進門，只見房子狹小窄隘，陳設簡陋，斗室中央躺了一具屍首，已用一張床單蓋著。福邇本在一旁的臥房內跟韓楠說話，這時行了出來。

我問：「韓楠沒事嗎？」

他道：「沒事。他來找黎湛時，剛巧遇上那三個人行兇，但他也算幸運，兇徒急著逃跑，沒有傷及他。不過他看見黎湛被殺，自是嚇得魂飛魄散，依然有點不適。華兄，我剛才已查看過屍體，不如勞煩你也看一看再說。」

我揭開床單檢視黎湛遺體，但見他右胸染滿鮮血，傷口深及心臟，一刀致命。但最令我震驚的，卻是他雙目竟已被挖走，左右眼眶只剩下兩個血洞！

我駭問：「兇手殺了人之後，爲甚麼還要挖掉眼睛？」

福邇道：「你再看清楚。」

我依言再仔細檢查死者雙眼，果然發覺有異樣，道：「只有右眼才被挖了出來，但左邊的眼洞其實是康復了多年的舊傷，早已失去眼球。原來黎湛其實瞎了一目，只有一隻眼睛！屍體左邊眼洞有血跡，是因爲死後被人用手指或硬物大力插過多次，造出了新的傷口。但爲甚麼會這樣呢？」

福邇不答，指指一旁地板，又道：「你再看看死者的眼鏡。」我這時才爲意，黎湛的銀絲眼鏡在一旁地上，已被踩得扁平扭曲，鏡片也只剩一堆玻璃碎。

正當侯幫辦和我不明所以，面面相覷之際，福邇喚了韓楠出來。只見他已嚇得面無血色，福邇一言不發，竟突然一拳打在他腹部之上！拳頭擊中韓楠中脘穴位置，痛得他雙膝一軟，跪趴地上，嘩啦啦的抽搐嘔吐起來。

侯健愕然道：「福先生！你爲甚麼打他？」

福邇指著地上道：「你們看他吐了甚麼出來？」

我們轉頭一看，只見韓楠身前一灘酸臭嘔吐穢物之中，駭然可見一隻滿佈血絲的眼球！

侯健顫聲道：「原來死者的眼睛是他挖掉的！可是……爲甚麼要吞下肚？還有……另外一隻眼睛呢？」

福邇道：「你們還不明白嗎？黎湛其實只有一隻眼睛。這便是當日他把玄珠帶離現場的方法，不是『魚目混珠』之計，而是『以目換珠』。他把玄珠當作義眼，塞進了眼洞裡。」

○●○○○○

這時韓楠仍跪在地上，一時未能回過氣來。福邇指指他支撐在地的右掌，道：「你們看，他右手拇食中三隻手指的指甲縫裡有血跡，是挖出死者眼睛時弄到的。」他接著繞到韓楠身後，又指指他的鞋底，再道：「他右腳鞋底仍殘留著一些細微的玻璃碎。」

侯健傻道：「我還是不明白，他爲何要把眼睛吞下？還有，踩爛黎湛的眼鏡，又是爲了甚麼？」

福邇道：「黎湛被殺後，韓楠聽到你們在樓下拘捕兇徒，頃刻間只想到必須設法隱瞞自己與死者合謀盜珠的罪行。他拿出了黎湛的義眼，連同眼鏡一併踩碎，這樣差人若不仔細看個清楚，便不會留意到玻璃碎之中除了鏡片之外還有假眼珠的碎片。爲了掩飾黎湛其實獨眼，他又連死者完好的右眼也挖了出來，但踩爆會留下痕跡，一時沒有地方好隱藏，唯有吞下。他還用手指力插死者空洞已久的左眼眶，弄出個傷口來，讓人如非細看，會以爲死者兩隻眼睛都是被兇徒挖走的。」他頓了一頓，又道：「剛才我盤問他時，雖然他沒有說出眞相，但我留意到他手指和鞋底上的線索，便看出他幹了甚麼，還見他一副想作嘔的樣子，所以又知道他把死者的眼球吞下了肚。」

福邇說罷，扶起了韓楠，讓他坐到一旁的凳子上，跟他說：「事到如今，你還是把事情的始末從實招來吧。」

韓楠知道無法再假裝清白，只好垂頭喪氣地向我們解釋一切。

原來韓黎兩人一早相識，韓楠年輕時當上扒手，帶他入行的師父便正是黎湛。後來韓楠被捕判刑，坐牢期間聽說黎湛在外面開罪了黑道人物，被毒打一頓，差點連性命也不保，結果失去左眼，一邊臉孔也肌肉癱瘓。事後，黎湛不敢再行差踏錯，找了一份正當職業，配上義眼後，為了向人解釋面部傷勢，便訛稱是中風。韓楠出獄後，黎湛介紹他做一些散工來謀生，才得以娶妻生女。

過了數年，黎湛已成為山頂酒店門房，韓楠喪妻後經他引薦，也去到那裡打雜。直到盜珠案發生之前一兩日，黎湛偶然聽說伯爵夫人將會從酒店保險庫提取珠寶，終於按捺不了貪念，與韓楠密謀偷取。

韓楠道：「我本來也不想再犯事，但黎湛說，不會有人懷疑到我們身上。像伯爵夫人這種不可一世的洋人，我在酒店見得多，想到可以教訓他們一下，又想到事成之後，有錢讓珍珍過好一點的日子，我最後還是答應了。」

他又說，黎湛預料到這麼名貴的珠寶失竊後，風聲一定極緊，難以把贓物在本地脫手，於是暗中通知廣州的黑市賣家，約他們前來香港做交易。

案發那天，一如福邇所推斷，黎湛把伯爵夫人套房的後備鑰匙藏在暗處給韓楠，讓他在房間沒有人的時候潛進去偷取珠寶。想不到夫人和男祕書及女僕提早回房，跟韓楠撞個正著。

韓楠道：「我聽到他們回來，連忙把偷了的珠寶放回原位，但那顆珍珠已從項鏈撬了出來，我沒有辦法之下，只好把它藏在掌心裡。那個男祕書氣沖沖的走過來質問我，我便乘機把珍珠偷偷放進他衣袋。好不容易拖延到黎湛來到現場，我知道其他人不懂中文，便假裝爭辯，告訴他已把珍珠放到男祕書外衣哪個袋裡。正好男祕書要搜我的身，爲了方便行動，自己脫下外衣，黎湛立即上前給他拿著，便這樣暗中取得珍珠了。」

侯幫辦問：「接著黎湛便把玄珠放進自己的眼洞，對不對？那麼他本來戴著的義眼放在了哪裡？之後我親自搜過他的身才讓他離開現場，卻沒有發現義眼啊！」

福邇道：「依我看，他在抵達案發現場前已把義眼脫了出來。黎湛剛從酒店另一翼回到原來的崗位，夫人的女僕便趕來找他，他一聽到事情敗露，尾隨女僕回去套房的時候悄悄脫下義眼，隨手放進途中經過的某個花瓶之類的隱藏處。不要忘記，玄珠本來便是他和韓楠的主要目標，他一定會馬上想到自己可能要從現場帶走贓物，用玄珠充當義眼自是最好的方法。」

韓楠道：「黎湛拿到珍珠之後，脫下眼鏡假裝揉一揉眼睛，一下子便把珍珠塞進了眼眶，馬上又戴回眼鏡。除了我之外，根本沒有人留意得到。」

我將信將疑道：「玄珠雖然跟義眼差不多大小，但始終不像一顆假眼球那樣，眼白和眼瞳黑白分明，怎會沒有人看得出有異樣呢？」

福邇道：「黎湛天生眼睛促狹，又架著一副眼鏡，戴著義眼的時候雙目不會讓人看得見多少眼白。玄珠的顏色又跟亞洲人眼珠相近，黎湛塞進了眼洞之後，只要小心不跟別人目光相接，不難瞞倒眾人。」

侯健也道：「你這麼說，我倒記得他好像眞的沒有跟我直視過一眼，我還以爲是因爲他在酒店做門房，習慣了在客人面前恭恭敬敬、俯首低眉的緣故。」

福邇跟他道：「記不記得你說過，那天黎湛離開現場前，被逼要讓男祕書搜身，忍不住偷偷抹去眼角的淚水？那不是因爲他覺得屈辱而氣得要哭，而是眼洞裡塞進異物，令他不禁流出眼水。」

我記得福邇早已說過看穿了黎湛的把戲，便問：「今天之前，你連見也沒有見過黎湛，怎會看得出來他把玄珠換作義眼？」

福邇道：「我一開始便思疑韓楠在搜身前已把玄珠偷偷傳給了黎湛，所以雖然沒見過他本人，但一聽到侯幫辦和其他人怎樣描述他，便馬上想到他可能用了甚麼方法把玄珠帶離現場。他半邊臉孔僵硬，看似老眼昏花，行動又緩慢，其實並非如他所說是因爲中過風，而是因爲受過某種傷患，不但令面部肌肉麻木，還失去了一隻眼睛，所以影響了判斷距離的能力，登上或走落梯級時當然要小心翼翼了。還有，華兄你記不記得跟我說過，黎湛把玄珠送來給我的時候，何不乾脆放在包裹裡，拋上騎樓？當時你以爲一定是因爲他中過風，連這麼輕的東西也無力拋擲，但其實是因爲他眇目而無法拋得準才對。若拋偏了，難保東西不落在鄰居的騎樓。」

接著韓楠又說到，黎湛取得玄珠後，一定是知道侯健多半會請福邇協助調查，次日便不敢回酒店上班。之後差館釋放韓楠時，韓楠又得悉原來是因爲玄珠已物歸原主，雖然不知道箇中細節，但也猜到是黎湛爲了救他而暗中交還失物。韓楠知道黎湛本來爲了把玄珠賣給廣州黑市買家，在西環租了一個小房間跟對方做交易，想到多半是他現在藏身之處，於是這天一離開大館便前往找他。但黎湛大概來不及通知黑市買家取消交易，對方這天竟先韓楠一步上門，見面才知黎湛食言，一怒之下竟殺死了他。

韓楠道：「當年我失手被捕，沒有供出老黎是同黨，他感激我夠義氣，所以等我坐完監之後一直十分照顧我。這次他大可以不理我死活，賣了珍珠遠走高飛的，想不到爲了救我，竟然……」他說不下去，便怯問侯健：「幫辦，你現在是不是又再把我帶回差館鎖起來？」

侯健一時猶豫不決，轉望福邇問：「福先生，你說呢？」

福邇沉吟了片刻，才道：「韓楠和黎湛合謀盜珠，確應受到法律制裁。不過玄珠已經失而復得，而主謀黎湛更賠上了性命，也足以把所欠的帳一筆勾銷吧？況且，我們還要爲韓楠的女兒珍珍著想。稚子何辜，如果我們抓她父親去坐牢，豈不是連這個無辜小孩也一起懲罰了？」

韓楠聽了福邇的話，不可置信的轉望侯幫辦，見他默默點頭，一時驚喜交雜，涕淚俱下。他說不出話來，撲到地上，「咚咚咚！」的不斷給我們叩響頭。

福邇扶起他，義正詞嚴道：「你不要叩頭，你欠的不是我們，而是你的女兒，要用一輩子償還。珍珍自始至終都不相信爸爸會犯罪，你要洗心革命，重新做人，做一個對得起女兒的父親。」

侯健也跟韓楠說：「你剛才那番認罪的說話，我當作沒有聽到。既然沒有證據證明你有分偷珍珠，你可以走了。」說罷便送他下樓。

福邇拿出手帕，竟不嫌髒，用來拾起地上那眼球包起，道：「不能留下這物證。」

我隨他離去時，忍不住問：「眞的就這樣放過韓楠嗎？」

福邇道：「你忘了我答應珍珍要做的是甚麼嗎？我答應她的不是破案，而是救她爸爸。」他笑了一笑，又道：「正如小孩子所說，大俠講過的說話，是一定算數的。」

○●○○○○

一元復始，萬象更新。

新正頭那幾天，[22]我和內人帶了三個孩子到荷李活道貳佰貳拾壹號，跟福邇和鶴心一起過節。鶴心早已把地方佈置一番，而我書法雖然不及福邇，過年前也獻醜弄墨，寫了「福有攸歸」、「德善在邇」一對春聯，貼在了貳佰貳拾壹號乙的大門兩旁作爲框對，還有一個大「福」字作斗方，倒貼在樓上內門。

這是福邇歷劫歸來的第一個新年，自然特別多人前來拜年送禮。除了糕餅糖果、燒味臘肉之外，我們還收到不知多少盆柑桔水仙，和一株株桃花，多到吃不盡放不下的，便轉送鄰里，是以這年周圍大街小巷都特別熱鬧，喜氣洋洋。

韓楠也挈幼女前來再三拜謝。珍珍穿了一件紅色的新棉襖，襯托著她紅撲撲的臉蛋兒，更顯得嬌俏伶俐。新衣是瑪麗之前買來送給她的，這時讓小女孩穿上還覺有點大，待明年便應該合身的了。我大兒跟她年紀相若，兩個小孩一見如故，馬上一起玩得興高采烈。

我們封了利市給珍珍，[23]福邇本來還想把那枚銅錢交還給她，說：「這是你媽媽留下來給你作爲保佑的，你還是拿回去戴在身邊吧。」

可是女孩卻搖頭答道：「我們說好，你收了這一文錢便會救我爸爸。現在你做到了，我怎可以把錢收回？我雖然只是個小孩子，但說過的話也一樣算數的啊！」她想了一想，嫣然一笑

---

22 新正頭，粵語，指農曆新年。

23 利市，亦寫作「利是」，粵語「紅包」的意思。

又道：「這文錢也證明了，媽媽眞的在天堂上保佑爸爸和我兩個。」

之後，福邇跟我和瑪麗說：「項橐七歲而爲孔子師，這個小女孩給我上了寶貴的一課。」

我記起他跟我提過的《聖經》故事，便道：「你是說那寡婦捐出小錢幣的故事嗎？」

瑪麗微笑道：「我覺得不單只是這樣呢。珍珍付出的這一文錢，不但是她在世上最珍貴的東西，她還用來救贖了父親的靈魂。耶穌也說過，一個罪人能改過自身，比甚麼都更有價值。我說得對不對？」

福邇從懷中拿出那枚銅錢，點頭道：「嫂子說得一點不錯。我今後隨身帶著這枚銅錢，提醒自己在破案時要記著這個道理。」

自此，他便一直把那銅錢穿在懷錶的掛鏈上。

雷橋屍變

光緒二十五年己亥入秋之際，即洋曆一千八百九十九年八月，神探福邇闊別四載後回到香港已差不多整整一年。

他回來之前那個夏天，英人跟大清訂約，拓展香港殖民地領域，延伸疆界至深圳河，把整個九龍半島及大嶼山等離島納入「新界」，爲期九十九年。美其名爲「租借」，其實卻是無償占用。[1]到了這年西曆四月，英人正式接管新界時，原居當地的各大氏族不甘俯仰由人，以元塱屛山鄧氏爲首，帶領鄉民群起反抗。雖僅以鋤頭泥耙等農具作爲兵器，也跟配備現代槍械

---

1 中英兩國在一八九八年六月於北京簽訂的《展拓香港界址專條》（Convention Respecting An Extension of Hong Kong Territory），又名《第二北京條約》（Second Convention of Peking），把大清與當時香港殖民地的國界（今九龍界限街）北退至深圳河，及劃出後海灣（現稱「后海灣」）和大鵬灣海域及以內的大嶼山和其他離島作為「新界」，租借給英國九十九年作為擴展香港境域之用。專條於一九九七年六月三十日約滿，根據後來中英兩國於一九八四年簽訂的《關於香港問題聯合聲明》，一九九七年七月一日便成為香港整體主權交還中國的日期。

的英軍打了足足六天，結果當然傷亡慘重；也不知官方是否下了禁令，香港新聞紙沒有詳盡報導，但聽民間流傳開來的消息，少說也有四五百個村民喪命。

此外，根據條約，我國本保留新界內九龍寨城的管轄權，但這時英人又以當地官員挑唆鄉民起事爲由，乘機出兵驅逐駐守寨城的清軍。[2]我不禁憶起將近二十年前，我在陝甘綠營身任守備，正是參與收復伊犁遷界徙民之際，突遭伏擊而因傷退役，才會輾轉流落香江。[3]此刻易地而處，也說不出心裡是一番甚麼滋味。

意料不到的卻是，隨著殖民地版圖倍增，僅僅數月之內，便有詭奇怪異的案件從英人新占的地方接踵而至，於此先記述一宗。

○○●○○○

話說這年七夕剛過，正值立秋和處暑之間，一天中午過後，我和學徒在醫館剛吃完飯，突然有個中年婦人從街上探頭進門口，怯縮縮地問：「請問這裡是不是荷李活道貳佰貳拾壹號？」她一開口，便聽得出滿腔鄉音。

顯而易見，這女人是個生客，我的學徒便走過去招呼她。學徒叫安時達，兒時本是爲福邇充當跑腿的街童之一，這年也有二十歲了，但我仍改不了口，依然喚他做「達仔」。他指了一指街外的門號，跟婦人說：「這裡是荷李活道貳佰貳拾壹號甲，『華笙堂』醫館。你想看病嗎？」

婦人歉道：「對不起，我們不識字。我們這麼遠來到，是想找福先生和華大夫。」

我聽她說「我們」，便走到門口一看，果見婦人身後還有三個男人站在街上，每個都跟她穿著得一樣樸素，甚而可說頗爲寒酸。又見他們不停地東張西望，好像未見過這麼多高樓似的，分明是初次出城的大鄉里。

我請他們進醫館，道：「我就是華笙大夫。你們找福先生和我有甚麼事？」

婦人一聽大喜，道：「找到了！找到了！你就是神醫華笙大夫！」說罷竟「噗！」的一聲跪到地上，喊道：「請你和福先生大發慈悲，打救我們啊！」隨她進來的那三個男人見狀，也馬上依樣畫葫蘆跪求在地，「請你大發慈悲」「救救我們」的叫嚷起來。

2　港英政府原定於一八九九年四月十七日在大埔舉行升旗儀式，正式接管新界，當地鄉民便於十四日先行起事，焚燒場地木棚。政府次日出動百多名警察及軍人鎮壓，提早在十六日升旗，但多處地區仍爆發武力反抗，一直持續到十九日。是次「六日戰爭」中，由於雙方實力懸殊，約有五百名僅配備冷兵器鄉勇喪生，英軍僅一人受輕傷，當時報章只作簡略報導。請亦見本書故事〈木氏謎墓〉。

3　沙俄於一八七一年趁著新疆東突厥之亂，出兵占領伊犁，大清直到一八八一年才在聖彼得堡與之簽訂《伊犁條約》，以割地和賠款的代價，收復大部分失地。華笙因傷退役詳情，請見《香江神探福邇，字摩斯》第一集首篇故事〈血字究祕〉。

我已猜到他們一定是有案件委託，連忙扶起婦人，叫各人起來。婦人本來如珍似寶地捧著一個小瓦罐，這時便恭恭敬敬的遞給了我，道：「這是我們大嶼山的特產，鳳凰山採來的，我們叫它做『神茶』，你們香港人未必喝過。我們聽說你和福先生喜歡喝茶，所以拿來孝敬你們。」

我接過茶罐，道：「福先生住在樓上貳佰貳拾壹號乙，我帶你們上去找他。」

其實我本該先問清楚他們是甚麼事情，但又怕讓他們這樣在醫館裡喧鬧會嚇走隨後而至的病人，吩咐達仔好好看著鋪頭，便領著婦人和幾個男人走出門口，到華笙堂旁邊乙號的街門。我還未成家立室之前，曾在此跟福邇同屋共住，一直留有鑰匙，便逕自引眾人上樓。

來到二樓，昔日曾爲福邇丫鬟的女房東鶴心從後面出來迎接，我便把茶罐交給了她，接著敲了敲廳門，朗聲道：「福兄，有人遠道而來，有急事拜託。」

聽到福邇說「請進」，我甫一開門，婦人便急不及待搶在我前面衝了進去，那三個男人也隨之一湧而入。福邇正坐在廳裡抽水煙，眾人一見到他，馬上又再撲跪地上，哭喪著臉喊道：「福大俠！福仙人！求求你大發慈悲，救救我們！」幾個男人竟還「咚、咚、咚」的叩起響頭。

福邇尷尬道：「不要這樣，請起來再說。究竟發生了甚麼事情？」

那婦人苦道：「不得了啊！這兩日來，我事頭家裡先後死了兩個人，[4]其中一個還變成殭屍！一到晚頭黑，殭屍便返歸，眞是嚇死人！」

○○●○○○

我跟福邇對望一眼，當然不信世上竟有殭屍這等事情，但這幾位訪客卻顯然深信不疑。三個男人之中，其中之一是個已屆中年、黑黑實實的壯漢，也道：「殭屍今晚黑多半又會上門，兩位大俠一定要救救我們！」

另兩個比較年輕，看似是孿生兄弟，生就一模一樣的一副醜貌，不但頭大髮疏、眼突嘴闊，又鼻子扁平、耳小無廓，活像一對大蛤蟆的模樣；身上還帶有一陣難聞的異味，除鹹水及魚腥之外更混雜了一種難以形容的酸餿臭腐。這時其中一個也不甘爲後，接口道：「我們一聽到，今晡日便不開心，[5]即刻送他們出香港找兩位大俠救命！」一聽之下，但覺鄉音似乎跟婦

---

4 事頭，粵語雇主的意思。

5 今晡日，蜑家話今日的意思。

人和壯漢稍有不同。

福邇道：「依我看，你們四位是從大嶼山過來的。這兩位大哥是蜑家漁民，而這位大叔和大嬸卻是陸上鄉里，不過大叔務農爲生，但大嬸卻不是，對不對？」

大漢聽了又驚又喜，連連點頭道：「對對對！我叫阿牛，的確是耕田的！這位是馮三姑，我和她都是大嶼山石壁鄉的村民。我老竇是那裡墳背村村長，[6]但他年紀大，坐不了船出來香港，便叫我陪三姑來找兩位大俠，收服殭屍！」

這時「新界」劃入英人殖民地才幾個月，像他們這些遠居鄉野的村民，當然沒這麼快改得了口，是以一旦來到域多利城，仍會稱之爲「出香港」。

馮三姑讚道：「人人都說，域多利城的福邇先生是個活神仙，甚麼事情都未卜先知，果然沒錯！」

其中一位蜑家兄弟道：「聽說過新年時候，番鬼佬不見了以前從京城搶來的玉皇大帝夜明珠，最後多得福先生施展法術，才把夜明珠變回來！」

另一個也道：「何止呢？幾年前福先生回國幫手跟日本人打仗，還『蟬』過翻生呢！所以說，他不是仙人是甚麼？」

馮三姑叱道：「僻除雷！死死聲，不好意頭！快快𥚃口水再講過！」

我聽她這樣說，才知原來蜑家話把「死」字說成「蟬」。又見那人似乎真的想依言吐口水，便急忙喝止：「不要吐痰！」嚇得他馬上把口水吞落喉嚨。

這時福邇聽他們一人一句，越說越誇張，自是啼笑皆非，道：「世上怎會有未卜先知的神仙？我能夠一語道破你們的來歷，完全是觀察所得。」他見各人不信，便解釋道：「剛才大家一進門，我一眼便看出四人之中兩個是漁民。」我聽到這裡，不禁暗暗偷笑，連我單憑氣味也猜得到他們是漁民，福邇又怎會看不出來？

不過想必因爲不便直言，他便跟那兩個兄弟另作解釋：「因爲你們長期在船上生活，習慣了海浪顛簸，所以登岸時，走路也是搖搖晃晃的。又因爲久居船艇上，難以舒展雙腳，所以養成就算站立時也是彎膝弓腿的站姿。」我這才想起正是因爲這個緣故，我們福建人貶稱蜑家人作「曲蹄」，適才竟沒有留意。

只聽福邇繼續道：「三個男人膚色黝黑，自是因爲經常在烈日下幹活之故。我看出得阿牛是一位農夫，因爲他曬黑的部位有別於蜑家兄弟。阿牛耕田時戴著竹笠，曬不著頭臉和後頸，不像漁民在船上空間有限，不便戴上笠帽，自然連頭臉也會曬黑。還有，無論在田裡還是在船

6 老竇，粵語，「老頭」的變音，等同標準漢語的「老爸」。

上作業，通常都會光著腳；雖然現在幾個都穿上了布鞋，但仍可看見蜑家孿生兄弟腳背也是曬得黑黑的，但阿牛的腳背卻比足踝以上的部位蒼白得多，當然是因爲雙足長時間踏在稻田淺泥之中，曬不著腳背之故。」

他見各人點頭稱是，又道：「接著大家開口說話，我便知道我的想法沒錯。馮三姑你和阿牛的措辭用字，如『晚黑』和『返歸』，還有意即『大吉利事』的『僻除雷』，都是地道寶安話詞語。還有口音上的一大特色，是經常多了鼻音，例如夜晚的『晚』和上門的『門』，聽起來好像標準廣府發音的『猛』和『濛』，所以我便知道你們一定是來自現今新界的鄉民。」7

他轉向蜑家兄弟道：「再聽兩位的語音和用詞，又跟馮三姑和阿牛有所不同。剛才你們說，送他們『出香港』，聽起來卻像『東康港』，接著又說因此『今晡日不開新』，即是『今日不捕魚』的意思。漁民當然不一定是蜑家人，但這些都是典型的蜑家廣東話，所以我便知道你們是甚麼人氏。」

我聽了福邇這麼說方知道，原來蜑家話「開新」意即「捕魚」，因爲不熟他們口音，之前才會把「不開新」誤解作「不開心」。8

馮三姑將信將疑問：「但你又怎會知道我們來自大嶼山呢？」

福邇道：「這個更簡單。我久居嶺南，對本地歷史掌故素有研究，知道大嶼山的蜑民之中有個姓盧的氏族，據說祖先可以追溯到東晉末年。我又聽說，想必是因爲血緣關係，盧氏一族大都天生有……精奇異相，但可惜人丁不旺，到了現代僅剩一支。他們今天用船送你和阿牛來域多利城，大家又顯得非常相熟，所以我便知道你們必定也來自大嶼山。」

兩個姓盧的漁民聽了，不由得引以爲傲，其中一人便道：「原來福仙人……啊，應該說福大俠，居然也聽說過我們盧氏。」說罷咧嘴一笑，容貌頃刻變得更像蛤蟆了。

福邇道：「剛才各位提及我尋回失珠和死而復生的故事，都只不過是以訛傳訛的浮言妄語而已，不可當眞。正如世上沒有神仙，也絕不會有死後化成殭屍這種荒誕不經的事情，總之我答應給你們查明眞相便是。」

眾人見他答應幫忙，欣慰感激之情盡形於色。福邇不待他們道謝，便轉向婦人道：「好了，說了那麼久，我們還是快談案情吧。」

---

7 現代香港整個範圍，在清廷割讓和租借給英國前，原屬廣東寶安縣。福邇在文中稱為「寶安話」的，其實是深圳與香港新界原居民傳統所說的粵語「莞寶片」；又因原民多居住圍村，所以亦俗稱「圍頭話」。

8 香港水上人家所操的「蜑家話」除某些發音和用詞有異之外，基本上與粵語相通。其中一大特色是常缺鼻音和聲母混讀：據說香港的英文名稱「Hong Kong」，便正是音譯自「香港」兩字的蜑家話發音，所以才有別於標準粵音「Heung Gong」。

這時鶴心已泡好茶，捧了進來招呼大家享用。原來客人送來的這鳳凰山「神茶」是一種烏龍，確別有一番韻味，福邇待大家喝過一口之後才問：「馮三姑，你進來時說，你雇主家裡連日來有兩人過世。請先告訴我，死的這兩人是誰？是怎樣死的？」

馮三姑惶然道：「我是在雷公橋雷家大屋給他們打理家頭細務的，最先死的是雷家大奶奶。昨日七姊誕那天，她在雷公橋上被人殺死，心口還插著半把鉸剪。我們個個都認得這把金鉸剪，是老爺生前送給二奶奶的，另外半邊鉸剪就在她房裡的桌子上，她想不認殺了人也不行。我們不知如何是好，便把她關在柴房，去找村長商量。誰知村長來到的時候，二奶奶已經上吊死了！之後還變成了殭屍！」

福邇道：「等等，雷公橋是你們村裡某處地方嗎？」

馮三姑搖頭道：「不是。雷公橋本來是幾百年前的一條舊村，離我們墳背村不遠，但海禁遷界之後便荒廢了，[9]直到幾代之前姓雷的後人在那裡起了一間大屋，才終於有人住到那裡。因爲以前村裡的人姓雷，村前的小溪上又有道石橋，所以舊村和石橋都叫做雷公橋。大奶奶便是死在這道石橋上的。」

福邇又問：「先跟我說，雷家有多少人？大屋裡除了家人之外，還住了甚麼人？」

馮三姑道：「自從老爺去年過身之後，雷家便只剩下大奶奶、二奶奶和少爺一個。少爺不久前剛滿兩歲，是二奶奶給老爺生的。除了我之外，雷家還請了一個叫黃婆婆的老人家給他們煮飯，另外還有阿美和阿麗兩個嫁不出去的姊妹，在大屋幫忙打掃和做粗重功夫。我們四個都是來自墳背村的，但因爲在村裡已經沒有了家人，所以平時都住在雷家大屋。」她說到這裡，猶豫了一下，才繼續道：「其實大奶奶才是本身姓雷的，可是雷家幾代單傳，到了她這一代更是只有她一個女兒，所以上一代的雷老爺才給她找了一個入贅老公，跟他們姓雷，希望將來生了兒子雷家便有人承繼香燈。上一代雷老爺過身後，女婿便順理成章成爲新的雷家老爺，可是過了十多二十年，大奶奶也年過四十了，卻依然生不出一男半女，所以……」

福邇見她突然變得吞吞吐吐，便道：「所以她丈夫才會納了個二奶奶，結果眞的給他生了個兒子。」

馮三姑點頭道：「不錯。老爺生前做藥材生意，他和大奶奶祖先一樣原籍廣西，所以不

---

9 清朝初年，為防止沿岸百姓聯合鄭成功海上部隊抗清，於順治八年（一六五一年）開始海禁，山東、浙江、福建、廣東四省沿海居民必須往內陸遷徙數十里。其後「遷界令」在康熙年間多次重申，直至康熙二十二年（一六八三年）鄭克塽降清後，才終於頒佈「復界令」，讓內遷民眾回到原地居住。

時會去廣西辦貨。大約十年前，他有次從廣西帶了個十一二歲的小女孩回來，叫做阿秀，說是買來做妹仔服侍大奶奶的。可是阿秀越大越漂亮，結果……幾年前被老爺弄大了肚子。大奶奶當然氣得要死，但阿秀生出來的是個男孩，大奶奶也無話可說了。老爺終於得到個兒子，自是萬分歡喜，便納了阿秀做小老婆。以前大家都叫她名字，這時忽然要叫她二奶奶，起初非常不慣；我們知道大奶奶不喜歡，也從來不敢在她面前這樣叫阿秀，大奶奶平時也依然把她當作妹仔般使喚。自從去年老爺突然過身之後，更是沒有忌憚了。」

福邇忽問：「老爺是怎樣過身的？當時年紀有多大？」

馮三姑臉上一紅，道：「是和二奶奶一起時……中了馬上風。老爺當時雖然已經五十出頭，但因爲做藥材生意，懂得補身，所以倒算十分壯健的。大家都想不到他竟會突然過身，之後大奶奶對二奶奶便更加恨到入骨了。」

福邇聽了，道：「我稍後再問雷家的事情。七夕那天，你們是怎樣發現大奶奶死了的？爲甚麼一開始便懷疑二奶奶是兇手？」

三姑答道：「大奶奶因爲自小紮了腳，自己行不動，所以去哪裡都要人孭著。[10]每年七姊誕，大奶奶都要被孭著出門，到雷公橋溪邊取天孫水。[11]這是他們廣西的習俗，以前阿秀還是妹仔的時候，便要負責孭大奶奶，之後她做了二奶奶，阿美阿麗也問過好不好讓她們代替，結果被大奶奶罵了一頓。」

福邇怕她越說越離題，便問：「大奶奶和二奶奶甚麼時候出門？之後呢？」

她道：「大奶奶說過，必須在七夕雞啼時取水才有效，所以天還未光便出門。等到她們從雷公橋回來，以天孫水洗過臉，正好吃早飯了。到時阿美或阿麗便拿早飯到大奶奶房間，再拿天孫水煎藥讓她泡腳。之前幾日來都落過雨，所以溪水好滿，這個朝早終於放晴，正好去取水。可是到了差不多開飯的時候，我們也不見兩個奶奶回來，便去她們的房間看看。卻不知原來大奶奶已經不在她的房裡，但非常奇怪，她用來自己行動的一雙手杖依然倚在床腳，連本來應該拿去裝七夕水的瓦甕也還在房內。接著去到二奶奶房間，她卻仍然和兒子一起睡著，還未起身。我們搖了二奶奶很久她才醒來，但仍然是迷迷糊糊的樣子，問她大奶奶去了哪裡又不知道。這時我們留意到二奶奶的桌子上，她平時使用的那把鉸剪只剩下半邊，便開始慌了。黃婆婆年紀大，我便叫阿美阿麗陪我一起趕去雷公橋找大奶奶。一到，便發現她已經死了，屍體躺

---

10 孭，粵語背著的意思。

11 天孫水，亦稱「雙七水」，指七夕當天所下的雨水。《史記．天官書》：「婺女，其北織女。織女，天女孫也。」相傳飲用這天收集的雨水（亦可以是河水、泉水或井水）或用來洗臉、煎藥，有美顏、促進夫妻感情、求子嗣、延壽及治病等功效。根據文中提及的廣西習俗，必須在七月七日卯時（上午五至七點）取水，之後的辰時（上午七至九點）亦稱「食時」，正是古人「朝食」（吃早飯）的時間。

在橋上，心口插著二奶奶那把鉸剪的另外一半。眞是嚇得我們半死！」說著，臉上猶有餘悸之色。

福邇道：「你們發現屍體之後怎麼辦？」

馮三姑道：「我們三個女人不夠氣力抬大奶奶回大屋，老實說也不敢碰死屍，便馬上一起趕回大屋。」她不自覺壓低聲音說：「其實我那時應該叫阿美阿麗其中一個立即跑去墳背村通知村長，但我又擔心萬一二奶奶殺了人之後想逃跑，我要阿美和阿麗兩個幫手才制得住她。」

福邇道：「你們回到大屋，二奶奶怎麼說？」

馮三姑道：「她當然不認殺了人，說前一晚大奶奶跟她說，既然老爺已經過身，今年便不用去取天孫水了，又說不知道為甚麼這天竟會睡過頭。但半截凶器在她房間裡，她又怎可以抵賴呢？我一時不知道如何是好，唯有和阿美阿麗合力把二奶奶拉進柴房關起來。二奶奶也沒怎樣反抗，我叫阿美好好看著她，便和阿麗趕去墳背村找村長。他聽到發生了甚麼事，當然大嚇一驚，便帶了兒子阿牛和另外兩個壯丁跟我們一起回去雷家大屋。幾個男人先把大奶奶屍體抬到大屋後面的祠堂，之後我便帶村長去柴房見二奶奶。誰知打開門一看，二奶奶已經畏罪自殺，在柴房裡上吊死了！」

福邇問：「她是怎樣上吊的？」

馮三姑道：「柴房的窗口有鐵枝，她把褲頭帶一端綁在鐵枝上，一端綁在自己頸上，背靠著牆雙腳一伸，讓身子墜下來吊死自己。不過她身子太重，連褲頭帶也扯斷了，可惜還未扯斷的時候她已經勒到氣絕了。」

福邇道：「你說二奶奶後來變成殭屍，那麼你們發現她上吊後，有沒有檢查過她眞的死了？」

阿牛一直沒有開口，但這時見婦人遲疑，便代她答道：「三姑是女人家，不敢碰死屍，但我和老竇馬上去摸二奶奶頸邊，摸不到脈搏，而且皮膚已經冰涼。老竇還叫人拿來一面小小的西洋鏡，放在二奶奶鼻子和嘴巴前，但放了好久也不見鏡子上有霧氣，所以知道連一點呼吸也沒有了。」

福邇想了一想，回問馮三姑：「你帶村長和阿牛他們來到之前，有沒有人進入過柴房？」

三姑搖頭道：「我問過阿美，沒有人進去過。只是黃婆婆見二奶奶沒東西下肚，拿過一碗湯來給她，不過是從窗外遞進去的。」

福邇「唔！」了一聲，合十雙手，把指尖托在鼻下，沉吟了片刻，才道：「之後你們怎樣處置兩位奶奶的屍體？」

馮三姑道：「大奶奶和老爺一樣，生前已經爲自己準備了壽木，放在大屋後山的祠堂裡面。我們便把大奶奶放在她的棺材裡，但二奶奶沒有棺材，只好放在地上，用一塊白布蓋著。但想不到……想不到……二奶奶竟然會一夜之間變成殭屍！」

福邇道：「這又是怎麼回事？」

馮三姑道：「突然死了兩個人，本應即刻上報給縣官知道的，但現在大嶼山變成了英國佬地方，我們怎曉得怎麼去番鬼衙門報案？村長一時也拿不了主意，便和阿牛一起趕去石壁圍，那裡的徐村長也是我們整個石壁鄉的鄉長，大家一起商量怎麼辦。阿牛，接下來不如你來說吧。」

阿牛依言接道：「我陪老竇到石壁圍找鄉長，但商量了好久，都不知道如何是好。大家都不懂英文，怎向番鬼佬衙門報案？」

福邇道：「發生了命案，不能不上報官府。英人剛接管新界，據我所知，大嶼山目前只在北面大澳設立了一個臨時衙門，派駐了一批水上差人，除此之外，便好像連梅窩也未置差館。[12]既然你們來到域多利城，待會我便帶你們到大差館報案。接下來發生了甚麼事？」

阿牛道：「我們整天跑來跑去，不久已快要天黑，於是便跟徐鄉長約好，今天一早在雷家祠堂集合，先讓他看過屍體再說。於是今天早上天一亮，我和老竇趕去雷家祠堂。我們最先到達，怎知一入到裡面，便發現二奶奶的屍體不見了！」

我忍不住說：「這怎能說是屍變呢？最合理的解釋，是有人移走了屍體。」

阿牛道：「華大俠，你先聽我說下去。當時老竇和我都沒有想過是屍變，只是想不通為甚麼會有人搬走屍體。不久徐鄉長也帶著石壁圍兩個人來到，我們跟他們說二奶奶的屍體不見了，便一起過去大屋，看看是不是他們為了甚麼原因，把屍體搬了回去。但我們去到大屋，看見大門和所有窗子仍然緊緊關上，我們拍了很久門，三姑才開門，說原來夜裡看到二奶奶化身成殭屍回來！」

福邇和我轉望三姑，她便接道：「二奶奶一死，一夜之間便化身成為殭屍，可見怨氣有多重！她是回來把兒子帶到陰間的！」她不由自主打了一個寒噤，才再道：「七夕發生那麼多事情，我們不敢告訴少爺大奶奶和他媽媽都死了，但他一定是感覺到不對勁，竟然發起燒來。我們哄他睡覺。少爺本來跟二奶奶一起睡在主人房的，但他媽媽已經不在，我便吩咐阿美阿麗其中一個到主人房陪少爺睡。可是七月是鬼月，她們兩姊妹又膽子小，不敢在剛死的人睡過的房

12 最初設於本故事同年（一八九九年）的大澳差館，是香港歷史最久的離島警署，原設於當地一座舊建築物作為臨時之用，到一九〇二年才在碼頭附近另外興建現存的兩層高歐式大樓，一直使用至一九九六年才關閉。其後盡量保留原有特色改建，轉型為大澳文物酒店，於二〇一二年開幕。

間裡過夜，最後只敢兩人一起在主人房外打地鋪，這樣萬一少爺夜裡哭啼，也可以馬上照顧。也幸好是這樣，因為若她們跟少爺一起睡在房裡，便會跟二奶奶的殭屍撞個正著！」

福邇問：「你是說，二奶奶是在房間裡出現的嗎？這個房間是在屋裡的甚麼位置？還有，其他人的房間在屋裡的甚麼地方？」

馮三姑道：「對！殭屍是在這間主人房出現的！這個房間本來是老爺睡的，兩個奶奶各有自己的房間，這些房間都在大屋樓上。黃婆婆、阿美阿麗兩姊妹和我的房間都在樓下。二奶奶和少爺搬進了主人房，是因為少爺出世之後，老爺歡喜得不得了，因為主人房大得多，便跟二奶奶換了房間，方便二奶奶照顧嬰兒。老爺過身之後，二奶奶和少爺也繼續留在主人房。」她壓低聲音又說：「老爺就是在二奶奶房裡過身的，和小孩子搬回去睡，不吉利嘛！連大奶奶也沒說甚麼。」

福邇又問：「說到大奶奶，既然她自小纏了雙足，房間在樓上豈不是十分不便？」

三姑道：「就是啊！大奶奶紮了腳，雖然也可以用一雙手杖在房間裡行動，但若要上落樓的話，便一定要有人孭著才行。但屋子就是建成這個樣子，也沒辦法。樓下沒有房間適合大奶奶住嘛！阿秀未做二奶奶之前，都是由她孭大奶奶上落樓的，之後大奶奶也照舊叫她孭。」

福邇道：「老爺沒說甚麼嗎？」

三姑道：「老爺其實有點怕大奶奶，可能覺得對她不住，所以任由大奶奶像以前那樣使喚二奶奶，也只當看不見，從來沒有出聲。」

福邇「嗯」了一聲，道：「那請說二奶奶是怎樣出現的。剛才阿牛說，早上去大屋找你們時，門窗都是緊閉著的，平時都是這樣嗎？」

三姑點頭道：「我們向來都十分小心門戶，尤其是老爺過身後，我們一屋子都是女人和小孩，所以入黑之後一定會把大門從裡面閂上，睡覺前也會閂上樓下所有窗子。主人房間雖然在二樓，但少爺病了，自然怕他吹風著涼，所以那裡的窗子也是閂上的。既然還有阿美阿麗睡在房門外，怎會有人可以出入這個房間呢？雖然當時我們不知道二奶奶的屍體不見了，但她白天明明死了，晚上卻又活生生地出現，還用了不知甚麼妖法穿牆透壁出入自己的房間，不是殭屍是甚麼？」

我雖不相信殭屍之說，但見馮三姑言之鑿鑿，也不禁屏息諦聽。她深深吸了一口氣，才再道：「白天發生了那麼多事，晚上大家便比平常更早上床睡覺。到了半夜三更，我睡得正酣，阿美忽然摸黑來到我房裡，靜悄悄地搖醒了我，細聲說：『三姑！三姑！有鬼！』我見她好像七魂沒了六魄，便問甚麼事。原來她和阿麗在二奶奶房間外面睡著，忽然被一些聲音弄醒。她們本來以為是少爺在房裡發開口夢，卻見房門底下透出燭光。兩姊妹從門縫偷看，竟然看到二奶奶在裡面！阿美說，看見二奶奶站在少爺床前，一隻手拿著蠟燭，另一隻手揑住他的鼻子，讓他張開嘴巴，然後從自己口中將一些好像是血的東西，慢慢吐入少爺的口中。」

《聊齋》和《子不語》裡的殭屍故事我也看過不少，這刻想像三姑所說的情景，雖不信鬼怪，也不禁毛骨悚然。

她繼續道：「阿美阿麗兩姊妹嚇得連驚叫也叫不出來，也幸好是這樣，不然的話，如果讓殭屍知道門外有人，說不定便會走出來了。兩姊妹不敢再看，阿麗更是嚇得腳軟，阿美拉她不動，便即刻急急走下樓找我幫手。」

我聽到這裡，忍不住道：「哪有殭屍會需要點蠟燭的？」

馮三姑道：「我當初也不信，說她一定是發夢。我點起蠟燭，見阿美嚇得面青口唇白，便和她一起回去看看。我們上到樓，阿麗仍坐在房門前面，雙手抱著自己，閉著眼睛不停發抖。這時已經見不到房內有燭光，也聽不到任何動靜，我和阿美扶起了阿麗，她見我也來了，便沒有那麼害怕。這時我仍未信有殭屍，聽到少爺哭啼聲，正所謂人多膽壯，便拉著她們兩個一起入房。只見少爺在床上，哪有二奶奶的影子？」

我問：「房間的窗子依然是閂上的嗎？」

她道：「就是啊，房間的窗子依然是閂上的。進房後我才想到，如果只是阿美或者阿麗其中之一說見到殭屍，會說一定是發了噩夢，大驚小怪；但怎會兩姊妹都發同一個噩夢呢？我摸了一摸桌上的蠟燭，居然仍是暖的，燭淚也未乾透。剛才眞的有人點過這蠟燭！」

我道：「小孩子只有兩歲，應該不懂得劃火柴點蠟燭吧。」

三姑道：「對啊，我和阿美過來的時候，一路帶著在自己房裡點的蠟燭，後來再點起主人房的蠟燭，馬上光亮得多。阿美正想抱起少爺止哭，突然嚇得大聲尖叫，手震震的指著少爺的臉。我一看，原來少爺嘴邊眞的有一坺血！」[13]

我道：「你怎知是血？」

她道：「哎呀華大俠，你以爲我沒入過廚房劏過雞嗎？這血又黑又黐泅泅的，好像豬紅的，根本不像活人的血！」她不由自主地顫抖了一下，又道：「我還未抹乾淨少爺的嘴巴，他就『哇！』的一聲大嘔大吐起來，不用說一定是中了殭屍毒！」

我急問：「那孩子之後怎樣？」

馮三姑答道：「我當時也慌得不得了，不過幸好少爺嘔了一陣之後，好像沒甚麼事了。他之前已經有點不舒服，還發了點燒，所以沒有吃過多少東西，我們便煮了一點粥，他也只肯吃

---

13 坺，粵語保留下來的古字，主要用來指黏膠狀或泥狀之物。

一點點，之後便睡著了。」她頓了一頓又道：「這時我才留意到，本來放在桌子上的那半邊鉸剪，竟然也不見了！我知道這是重要證物，但和阿美阿麗找遍了房間也找不到，一定是二奶奶拿走了！她回來拿走證物，但爲甚麼又要害自己的孩子呢？是不是想把他也變成殭屍，帶回陰間？」

福邇不答，只道：「請繼續說。」

三姑道：「之後我們雖然害怕殭屍回來，但又不敢抱走少爺，要是二奶奶回來發覺少爺不在房間，在大屋裡四圍找他，那怎麼辦？我們叫醒了黃婆婆，跟她說發生了甚麼事，她當然也嚇得半死，想起糯米可以剋制殭屍，便馬上到廚房拿來糯米，撒滿主人房間的窗口下面，連大屋樓上樓下的門窗也撒了，希望可以擋著二奶奶進來。雖然不久之前大屋修理過屋頂，瓦面應該很結實，但聽說有些法力高強的殭屍可以飛上屋頂，穿破瓦面進來，要是這樣便沒辦法了！」她頓了一頓，又道：「終於等到天光，阿牛他們拍門，說二奶奶的死屍不見了，大家才終於明白發生了屍變！討論了一陣，鄉長和村長都說一定要馬上出香港找兩位大俠幫忙！」

久不作聲的阿牛這時也道：「我老竇和鄉長要回自己的村子，告訴村民有殭屍出現，鄉長還派了跟他來的兩個壯丁去通知石壁鄉另外兩條村，便叫我陪三姑去海邊向漁家求救，請他們送我們出香港。正好大孖細孖的船還未出海，他們一聽到發生了甚麼事，便即刻載我們出城了。」

我們這時才知道這對姓盧的孿生兄弟叫做大孖和細孖。我轉向福邇道：「福兄，大奶奶的兇案和二奶奶的所謂殭屍是其次，我最擔心的倒是這個孩子。我們盡快跟他們回大嶼山看看！」

他問盧氏兩兄弟：「你們的船在哪裡？我們盡快出發，來得及入黑前到達石壁嗎？」

其中一個也不知是大孖還是細孖答道：「船在上環碼頭。今天風不錯，天黑前應該來得及回去。」

另一個猶豫了一下，卻道：「不過沒這麼快能開船，總也要再等一個鐘頭……」

福邇道：「那正好，我還要先帶三姑和阿牛去大差館報案。你們先回碼頭作好準備吧，我們去完差館便馬上去碼頭，希望還能帶一兩個差人一起前往大嶼山。」接著轉向我道：「華兄，不必勞煩你和我們一起去大館。你要不要回家跟嫂子說一聲？之後大家在上環碼頭集合。」

○○●○○○

眾人分道揚鑣後，我便告訴學徒要隨福邇往大嶼山辦案，大概一兩日才能回來，然後趕返位於西環的家裡跟妻子說清楚情況。匆匆執拾了輕便行裝，到達上環碼頭的時候，只見福邇已跟馮三姑和阿牛在等待，身旁還站著一個穿著綠色制服的年輕巡捕。

我問福邇：「找不著侯幫辦嗎？」

他道：「找著了，可是幫辦正在查辦一宗大案，分身不暇，只能調派這位高巡捕陪我們過去大嶼山，先弄清楚案情再向他報告。」

水邊已有一個艇家候著，這時便渡了我們過去停在離岸不遠的一艘漁船。那條漁船比我所想更大，備有雙帆，看來除捕魚之外也可用來載貨。我們來到船邊，只見盧氏孿生兄弟已在等候，這時擱下跳板讓大家從小艇登船。他們正要扶三姑上去之際，她卻笑道：「不用了，我還未這麼老。來的時候練習過，這次上船好像比之前容易得多呢！」

船上還有幾個船員，均生有福邇之前所謂的「精奇異相」，看來都是盧氏族人。待眾人都上到甲板，大孖和細孖兩兄弟便吩咐船員起錨揚帆，啓程前往大嶼山。

福邇告訴孿生兄弟，倉促之間，大館只能派出一名差人同行；但可能因爲星斗小民本就害怕招惹官府注目，兩人聽了，倒反像鬆了一口氣的樣子。

這時我終於弄清楚哪一個是大孖哪一個是細孖，前者大嘴一咧，賠著笑跟福邇和我說：「兩位大俠，船艙太大陣魚腥味，雖然我們今日沒『開新』，也不好意思請你們進去，我們送三姑和阿牛出城時也是這樣的，不要見怪！」

福邇道：「不要緊。我們坐在外面，吹吹風更舒服。」

其實剛才一上船，我又再聞到之前在盧氏兄弟身上察覺到的異臭，而且更爲濃烈，魚腥之中還夾雜著一種酸澀的餲腐或陳尿的惡味，坦白說就算眞的請我們進艙休息，我們也寧可坐在甲板上。福邇望了我一眼，會心微笑，自是看出我想甚麼。

啓航後，福邇再次盤詰馮三姑和阿牛，要他們鉅細無遺地詳述石壁鄉和雷公橋的歷史掌故，及雷家的背景。不久，待船往西駛出域多利港之後，盧氏兄弟也過來跟我們一起談；想不到他們雖爲蜑民，但所知道的地方風物人情，卻不遜於三姑和阿牛兩個陸上人。現歸納各人所說，簡錄如下：

石壁鄉位於大嶼山西南一個面向海灣的山谷裡，除了馮三姑和阿牛所居的墳背村，和他們之前提過的石壁圍之外，另外還有兩條叫崗背村和坑仔村的雜姓村落，然而這次出事的雷公橋，其實是一條早已荒廢的古村。

據說那裡原在明朝中葉由雷姓一族建村，故老相傳，第一代祖先本是正德年間來到大嶼山對抗佛朗機的大明軍人，[14]退役後便攜眷在此定居。「雷公橋」這個名稱，來自村前溪澗上一道石板橋，一說「雷公」之名來自村民對祖先的敬稱，但亦有說是因爲不知在哪一代，某人雨天過橋時不幸觸雷而亡，因而衍生出「不肖子孫被雷公劈死」的故事。

但村子只維持了百多年，到了康熙初年海禁遷界的時候，從來爲數不多的雷公橋居民不知移徙到哪兒，復界之後亦沒有人回來。村子自此一直荒廢，原來的房屋幾乎不剩一磚一瓦，若非那道石板橋保存了下來，附近村民大概不會記得有「雷公橋」這麼一個地方。

到了嘉慶年間，朝廷招安了橫行華南海岸的海盜張保仔，[15]對其手下自也不咎既往；其中一個頭目金盆洗手後，竟來到石壁鄉，自稱姓雷，是雷公橋原來村民的後人。他說海禁遷界時，他的雷氏祖先去了廣西落籍，這時他追根溯源找到了家族的故村，便在那裡建造了一座大宅住下來。

這位曾當海盜的第一代雷老爺，便是馮三姑口中的大奶奶的高祖父。自他回歸雷公橋以來，雷家數代都經營藥材和參茸海味生意，香港開埠後，主要在兩廣和域多利城之間做生意。可是到曾孫那一代，都是一脈單傳，而第四代雷家老爺更是只得一個獨女，所以臨終前唯有給女兒招個贅婿，跟他們姓雷，希望將來生個兒子可以承繼香燈。這個女婿也來自廣西，本來是幫助上一代雷家老爺打理生意的得力助手；入贅雷家之後夫憑妻貴，隨岳父之死便成爲了雷老爺。

其實我之前本已爲意，但聽到這裡，方忍不住說出口：「已故雷老爺是個入贅女婿，所以二奶奶給他生的這個少爺，其實根本並非雷家血脈。」

馮三姑嘆了口氣道：「就是啊！但這也沒辦法，只怪大奶奶肚子不爭氣，一直生不出一男半女。」

○○●○○○

說起大嶼山，其實還有個俗名叫「爛頭山」，英人不知就裡，便用了後者來音譯成英文稱謂。早在納入殖民地的新界之前，此地多年來跟香港已有不少船隻往來，但大多只是穿梭於大嶼山東部的梅窠與域多利城之間。這時我們已進入香島以西較遼闊的海面，改往西南航行，剛經過兩個島嶼，大孖說叫做車公島和尼姑洲。[16]

---

14 「佛朗機」（葡萄牙人）最初於正德八年（一五一三）抵達廣州，要求與大明正式通商不果，其後便登陸珠江口內伶仃島宣稱為葡領地，又在鄰近的屯門建立居留地，與沿岸華商進行交易。正德十六年（一五二一），駐泊當地的葡國艦隊被大明水師擊敗驅逐，史稱「屯門海戰」，是中國首次與歐洲國家的軍事衝突。

15 張保（一七八六—一八二二），原籍廣東新會江門，嘉慶年間著名華南海盜（「張保仔」為粵式暱稱）。所領導的「紅旗幫」全盛期據說共有三、四萬幫眾和約六百艘戰船，曾遭清軍及澳門的葡國艦隊多次圍剿，最後於嘉慶十五年（一八一〇）向官府投降，招安為千總戴頂，效力於廣東水師，其後因功升授福建澎湖協水師副將。有關他的傳說，至今仍在粵港地區為人津津樂道。

16 大嶼山以東的周公島和喜靈洲舊稱，前者原為荒島，後者在本故事發生的年代則仍有三條小村落。

福邇問畢石壁鄉和雷家的事情，便和我過到船的另一邊，私底下討論案情。他通常會先問我的想法，然後再作出更正或給予提示，這時便道：「華兄，你怎麼看？」

我道：「依我看，殺死大奶奶的兇手，除了二奶奶還會是誰呢？她身為小老婆，所生的兒子又不是真正的雷家骨肉，丈夫過身後失去了靠山，自然害怕大奶奶對她們兩母子不利，所以便先下手為強了。」

他道：「你這樣說也不無道理。二奶奶若要殺害大奶奶，七夕早上背著她去雷公橋取天孫水時，的確是下手的最好機會。但假若二奶奶真存心殺害大奶奶，為甚麼要用剪刀？她大可以在溪邊把大奶奶淹死或用石頭砸死，然後堅稱發生了意外。這樣就算有人懷疑事有蹊蹺，也難以證明是謀殺。」

我再想了一下，又道：「那麼說不定二奶奶本來沒有打算殺死大奶奶。她把自己的剪刀一分為二，隨身帶著半邊傍身，其實是因為害怕背著大奶奶去溪邊取水時，大奶奶會對她不利。結果兩人到達雷公橋時，果然發生爭執，二奶奶可能為了自衛，錯手用半邊剪刀插死了對方。她殺了人之後，自然嚇得六神無主，又走投無路，唯有回到自己的房間。待三姑等人到房間找她時，便假裝睡過頭，希望矇混過去。」

我自問想得頗為透徹，福邇卻不置可否，只道：「那麼二奶奶死而復生，你又怎麼看？」

我道：「世上哪有死人復活、化作殭屍這種荒誕無稽的事情？我看一定是二奶奶畏罪上吊之後，其實未死，只是昏了過去，但三姑他們不懂醫理，摸不到脈搏便誤會二奶奶已經斷了氣。到二奶奶終於蘇醒過來，發覺自己已經被人當做屍體放進祠堂，當然溜之大吉。相傳古時扁鵲治療虢太子『屍厥症』，竟把死了半天的人也醫活，想必也是類似的情況。[17]但至於她晚上如何進出那關閉了門窗的房間，及爲甚麼要那樣對待自己的孩子，我便眞的想不通了。」

福邇道：「歐洲許多國家也有類似殭屍的民間傳說，謂生平無惡不作的壞人，死後會變成所謂的『活死人』，趁著人熟睡的時候咬開他們的喉嚨，吸食血液。一兩年前，英國便出版了一部這個題材的小說，風靡一時。」[18]

我問：「洋人對付殭屍有沒有甚麼特別方法？」

他笑笑道：「中國人撒糯米來驅走殭屍，洋人卻掛起一串串大蒜；中國人貼道符，洋人卻依賴十字架。中國道士用桃木劍斬殭屍，洋人驅魔師卻要趁殭屍白天在棺材裡睡覺的時候，把

---

17 相傳戰國時代名醫扁鵲（約西元前四〇七—三一〇）在虢國遇上太子猝死，經他診斷後發現原來只是一種叫做「屍厥」的假死病症，結果真的能救活；《史記．扁鵲倉公列傳》及《說苑．辨物》均有記載。有說這就是死後停屍七日習俗的起源。

18 愛爾蘭作家布拉姆．斯托克（Bram Stoker）的一八九七年小說《德古拉》（Dracula）。

一根尖木樁釘進它的心臟。都不是我們這次用得著的方法。」

正談話間，突然聽見孿生兄弟在船尾一起大喊：「盧亭！有盧亭！」眾人回頭一望，兩兄弟站在舵手兩旁，大孖興奮地向大家招手道：「兩位大俠！三姑阿牛！快過來看！」

我們過到尾舷，他們伸手指向後面不遠的海中，只見有多條頎長剛勁的游移白影，穿波破浪，一路追著我們的漁船而來；待牠們漸近，忽然看到有背鰭露出水面，原來是一群海豚。

大孖喜道：「兩位大俠真是貴人，連盧亭也知道你們在船上，跟著來了。是好兆頭呢！」

我聽他這樣說，才知原來蜑家人叫海豚做「盧亭」。海豚很快來到舷畔，大孖便叫船員拿來一些掛起來曬乾的魚，讓我們拋進水中給海豚吃。牠們不但泳速奇快，而且機靈敏捷，絲毫不用慢下來也吃到魚，有幾條甚至跳出海面，在半空中張口接過我們拋出的食物，再插入水中時又激起數尺浪花，好不壯觀。我不禁想，可惜幾個兒子不在身邊，要是讓他們看到這情景，一定不亦樂乎，鼓掌叫好。

不久，漁船進入了一個海峽，盧氏兄弟告訴我們船左是長洲島，船右是大嶼山東南的一個半島。這時那些海豚見我們已拋光了魚，又可能嫌這裡水域淺窄，終於游離船邊，回到大海裡去。

福邇和我過到一旁再談，說起「盧亭」這個稱謂，他道：「據載，東晉末年，孫盧之亂事敗後，盧循餘黨遁入嶺南海島，跟沿岸居住的百越遺族通婚，後代便成爲本地蜑民其中一支，也因此稱爲『盧亭』。」[19]

我道：「原來如此。想不到盧氏一族竟有千多年的歷史！」

他壓低嗓門又道：「你看盧氏兩兄弟和這些同族船員，都生就一副異於常人的長相，想必是因爲千百年來，他們大多近親相配之故。試想，蜑民本來已跟陸上居民少有來往，若連其他蜑民都因爲他們的出身避而遠之的話，那麼盧亭一族便難有機會外婚。」

我點頭道：「若你不說，我也不會想到。自古有云：男女同姓，其生不蕃。盧亭蜑民的孩子想必因而特別易折早夭，難怪如此人丁凋零。」

福邇道：「西方近年也發展了一套關於生物世代遺傳與演變的科學理論，剛翻譯成中

19 孫恩盧循之亂，始於晉安帝隆安三年（三九九），五斗米道會稽起事失敗，信徒先後在孫恩（四〇二年卒）及盧循（四一一年卒）帶領下南逃，曾一度奪取廣州，但被追擊至交州後終於大敗。餘黨成為「盧亭」之說，見唐．劉恂《嶺表錄異》：「盧亭者，盧循昔據廣州，既敗，餘黨奔入海島，野居，惟食蠔蠣，壘殼為牆壁。」又，南宋．周去非《嶺外代答．外國門下》：「廣州有蜑一種，名曰盧停，善水戰。」

文，回去我找來給你看。」[20]

我道：「是了，既然這一族蜑民自己叫做『盧亭』，爲甚麼又會稱海豚爲『盧亭』呢？」

他道：「這應是因爲大嶼山的盧亭蜑民，跟古代南海鮫人的傳說混爲一談，被說成半人半魚的怪物。古人分辨物種沒有現代人那麼清晰，大概誤以爲鯊鮫和海豚都是同一種類的東西，所以無論是鮫還是人都泛稱爲『盧亭』了。[21]聽說很多漁民認爲海豚出沒，是將有風雨來襲的徵兆，所以稱它們爲『白忌』；但本身也被稱爲『盧亭』的蜑民既然跟海豚這麼淵遠流長，當然視它們爲吉祥之物了。」

由域多利城往石壁的海程不短，漁船所經的海峽過了長洲之後，還有一個較小的島，叫石鼓洲。這樣繞過了大嶼山的東南角，往北遙望是個長達數里的沙灘，到了盡頭又有一處較小的海角，過了之後才終於來到一個海灣，當中停有漁船，都是單帆的，沒我們那艘大。

細孖神氣道：「我們都說，天黑之前可以送你們到來，沒講錯吧？」抬頭望望天色，果然離黃昏仍有一點時候。

只見灣岸有一片樹林，還有條自山谷裡流出的小河，匯海之處有座想必是漁民供奉天后的小廟宇；再遠一點，還有數間疏疏落落的小木屋。我們的船來到淺處，孿生兄弟和船員正拋錨收帆之際，東邊的小碼頭有個艄公搖櫓過來相接。

大孖道：「我們不陪你們上岸了。今日沒有開新，趁天氣好，我們晚上出海打夜魚補數。」

細孖也道：「我們水上人家本來就少上岸，現在有殭屍出沒，還是船上安全得多。從來沒聽說過殭屍會游水吖嘛！」

○○●○○○

我們上岸後，馮三姑和阿牛趁著天色尚明，趕快引我們進海灣背後的山谷。

三姑道：「這裡便是石壁鄉了。石壁圍在東北面，沿著這條河要走好一段路，不過我們墳背村就近得多。」[22]

20 文中華笙引用之句，出自《左傳．僖公二十三年》。福邇所指的譯作，則是嚴復於一八九八年出版的《天演論》，所翻譯的其實並非達爾文（Charles Darwin, 1809-1882）的一八五九年鉅著《物種起源》（On the Origin of Species），而是其友赫胥黎（T.H.Huxley, 1824-1895）的演講與論文集《演化論與倫理學》（Evolution and Ethics, 1893）。

21 清．屈大均《廣東新語．鱗語》：「人魚之種族有盧亭者，新安大魚山與南亭竹沒老萬山多有之。其長如人，有牝牡，毛髮焦黃而短，眼睛亦黃，面黧黑，尾長寸許，見人則驚怖入水，往往隨波飄至，人以為怪，競逐之。」

她和阿牛帶著福邇和我及高巡捕往西走，經過一些稻田，這時都已灌滿了水。阿牛道：「我們頭造收成不錯，剛剛又給第二造插了秧。今年雨水充足，應該會是個豐收年。」

三姑道：「不要像去年那樣翻風落雨便好了，雷家大屋春天時才修整過屋頂呢。」

稻田後面不遠的高地便是墳背村，我們還未進村，幾個村民老遠看見我們，便馬上跑了過來，你一言我一語的叫嚷道：「三姑！阿牛！你們回來就好了！」「哎喲哎喲，這兩位是不是香江雙俠？還帶了個衙差大哥！」「不得了啊不得了！原來昨天晚上，那殭屍殺了祥叔的狗！」

我們聽到最後一句，正驚訝間，福邇馬上表明我們身分道：「我是福邇，這位是華笙大夫，還有域多利城大差館派來的高巡捕。」

他怕村民人多嘴亂，便叫口齒似乎最清楚的一個說，很快便問出事情始末。原來早上阿牛陪馮三姑坐船到香島求救，他的村長父親便回到墳背村召集村民，告訴他們雷家大屋昨天發生了命案，殺人疑兇畏罪自縊後竟還化成了殭屍。這時一個叫祥叔的村民便說，清晨時發現所養的一條黑狗竟在夜裡無聲無息地被殺，他本還以爲是賊人所爲，但聽了村長所說才知道是殭屍作怪云云。

福邇問：「那隻狗是怎樣被殺的？」

那村民道：「祥叔本來以爲黑仔是被小偷用刀子割斷喉嚨的，但既然阿秀變成了殭屍，那麼她一定是咬開了黑仔的喉嚨吸血才對！」

福邇又問：「狗屍還在嗎？」

村民道：「祥叔本來想把黑仔帶到山上安葬，但村長說福大俠可能要先看看死屍，所以仍讓牠躺在門口。他好愛惜黑仔，不知幾傷心呢！我們帶你過去。」

村子不大，才行經五六間屋子已到盡頭，祥叔住處正是在墳背村邊緣。有人先跑去通知，我們到達時已經有個五六十歲的男人在門口等候。他蹲在狗屍一旁，屍體用一塊爛布蓋著，但他仍不時用手揮走蒼蠅。

祥叔一見我們，便馬上站起來哭喪著道：「唉，眞是無陰功！我養了黑仔五六年，牠一向都好乖，見到熟人都不會亂吠，想不到會死得這麼慘！」

這時又有人帶來村長，即是阿牛的父親。大家打過招呼，福邇見村長好像要說一大番歡迎

---

22 石壁鄉（後稱石碧鄉）到了二十世紀中葉，僅餘約三百名原居民，香港政府為了解決食水短缺問題，在該處興建堤壩，把山谷改為水塘（一九六二年竣工），鄉民都移居到以西不遠的大浪灣村，或為遷置他們而建於荃灣的石碧新村。在一九八四年，水塘堤壩以南海灣旁又興建了高度設防的石壁監獄。本故事所提及的四條村子墳背村（宏貝村）、石壁圍（石壁大村）、崗背村（崗貝村）和坑仔村，均被水塘淹沒，但在乾旱季節水位下降時，仍能看見部分遺跡。

的話，便搶先道：「村長請不要客氣，辦案要緊。」

福邇掀起爛布查看狗屍，祥叔便難過地道：「日頭我放黑仔周圍跑，夜晚就綁著牠在這裡看門口。全村人牠都認得，見到生面人才會吠，但昨晚我甚麼也沒有聽到，今朝一開門便發現牠這樣死在了地上。」

福邇問：「黑仔認得雷家大屋裡的人嗎？」

祥叔道：「黑仔好聰明，除了雷家大奶奶從不來墳背村之外，牠見過的所有人都會認得。阿秀還未做二奶奶之前，常跟阿美阿麗過來糴米買餸，生了兒子之後還抱過來探村民呢！會不會是黑仔不知道阿秀變成了殭屍，所以沒有吠？」

這時福邇已檢視過黑仔喉上的傷口，還仔細摸遍狗屍的頭顱，道：「牠的喉嚨是用利器割的。頭上沒有傷勢，不像是先被擊暈才割喉的。」

村長道：「殭屍的爪很利，一定是抓開了黑仔的喉嚨！」

福邇不理他，問祥叔：「你沒有清洗過這地方吧？」他見祥叔搖頭，便道：「這便奇怪了。黑仔喉嚨被割開了，應該流出很多血才對，但現場卻太少血跡了。還有，門旁有個裝剩飯給狗吃的缽子，但看地上痕跡，應還有一個裝水給狗喝的才對，現在卻不見了。」

祥叔道：「你不說，我倒沒留意。」

這時我們後面已圍滿了村民，他們聽了福邇這麼說，不禁七嘴八舌竊竊私議：「一定是被殭屍吸乾了血！」「人人都知黑狗血最能辟邪，但這隻殭屍居然不怕，還吸了黑仔的血！」「不就是啊！阿秀生前這麼好的人，想不到變成殭屍卻這麼猛！」「祥叔間屋最近雷公橋，黑仔一定是見到殭屍想來害祥叔，便擋著殭屍，救了主人一命……」

福邇不願耽誤太久，便道：「趁著尚未天黑，我們還要趕去雷公橋，先告辭了。大家晚上小心門戶。」

阿牛歉道：「兩位大俠，我不跟你們過去雷公橋了，免得要自己摸黑回來，萬一撞到殭屍……」

福邇和我別過村長和阿牛，便帶著高巡捕隨馮三姑離開村子。路上，我悄悄問福邇：「福兄，你剛才是不是看出了甚麼？」

他點頭道：「祥叔已一語道破了。耐人尋味之處，在於那隻狗在夜裡爲何被殺。」

我奇道：「可是那隻狗在夜裡被殺前甚麼也沒有做啊！」

他答道：「這正是我所說的耐人尋味之處。」

離墳背村不遠有道流水淙淙的山溪，馮三姑領著我們沿溪而上，道：「好快就到雷公橋。」過不久，我們果然來到一道苔痕斑駁的小石板橋，大約只有一丈長短，剛好足以橫越山溪。過橋時，三姑又道：「七夕之前一連幾日都落雨，平時這條溪沒有這麼多水的。」

路上，我留意到山中有不少野生草藥，怪不得雷家高祖在此定居後會經營起藥材生意。我趁暮色未沉，在坡上回望石壁鄉，只見這個闊長的山谷三面環翠，樹木葳蕤，所臨的海灣此刻又在斜陽裡金波瀲灩，實在是一片人間佳境，難以想像竟會發生兇案和屍變這等事情。

我們將到雷家大屋之際，突然遠遠聽見一把淒厲的女子聲音呼喊。定神一聽，原來她在叫：「返歸囉！返歸囉！少爺你乖乖返歸囉！」

我驚問：「孩子走失了？」

只聽得那把女聲又喊：「三魂沒了個七魄，少爺你乖乖返轉頭！」

三姑駭然道：「哎呀！是黃婆婆的聲音，她給少爺喊驚，一定是出了事！」

所謂「喊驚」，是粵地一種民間迷信，認爲兒童病重時會元神出竅，必須及時把魂魄呼喚回來。六年前，香港發生大瘟疫，我也不時聽家人在夜裡爲瀕危孩子喊驚的哀號聲，這刻回想起來，自是不寒而慄。

我們來到大屋，原來是一座牆堅壁厚的雙層建築，一個老婦正在大門前高聲呼喊，手裡還拿著一支竹竿，上面綁著一件小童內衣，每叫一次便揮動一下。老婦身旁還站了兩個年約三十的女子，這時也幫忙叫喚少爺。[23]

三姑急問：「黃婆婆，少爺怎麼了？」

黃婆婆惶然道：「少爺忽然發高燒！」

阿美阿麗兩姊妹也爭先恐後道：「一定是屍毒發作！」「他媽媽變成殭屍回來索命呀！」

我忙上前道：「我是華笙大夫，快帶我去看孩子再說！」

正隨她們進屋之際，福邇忽問黃婆婆：「你這用來喊驚的竹竿不像是用來晾衣服的，是哪裡得來的？」

她答道：「半年前修整屋頂時搭棚，留下了一大堆竹條在大屋後面，我順手拿了一支。」

---

23 嶺南迷信病重的小孩會靈魂出竅，故有「喊驚」習俗呼喚他們的魂魄回來。把孩子穿過的衣物用竹竿掛在家門附近，是因為相信靈魂嗅到自己的體味，便會循著呼聲和氣味回來。清．宋湘《盂蘭詞》記載廣東惠州祭鬼風俗，便有「削竿掛衣錢剪紙」之句。

我不明白福邇爲何會在這時候問起這種不著邊際的事情，但已無暇理會。我跟著黃婆婆她們上樓，來到一個偌大的寢室，想必是主人的房間，有個兩三歲的男孩昏睡在床上。只見他滿臉通紅，髮角冒汗，嘴角吐沫；一摸額頭，果然滾熱，再探脈搏，又發覺心律失衡。

我正診斷間，黃婆婆在旁喋喋不休道：「少爺昨天下午已經不舒服，晚上又遇到殭屍，不過他以爲只是夢見媽媽，我們當然沒有跟他說眞話。我們以爲他今天一定會病得更厲害，但早上又好像沒事了，誰知到了中午又突然發起燒來……」

小孩四肢突然抽搐了幾下，我連忙捏開他嘴巴，但見他的舌頭腫硬，翻開他眼皮一看，一雙瞳孔已經放大，目光渙散。

我心頭一震，道：「他中了劇毒！」

不知阿美還是阿麗道：「都說殭屍昨晚向少爺下了毒！」

我道：「這毒很劇烈，不會到中午才發作。小孩早上吃過甚麼東西？」

黃婆婆道：「少爺今天早上見不到媽媽，便不想吃東西，我們又不知怎樣跟他說。之前二奶奶親自給他執了幾包金銀花羅漢果茶，叫我每天給少爺喝來清清熱氣，於是我便煲了一包哄少爺喝……」

我心念一動，問：「金銀花茶？還剩下多少包？快帶我去看看！」

我隨她下樓去到廚房，她從一個櫃子拿出數包藥遞給我。我打開一包一看之下，果然不出所料，驚道：「這哪是金銀花？這是鈎吻！」

福邇接過其餘幾個藥包查看，道：「紙上的摺痕，有些重疊了。這些藥包好後都有人打開過，之後再重新摺好。」

他還未結識我時已對毒物素有研究，此刻跟我目光相接，大家自明白是怎麼一回事。我見其他人依然茫無頭緒，便道：「鈎吻亦叫『斷腸草』，有劇毒。少爺今天喝了多少？」

黃婆婆聽了大吃一驚，戰兢答道：「少爺嫌味道不好，這幾天都只肯喝一點點，我今天便用少了分量，還加了一些蜂蜜，他整碗都喝光了……」

我急道：「我們要馬上給孩子解毒！屋裡有沒有甚麼藥材？」

幸好雷家數代以來販賣藥材，屋裡也有一個儲存草藥的房間，這時馮三姑便匆匆帶我過去。我找尋合用藥物之際，便命阿美阿麗先去把一些木炭研磨成灰末。這時已經天黑，大家便點起燈來，各自忙著。

待我找到一些眞正的金銀花和甘草等草藥，拿到廚房給黃婆婆跟綠豆一起用大火煎煮。然後把兩姊妹研好的灰末與鹽混在一碗溫水裡，拿回樓上房間，捂著昏迷小孩的鼻子灌他喝下。這有浣胃催吐之效，我及時叫阿美阿麗拿盆子過來，剛好來得及讓小孩哇啦哇啦的嘔進去。

孩子蘇醒過來後，大聲啼哭起來，兩姊妹於是一個抱著他安慰，另一個清理盆中嘔出來的穢物。不久，黃婆婆把煮好的湯藥拿進來。這藥有解毒之效，我吩咐她務必讓少爺喝得乾乾淨淨，稍後自會令他把體內毒素排泄出來。終於哄得小孩喝完藥之後，他也累得在阿美懷中沉沉睡著。我再摸他額頭及給他把脈，發覺燒已退得一半，心律也逐漸復常，便告訴各人少爺已無大礙，大家才終於舒了一口氣。

黃婆婆道：「人們沒有說錯，華大夫真是一位神醫！五年前瘟疫時不知救活了幾多人，聽說福大俠也是多得你的醫術，才會明明死了也可以翻生！」

我聽她這麼說，自是啼笑皆非，心想：這次及時為小孩解毒，往後又不知會誇大得怎樣神祕莫測了。這時我忽有所悟，道：「你說這些藥包是二奶奶準備的，是誰教她開方的？」

黃婆婆道：「二奶奶好聰明，跟老爺學過不少藥方。」

我再問：「那麼大奶奶呢？她懂不懂開方？」

黃婆婆道：「當然懂啊！雷家的藥方是家傳的嘛，大奶奶懂得的可能比老爺還多呢。」

剛才一直忙著救人，這時急於告訴福邇我想到了甚麼，方為意他不見了人影，便問眾人：「福先生呢？」

阿麗道：「福大俠見大家忙著弄藥給少爺，便叫三姑帶他和那個差大哥到柴房看看。」

我正要叫阿美帶我去柴房找福邇，他卻已先上樓來了。他一進房間，便把手裡一條布帶遞給我，道：「華兄，你看，這是二奶奶阿秀用來自盡的褲頭帶。」

我依言細看，道：「這布帶從中一斷爲二，斷口參差不齊，確像是受不住自縊者的重量而扯斷的。其中一段帶子一端有鐵鏽，想必本來是綁在柴房窗口的鐵枝上。另一段尾端則本來打了個死結，已經割開，當然便是本來綁在阿秀頸項上。」

福邇點頭道：「不錯。但華兄你再看清楚，帶子從中一斷爲二的斷口有磨損的痕跡，明顯是先在窗台邊緣來回磨擦，損壞了布質，然後才受力斷開的。」

我不解，問：「這又如何？」

他不答，再道：「還有，本來綁在頸項的那端打了死結，三姑她們發現阿秀時解不開，便拿剪刀來剪斷帶子。你把本來綁在阿秀頸子的部分圍在自己頸上試試。」

我依言一試，把布帶剪開了的那部分圈在自己頸上，卻不覺得有多緊。我心裡不禁起了一絲疑惑，但說不出爲甚麼，正要問福邇，他卻道：「待會我們去檢驗大奶奶遺體再說，但現在我想先查看這個房間。」

他轉向阿美阿麗和黃婆婆道：「請你們帶少爺去別的房間休息，好嗎？我想和華大夫一起留下來，看看爲甚麼昨晚二奶奶竟然可以在這裡神出鬼沒。」

幾個女人抱了熟睡的小孩離開房間後，福邇便一邊巡視房間，一邊跟我說：「昨晚一直有人在房門外，三姑她們也說，因爲怕小孩著涼，窗子像現在一樣都是關上了的。那麼這隻所謂殭屍是怎樣進出現場的呢？這種情況，可稱之爲『密室疑案』，我們以前也遇過。」

我道：「先不說這個。剛才我給孩子備藥解毒時，忽然靈機一觸，想通了阿秀爲甚麼會好像死而復生。在船上我跟你說，可能是跟扁鵲醫治屍厥症的情況相似，但其實另有更合理的解釋。多年前，我們相識之初，我們也討論過，不知道你記不記得……」

福邇聰明絕頂，不用我多說便點頭接道：「我當然記得。你所說的是另一位跟你一樣姓華的神醫，和他失傳了的某個祕方，對不對？我也認爲這是最合理的解釋。」他稍頓又道：「待我們破解了阿秀如何進出這個房間之謎，找到了她，一切便自有分曉。」

我想起他提及的其中一宗「密室疑案」，便道：「她會不會是用了開天窗的方法？」所謂「開天窗」，是宵小之輩一種常用伎倆，在夜裡掀開屋頂上的瓦片和抽走椽子，鑽進室內行竊。「三姑不是說，這座大宅幾個月前才修理過屋頂嗎？若有人揭開過瓦面，應該很容易看出痕跡。」

福邇道：「你的想法不錯，但我想阿秀用的不是這個方法。就算她眞的能夠登上屋頂開天窗進來，你看這房間樓底這麼高，她跳下來之後，就算站到桌上應也不夠高爬回樑上。更何況，她根本沒有足夠時間把椽子和瓦片放回原位。」

我記起另一宗我們遇過的案件，便再問：「那麼會不會是用了粗線從窗縫穿了進來，繞上窗栓，從外面把它拉開？離開的時候又重施故技，再用線拉上窗栓？」

他搖頭道：「你看窗子關起來多麼牢固，根本沒有縫隙可容粗線穿進來，又怎能玩你所說的那種把戲？」他微微一笑又道：「華兄其實你想得太多了。破案之道，在於以簡馭繁，棄冗求精。若把事情想得過於複雜，便很容易鑽進牛角尖；很多時最簡單的解釋，往往才是正確的答案。」

我搔搔後腦，問：「那麼你又怎樣解釋這個密室之謎呢？」

他道：「這個房間位於上層的東南角，是整棟樓宇最好的對向。可是你有沒有留意，房間只有向南的一邊才有窗戶，向東的一邊卻全是牆壁。格局不是有點奇怪嗎？」

我道：「可能雷家第一代老爺不喜歡朝陽照進寢室，所以蓋這房子的時候不要有向東的窗口吧。」

福邇搖了搖頭，道：「從外面看這房間的時候，這幾個向南的窗口離屋子東邊的牆有十尺八尺的距離，但在房間裡看來，這幾個窗子卻跟東邊的牆近得多。爲甚麼會這樣呢？因爲這面牆壁比想像中厚得多，裡面藏了一個夾層空間。」

他拿桌上一台未點的蠟燭，用隨身帶備的火柴燃亮，先拿到窗前，道：「華兄你看，窗子關閉得多密實，沒有一絲風透進來，所以燭火完全沒有晃動。」說罷，又把蠟燭拿到東牆前面，慢慢沿壁移動，卻見燭火突然晃動起來。他愜然道：「空穴來風，必有其因。」

我恍然大悟道：「牆內有密道！」

福邇點點頭，道：「居住偏遠地方的富有人家，爲防盜賊，家裡都可能建有祕道密室，用作隱藏財物和避難之所。蓋這座大宅的第一代雷老爺，本身更是海盜出身，當然狡兔自有三窟了。」他用拳頭在牆上數處大力搥了幾下，側耳細聽，又道：「確像是空心的聲音。」

他吹熄了手中蠟燭，向我示意把桌上一盞點著的油燈拿過來給他照明，隨即便用雙掌在牆上逐磚摸索，道：「牆上的暗門接口不會太緊，不然的話，開啓和關上的時候會弄出頗大的聲音，昨晚阿美和阿麗在房間外面沒理由聽不見。但正因爲這道暗門有細微的罅隙，雖然難以用肉眼看得見，但用指尖隱約可以摸到邊緣。狹縫之中有少量氣流從牆內隱藏的空間透出來，令蠟燭的火焰晃動。」

我奇道：「但這房間在樓上，密道通往哪兒呢？」

福邇一邊繼續在牆上摸索，一邊道：「我在樓下大廳的時候，已留意這邊的牆壁特別厚，而且在這個房間之下的位置也沒有窗戶，所以這道暗門後面一定有一道窄梯通往樓下。依我看，大廳之下應該隱藏著一個祕密地牢，多半還另有地底隧道通往屋子外的地方……啊！找到了！」

他話未說完，已發現了一塊鬆磚，把它從牆上抽了出來，伸手進小洞探索，道：「裡面有個橫閂，但已經是開著的。」他用雙手試推暗門，但縱使用盡全力，暗門卻依然文風不動。

我問：「會不會是向這邊開的？」

他道：「不會，不然便會刮花地板，留下痕跡。推不開暗門，是因爲這道門在房間這邊和密道那邊各有一個閂子。從這邊打開暗門進入密道之後，可以在另一邊把門閂上。這樣外面的人就算發現暗門，也不能進入密道。」

我道：「那麼我們是不是應該把牆鑿開？」

福邇搖頭道：「這樣只會嚇走阿秀。我們無法肯定她昨晚進入這房間時，知不知道已被阿美阿麗發現，但就算她知道，我敢打賭她今晚夜闌人靜的時候，依然會冒險回來看孩子。到時便會自投羅網！」

福邇又說，趁著我們還有時間，應盡快檢驗大奶奶的遺體。

我們落到樓下，馮三姑和高巡捕之前陪福邇視察過柴房，已經在大廳等候。三姑一聽我們要去祠堂驗屍，不由得臉色大變，懼道：「夜麻麻，我不敢帶你們過去。」

福邇道：「不要緊，你之前已給我指了路。」

三姑道：「七月是鬼月，二奶奶一死，當晚便化成殭屍，可見陰氣有多重！大奶奶也死在七月初七，那麼頭七即是落在七月十五盂蘭節之前一晚；回魂夜之後又鬼門關大開，那麼大奶奶的鬼魂豈不是可以連續兩晚返歸？要是她也變成殭屍，兩隻殭屍鬥起法來，那怎麼辦？」

福邇怕她沒完沒了的說個不停，忙問她借了一盞有玻璃罩的火水提燈，便匆匆領著我和高巡捕離開大屋，走進黑夜裡的山林。

月在上弦，繁星閃耀，柔光滲透枝葉，樹影婆娑，本應是一片宜人夜景；但一想到這地方發生了如此詭異離奇的命案，而我們又正前往驗屍，我雖不迷信，但一股無以名狀的恐懼也難免湧上心頭。黝闇林木裡，我們一盞孤燈彷彿沿路映照出幢幢鬼影，就連木訥寡言的高巡捕也忍不住小聲道：「兩位大俠，眞的不用怕殭屍出來嗎？」

很快穿過了樹林，我們來到雷家的小祠堂。一雙木門沒有上鎖，「咿呀！」一聲推開之後，果見祠中有一副靈柩暫厝於此。棺槨是上等柳州木所製，想必早在死者生前已經備好。再看堂上，祖先牌位寥寥可數，陰森可怖之中卻又覺幾分淒涼。

我們合力移開棺蓋，福邇把提燈交給巡捕照進棺內，看了一眼道：「倉促入殮，沒有人給大奶奶換上壽衣，身上仍穿著遇害時的衣服。」說罷便站到一旁，讓我上前驗屍。

我把手帕蒙在口鼻上，但這已是死者去世的第二日，免不了聞到一陣屍臭。我突然心血來潮，道：「福兄，跟盧氏兄弟船上的異味有點像！」

不料福邇卻道：「這其實另有因由，但跟我們當前首務無關，我往後再跟你解釋。」

我正要再問，高巡捕突然把提燈往福邇手裡一塞，鯁著喉道：「對不起！」急急跑到祠堂門外，噦噦呃呃的嘔吐起來。福邇和我相視一笑，巡捕想必是第一次看見死屍。

福邇給我拿燈，但見棺木裡的是個四十來歲、容貌普通的婦人，身形沒有我想的那麼瘦弱，甚至可說有點粗碩，阿美阿麗要背著她上落樓梯，想必十分吃力，更不用說二奶奶阿秀還要背她到河邊取天孫水了。死者胸口還插著半把鍍金剪刀，昨天把她放進棺材的人顯然不敢拿走兇器。再看纏了足的雙腳，只穿了襪子，卻沒有鞋。

我小心翼翼把剪刀抽出來交給福邇，他輕輕摸了一摸尖端和邊緣，道：「剪頭仍很尖銳，但刀鋒已有點鈍。」

我細看屍體胸前衣服，道：「奇怪，剪刀在衣服上插穿了的破洞周圍，還有幾個較小的破洞。」我解開死者衣鈕，只見直透心臟的致命傷口四周，果然有幾個淺得多的小傷口，位置跟衣服上的破洞吻合。福邇也探頭過來，跟我互望一眼，不用開口也知想法不謀而合。

我大惑不解道：「可是……這怎可能呢？死者纏了雙足，去甚麼地方也要人背著……」

福邇胸有成竹道：「你看看她手掌，再按按她臂膀，跟雙腿比較一下。」

我依言檢視死者雙手，只見指甲皆已修短，而掌心竟還新近磨出了一些細繭，完全不像一個十指不沾陽春水的富家奶奶。我接著按了一按屍體上臂，想不到感覺筋肌異常結實，竟像幹慣粗活的模樣；再按大腿作比較，卻又發現一如纏了足的婦女那樣，肌肉因缺乏活動而明顯萎縮。

福邇看我表情，知道我漸已明白眞相，便微笑點頭以示嘉許。我自有許多仍想不通之處，正想相問，但他卻先道：「容後再談。我們還要趕回大屋作好準備，今晚捉拿殭屍！」

是夜，子時已過，雷家大屋裡各人均已就寢。樓上主人房內，早已一片漆黑。

突然，東邊響起絲絲微弱的摩擦聲，若非環境這麼寂靜，我又一直傾力細聽的話，真的未必會爲意有人輕輕打開牆上暗門。

一條人影躡手躡腳過到桌前，拿起上面的火柴擦著，房間驀地閃起火光。來者點起桌上的蠟燭，迅速又用手擋在火焰前面。

我在藏身之處其實看不到這許多，但從聲響和光暗也知道發生甚麼事。這人拿著蠟燭來到床前，但我看到的，卻只是一雙穿著繡花鞋的纖纖小足。

燭光中，她看見小孩蜷睡在被窩中的身軀，伸手去摸，卻發現床上哪有孩子？被子裡只不過是一堆衣物砌成身體的形狀而已。驚奇之下，她不禁「啊！」的一聲輕呼，一時呆立當地。

我趁她未及逃回密道，馬上從床底橫滾出來，翻身站起，牢牢捉著她雙臂，嚇得她尖叫起來，手裡的蠟燭也掉到地上，熄滅了。

我雖沒鬆手，但馬上溫言道：「不要害怕，小孩沒事，阿美阿麗帶他回你們的舊房間睡覺。」

福邇也從樑上一躍而下，點起桌上那盞比蠟燭更爲光亮的油燈。這時我才看見，被我捉著的是個年紀只有雙十上下，眉清目秀的女子，此刻已經嚇得花容失色。

高巡捕一直在門外等候接應，這時也走進房間。福邇對二奶奶阿秀道：「我姓福，這兩位是華大夫和高巡捕。你不用擔心，我們是來幫你的。」

○○●○○○

福邇早已洞悉全部眞相，也不急著向阿秀問話，先帶她去舊房間見兒子。我們早已跟大屋裡眾人說過，二奶奶沒有變成殭屍，但這時阿美阿麗兩姊妹見到她，依然震驚不已。阿秀已在外面躲了兩晚，一定餓壞了，我們便吩咐阿美阿麗下樓給她弄點吃的，留下巡捕在門外看守，讓兩母子在房內好好團聚。

馮三姑和黃婆婆這時也起來了，福邇和我告訴她們已經找到二奶奶，便回到主人房，提燈進入暗門後的通道探祕。一如福邇所想，牆內隱藏了一道狹窄的樓梯，直通往大屋地底下一個石室，從那裡另有幾條地道通往不同的出口；最遠的一條地道，原來去到祠堂一道暗門，其餘的則隱藏在廢村遺跡之中，設計十分巧妙。

天一亮，福邇派了阿美阿麗兩姊妹趕往墳背村，通知村長命案已破，叫他帶幾個村民來雷家大屋做見證。待眾人在大廳齊集，福邇便叫高巡捕把阿秀帶出來。村民雖已得悉她其實沒有離世，但看見她光天白日下活生生的站在眼前，仍無不譁然。

福邇向各人道：「大家稍安勿躁。二奶奶根本沒有死，更不是甚麼殭屍。」待眾人安靜下來，他又道：「本案之中，有兩個謎團。其一，是大奶奶怎樣死的。其二，是二奶奶的所謂屍變。既然我們現在找到二奶奶，不如就反過來先解釋她怎會好像死而復生吧。華兄，你看出了箇中祕密，對於岐黃之術又比誰都在行，請你來跟大家解釋一下。」

我道：「天下絕無起死回生這種事情，二奶奶自盡之後，一定沒有眞的死去。三姑她們摸不到脈搏，便以爲她已氣絕，但幾個時辰後她卻自行蘇醒。類似的情況古代也有記載，雖不常見，但也不足爲怪。可是後來福兄發現用來自縊的帶子，斷口看來是故意弄破的，而我們又從小孩中毒一事，看出雷家裡有人精通草藥，便知道事情沒那麼簡單。」我轉向阿秀道：「麻沸散的藥方，你是不是從丈夫學來的？」

她弱弱點頭道：「是老爺教的。」

村長問：「甚麼是麻沸散？」

我道：「相傳麻沸散是神醫華佗發明的麻醉藥，服用後會完全失去知覺，如同死人一般，被大夫割開身體切除惡瘤壞肌也不會感到痛楚。可惜後來華佗開罪了曹操，被禁錮獄中致死，畢生絕學也因此失傳。二奶奶，老爺是怎樣得到這條藥方的？」

阿秀道：「他沒有說，我猜是雷家上代傳下來的吧。」

我道：「其實麻沸散的主要成分也不算完全祕密，歷代醫者多有揣測，我自己也敢說心中有數。最大的困難，是如何根據不同體質掌握分量，因爲稍一出錯，病人便性命不保，試問有多少大夫會冒這個險？不過多年前跟福兄談起，他便告訴我原來約莫一百年前，有位日本名醫便成功研製出功效跟麻沸散相同的處方，可見這種藥物絕非虛妄之言。[24]你是怎會想到用在自己身上的？」

阿秀道：「老爺一向喜歡研究草藥，這條方子他用畜牲試驗過之後，還拿我來試過一次。老爺不准我告訴任何人，但我知道這藥有效，便偷偷記住了所有藥材和分量。」

我問：「爲甚麼呢？」

她猶豫了一下，道：「因爲……我本來打算，用這藥裝死，然後想辦法逃離這個地方，回到廣西鄉下。可是不久之後我有了孩子，便打消了念頭。想不到奶奶死了，我還是要用到這東西……」

大家聽了，一時無語。過了一會，村長才道：「這麼說，二奶奶用了這麻沸散假裝畏罪自殺？但發現大奶奶死了之後，三姑她們不是把二奶奶關在了柴房嗎？又何來會有麻沸散？」

我道：「二奶奶在柴房裡的時候，黃婆婆送過一碗湯給她喝，麻沸散當然便是在湯裡面。」

黃婆婆急道：「我甚麼也不知道，只是照二奶奶吩咐送湯給她。之後我眞的以爲她上吊死了呢！」

阿秀也道：「不關黃婆婆的事。我很久以前已經準備好一包麻沸散，我被關在柴房之後，黃婆婆來看我，我便告訴她那包藥放在了哪裡，叫她用來煮湯送給我喝。」

我道：「事後，福兒到柴房檢查二奶奶用來自盡的帶子，一眼便看穿眞相。二奶奶喝了麻沸散後，當然不能眞的自縊，便僞裝成上吊後扯斷了帶子。但她身在柴房，沒有剪刀，又不夠力氣扯斷帶子，唯有把帶子在窗台邊緣磨斷，所以斷口跟扯斷的狀況有異。還有，帶子綁在頸項的部分打了死結而不是活結，圍成的圈子放在福兒和我這樣的大男人頸上也嫌鬆，根本不足以令一個女子氣絕身亡。」

---

24 東漢名醫華佗（二〇七或二〇八年去世），如文中所述，相傳因為曹操猜忌而死於獄中。失傳的麻沸散在《後漢書．華佗傳》有記載：「若疾發結於內，針藥所不能及者，乃令先以酒服麻沸散，既醉無所覺，因刳破腹背，抽割積聚。」華岡青洲（一七六〇—一八三五），日本著名漢方醫師，於一八〇四年利用自研的麻醉劑「通仙散」成功為病人切除乳癌，是世界首宗全身麻醉進行的外科手術。

村長恍然大悟道：「原來二奶奶是這樣詐死的！」

我道：「不錯，她只有裝死才能逃離柴房。麻沸散藥力發作後，三姑她們探不到脈搏和呼吸，便以爲她死了。你和阿牛來到，把兩位奶奶抬到祠堂安放，到夜裡二奶奶蘇醒過來，便自行離去了。」

村長道：「可是二奶奶爲甚麼又要深夜回到大屋，向自己的兒子下毒？」

我道：「向小孩下毒的不是她，而是大奶奶才對。」

三姑驚道：「怎會呢？少爺中毒時，大奶奶已經死了。」

我道：「黃婆婆說，金銀花藥包是二奶奶給兒子預備的，所以我當初以爲她誤把鈎吻當作金銀花。但福兄檢查藥包，發覺摺痕重疊，分明是有人打開過藥包再摺起。換言之，這個人早已把原來的金銀花，換作外形相似的鈎吻。除了大奶奶之外，還會是誰？小孩其實並非雷家血脈，大奶奶不甘心讓外人承繼祖業，所以起了殺害之心。」

阿秀恨道：「好陰毒！那晚我用密道回到房間探望兒子，看出他中了毒，知道一定是大奶奶所爲，卻不知原來竟然是把毒草放進了我自己預備的藥包裡面！」

阿麗道：「但我和家姊明明看見二奶奶把黑色的殭屍血吐入少爺的口裡啊！」

我道：「那不是甚麼殭屍血，而是來自墳背村祥叔所養的那條黑狗的血。三姑也說，那晚她給少爺抹嘴時，發覺小孩嘴邊的血跡又黑又黏稠稠的，好像豬紅一般。這是因爲本來便是來自畜牲的血，而且已經開始凝固，所以才會這樣子。」我轉向阿秀又道：「那晚你其實回過房間兩次，第一次沒有被睡在門外的阿美阿麗察覺。你發現兒子不知怎地竟然中了毒，徬徨之間想起據說禽畜的血可以解毒，便急忙趕去墳背村殺狗取血，對不對？」

她幽幽道：「不錯，我回到房間本來只是想看看兒子，卻想不到發現他中了毒。我雖然看得出他中了毒，卻不懂得應該抓甚麼藥來解救，就算叫醒全屋裡的人，她們也不會有辦法幫忙。情急之下，我記起畜牲血可以解毒，便馬上拿起桌子上的半邊鉸剪，趕去墳背村。祥叔的屋子最近，我本來幾乎不忍心下手殺黑仔的，但爲了救兒子實在沒辦法，便趁著黑仔舔我的手的時候，用鉸剪割開牠喉嚨。」

福邇道：「黑仔是看門狗，但在夜裡一聲也沒有吠便被殺，當然是因爲兇手是熟人之故。可是既然是熟人，黑仔根本就不會想吠對方，爲甚麼還把狗殺死呢？所以我知道，兇手殺狗其實另有目的。」

我道：「福兄看出現場太少血跡，給狗喝水的缽子也不見了，是因爲你拿來裝狗血。也是你第二次透過密道回到房間，才讓阿美阿麗發覺，但她們以爲你死後化成殭屍，嚇得不敢作聲，所以你大概沒察覺門外有人。」

阿秀道：「我只顧救孩子，根本不知道原來她們在門外。」

我道：「醫書確有豬羊血可解諸毒的說法，但令郎幸保無恙，我想是因爲一來他不喜歡這藥茶的味道，沒有多喝，二來是因爲你餵了他狗血，讓他嘔吐大作，清了毒素。但你卻不知道，第二天黃婆婆不知就裡，又煮了一包藥給他喝，這次還加了點蜜糖，他便喝多了，差點性命不保。幸好我及時發現，馬上給他配藥解毒，否則後果不堪設想。」

她聽了，嚇得面無血色，顫聲道：「原來……多謝華大夫救了他一命！」說著不禁眼淚奪眶而出。

黃婆婆忍不住過去摟著她，歉道：「我老糊塗，差點害了少爺！」說著也哭了起來。

村長見兩個女人這樣子，好像本不願開口，但猶豫了一會，終於還是道：「大奶奶一向刻薄二奶奶，其實全村也知道，可是……殺了人終須要填命啊！」

福邇道：「二奶奶沒有殺人，大奶奶其實是自戕而亡的。」他頓了一頓，才道：「已故丈夫移情別戀，離世前還跟別人生了個將會承繼雷家產業的孩子，大奶奶想必已到了萬念俱灰、生無可戀的地步。她雖然決意自殺，卻不願二奶奶母子得益，所以便暗中在小孩的藥包裡下毒，還設計陷害二奶奶，讓大家以爲她謀殺了大奶奶。」

村長奇道：「如果大奶奶是自殺的話，那麼把她孭去雷公橋的又是誰？」

福邇道：「沒有人背她。是她自己去的。」

馮三姑也道：「怎可能呢？大奶奶紮了腳，上落樓也要人孭，自己怎去雷公橋？早上我去她房間找她的時候，她平時用的一雙手杖還在房內，難道她是爬著去河邊的嗎？」

福邇從懷中拿出手帕，打開給她看，道：「這是我在大奶奶床底發現的，你看看是甚麼？」

三姑拿過手帕，上面是一小截條狀的薄竹片，道：「這是……竹籐？」

福邇道：「不錯，是用來捆紮竹棚的笏篾。」

她還是不明白，問：「那又怎樣？」

福邇道：「今年初，這座大宅修理過屋頂，棚架拆掉之後，所用的竹子都棄置在屋後。大奶奶暗中拿了數枝短竹，用紮棚的竹笏捆成一雙拐杖。對一個像她那樣行動不便的人來說，由這裡前往雷公橋是一段不短的路程，所以她平時一定是把竹拐杖藏在床底，沒有人的時候才拿出來練習使用。半年下來，練到有足夠氣力在七夕早上實行她的詭計。昨晚華大夫驗屍時，發現死者雙臂肌肉出奇地結實，手掌也長出了肉繭，便是這個緣故。」他稍頓又道：「三姑你說早上發現大奶奶不在時，用來取七夕水的瓦甕卻依然在她房內。她並非忘記帶甕子，而是因爲她使用自製拐杖前往雷公橋，空不出手來拿甕子。」

三姑問：「可是大奶奶怎樣自己上落樓和離開大屋呢？」

福邇道：「當然是利用主人房暗門後面的祕密通道。依照大奶奶的計劃，她其實只需使用密道兩次：第一次是到屋後拿取竹枝製成拐杖，第二次則當然是前往河邊自殺了。雖然少爺出生後，二奶奶和他住進了這個房間，但大奶奶一定是趁著母子不在時，第一次使用密道往屋後取竹；來回不用太久，所以沒有人發覺。牆內密道非常狹窄，這樣反而方便大奶奶上落；她坐在一級樓梯之上，兩手扶著左右牆壁，便不難逐級逐級的上落了。」他轉向阿秀又道：「至於大奶奶第二次使用密道，我想是事先用蒙汗藥把你迷倒的，對不對？」

阿秀道：「七夕之前那晚，奶奶喚我到她房間，說早上不用去取天孫水了，又說吩咐黃婆煲了魚湯，想分一些給我和孩子。她知道我提防她，還在我面前從煲子裡舀了幾口來喝，我才安心端了兩碗回房。那晚我睡得很沉，直到早上被三姑搖醒，才知發生了甚麼事。」

福邇道：「大奶奶大概服了解藥。到了深夜，你和孩子熟睡後，她便故意把平時使用的手杖留在自己房內，撐著竹拐杖來到主人房間，把你那把金剪刀拆開爲二，拿走一半作爲兇器來嫁禍於你。」他頓了一頓，才再道：「大奶奶使用密道離開大屋，去到雷公橋。這道石板橋雖然不長，但頗爲濕滑，撐著拐杖上去不容易。爲甚麼她不在河邊自盡，一定要去到橋上呢？因爲她要利用溪水消滅證據。去到橋的中央，她便用帶來的半把剪刀割斷捆綁竹拐的笏條，把竹枝投進溪流最深最急之處，這樣才能確保竹子會被沖走。她若在河邊自盡的話，投進水裡的竹子便可能浮不多遠便擱淺在岸邊，留下線索。我檢查兇器時發現剪刀的刀鋒已變鈍，正是因爲用了來割斷笏條。她本來有穿鞋子，但鞋底有泥會露出破綻，便把鞋也投進了溪裡。」

我也道：「我們驗屍時，發現死者胸口致命傷周圍，還有幾個小得多的傷口。這是用利器自盡的人經常會留下的痕跡。無論自插心臟、還是刎頸割脈，都需要極大決心，很少人能夠一刀了斷，最初幾刀都會猶豫，以至在身上留下較小的傷口。」

村長聽罷，和其他人面面相覷，過了良久，才搖頭長嘆道：「唉！眞是最毒婦人心！」

○○●○○○

事後，我們和高巡捕回到域多利城向侯健幫辦報告。經過一番討論，爲免節外生枝，大家便決定把案情簡化，當作大奶奶在七夕自殺殉夫，其餘事情卻省略不提。侯幫辦這樣上報巡捕房總管後，由於大嶼山人手不足，便就此結案了。

我本以爲雷公橋屍變一案就此告一段落，想不到過了不久卻還有一個後續。

我們從大嶼山回來之後大約半個月，有天傍晚，我和學徒差不多要關鋪的時候，福邇從樓上落到華笙堂，手裡拿著一份《循環日報》，道：「華兄，你還未知道侯幫辦又立了功吧？」說著打開新聞紙，指出其中一項報導再遞給我看。

一閱之下，原來侯健剛在上環碼頭捕獲一幫走私鴉片的歹徒。我問：「又是多得你暗中幫忙吧？」

福邇微笑道：「你再看清楚，被捕的犯人是誰？」

我再細看，讀出相關的一句：「『據悉，被捕走私客爲一眾盧姓漁民』……難道竟然是盧氏兄弟他們？」

他點頭道：「那天他們送馮三姑和阿牛來域多利城找我們，一開始我已經覺得有點不對勁。我看出他們是蜑家人，他們亦自稱漁民，但奇怪得很，因爲他們身上除了魚腥之外，還隱約嗅得出另一種異味。後來我們上到盧家兄弟的船，那股異味更爲明顯，便終於認出是甚麼東西。」

我奇道：「我也有留意到你所說的怪味，但卻不覺得是鴉片啊。」

福邇道：「那是因爲他們偷運的是未經提煉的生鴉片，氣味跟用來吸食的熟鴉片迥然不同之故。他們雖用漁船上的魚腥味來掩飾，但怎瞞得過我的鼻子？」

我苦笑道：「我一定是念念不忘盧氏船上的異味，檢驗大奶奶遺體時聞到屍臭，竟然覺得相似。」

他道：「你沒有弄錯。生鴉片與屍體腐化時，碰巧都會發放出類似的化學成分，所以氣味相近。[25]生鴉片雖有止痛和麻醉的功效，但我國醫者鮮會用來入藥，也難怪你認不出它的氣味。」他頓了一頓，又道：「不過話雖如此，我懷疑雷氏家傳的麻沸散配方，成分也很可能包括生鴉片。如果眞是這樣的話，那麼來源便不言而喻了。」

若他不說，我也不會想到，當下便問：「你的意思是，已故雷家老爺其實是跟盧亭蜑民合作走私鴉片的？」

福邇道：「不錯，而且不單是去年過世的雷家老爺，而是自從高祖那代便如是。你想想，第一代老爺原爲海盜，眞的這麼容易金盆洗手嗎？還要再過大約二十年，鴉片戰爭才爆發，那正是走私大煙最猖獗的時代，他怎會不分一杯羹？盧亭一族蜑民，多半本來便是他的部下，跟著他一起由海盜改行爲走私客，數代下來一直合作無間。」

我問：「但香港開埠後，他們還可以繼續走私嗎？」

---

25 生鴉片放置得久，隨著水分散發會逐漸變成棕黑色的硬塊，釋放出帶有強烈氨（ammonia）性氣味，跟屍體腐化時產生的屍胺（cadaverine）裡的胺（amine）氣味相似。

他道：「鴉片貿易合法化後，爲了省掉入口釐金，依然有大量偷運私煙的情況。[26]大嶼山鄰近香島，但在今年之前卻不受英人管治，作爲走私基地自是上佳之選。」

我道：「這麼說，雷老爺未成爲入贅女婿之前，一定已經是未來岳父的得力助手了。他去年過世後，盧氏兄弟便索性自己繼續經營齷齪勾當了。」

他道：「不錯。他們送三姑和阿牛來找我們那天，我問甚麼時候可以啓程去大嶼山，他們卻說沒這麼快可以開船。這是因爲他們的船當時仍在上貨。上船時，三姑又說，這次過跳板好像比之前更容易。這是因爲這條船從大嶼山過來的時候，船艙仍是空的，這時已經載滿私貨，所以船身坐水較深。如是者，把我們送到達石壁後，盧氏兄弟急著離開，說要在夜裡捕魚，但其實是想趁著夜晚偷運鴉片到國內才對。我當時不動聲色，純粹是因爲先要解決雷公橋一案；反正來日方長，他們始終難逃法網。」

○○●○○○

回說雷家，二奶奶阿秀經歷是次案件後，雖然福邇還了她一個清白，但實在難以繼續在石壁住下去，便封了大宅，和兒子遷到域多利城定居，還帶同馮三姑一起來照顧兩母子起居飲食。

因爲小孩的父親雖是入贅女婿，但既非雷家大奶奶所出，實跟家族並無血緣關係，所以爲正名分，福邇便助人到底，給孤兒寡婦聘請律師，根據香港法律確立了兩人承繼雷家財產的權利。數年後，男孩到了入學之齡，福邇又安排他到我們一位英國朋友主持的書院就讀。

本來住在雷家大屋裡的其餘數人，也各自找到歸宿。聽說阿美和阿麗兩姊妹因爲屍變一事，結識了鄉長由石壁圍帶過來幫忙的兩個男丁，終於覓得對象，不久之後便嫁到鄰村。至於黃婆婆，由於年事已高，阿秀給了她一筆錢，讓她可以搬回墳背村安心養老。

此後，雷公橋便沒有人居住，再度荒廢。

26 割讓香港島的一八四二年《南京條約》和割讓九龍半島南端的一八六〇年《北京條約》，都並無提及鴉片貿易，但根據一八五八年簽訂的《天津條約》，改稱「洋藥」的鴉片可於通商口岸自由買賣及進口，中方收取「值百抽五」（5%）的釐金。為逃避進口稅，走私客於是偷運鴉片到通商口岸以外的其他港口。到了一八八五年，中英雙方為十年前的《煙台條約》續約時加上專條，增加通商口岸及修改鴉片稅則，每一百斤鴉片收取三十兩白銀釐金，每箱以八十兩銀為上限。

木氏謎墓

筆者陪伴福邇探案多年，所偵破的事件多發生於香港，是以拙作常以不少篇幅細說當地風土人情，爲的便是向國內廣大讀者介紹一下這個華民英治、歐亞匯聚之處的特色。然而本篇卻有所不同，礙於此次敘述的故事涉及一些不能公諸於世的祕隱，因此不能透露案發之處的名稱和確切位置。

源起洋曆一千八百九十八年，即光緒二十四年戊戌，英國與大清訂約，劃出九龍半島原來國界以北至深圳河的土地，和大嶼山等眾多離島及水域，合稱爲「新界」，以九十九年爲期，無償租借作爲拓展香港殖民地之用。[1]到了次年西曆四月，即己亥年清明後不久，英人遂正式

1　一八九八年，英國趁著法國租借廣州灣，向清廷要求延伸香港殖民地界址，兩國於六月在北京簽署《展拓香港界址專條》，將一八六〇年《北京條約》割讓九龍半島南端所定的疆界（現在的「界限街」）北移至深圳河，把多出來的土地和大嶼山等離島，以及深圳灣和大鵬灣部分水域，納入殖民地為「新界」，為期九十九年。一九九七年約滿的期限，後來便成為一九八四年《中英聯合聲明》裡香港回歸中國的年份。亦請見本書上一篇故事〈雷橋屍變〉。

接管該地。

然而接收新界的指令揭櫫後，各地村民不明中英租借條約箇中細節，擔憂祖業不保，紛紛舉事，令我不禁想起鴉片戰爭時廣州三元里抗英，和日本接收台灣時的乙未民變。[2]千百年來，粵地原民與後來陸續遷至的客家人，彼此之間歷代時有械鬥，尚武之風本已甚盛，這時群情洶湧，便爆發成聲勢浩大的反英動亂。[3]

殖民地政府擬定於新界東邊的大埔舉行接管的升旗禮，可是當巡捕房總管梅亨利帶同部下事前到場作準備時，卻遇鄉民圍困，被逼撤退，爲儀式搭建的蓆棚更遭焚毀。英方馬上派遣官兵乘船到當地駐防，亂事暫爲平息，但其實各地紳耆已暗地裡互相聯絡，密謀群起對抗。

到了升旗儀式之前數日，大埔民眾再次燒毀蓆棚，數以千計的鄉勇隨後攻擊派駐當地的士兵，弄到英方要出動軍艦炮轟敵方陣線方能解圍。與此同時，新界西部的屏山、廈村及錦田等地鄉民亦起義響應，戰事一時延伸至多處，直至英方成功舉行升旗禮及正式宣佈接管新界後仍未完全歇止。實力懸殊之下，鄉勇經過前後六日苦戰，最後自是不敵武備精良的洋兵，傷亡甚眾。經香港華人領袖出面協助斡旋，各村還是不得不歸順降英告終。

事情本應到此告一段落，詎料動亂平息之後一個月，竟又波及位於原來國界一旁的九龍寨城。根據條約，寨城雖在延伸疆界後已完全被英人的新領地包圍，但管轄權仍歸我國所有。可是香港政府藉故新安縣官員煽動鄉民反英，這時卻派兵攻進寨城，逼令守城清軍盡數撤離，使該地一夜之間頓成荒鎮。[4]

正當其時新界民心依然惶惶不安之際，福邇先後接辦兩宗來自那裡的奇案。第一宗題曰「雷橋屍變」的案件之前已曾記載，這回再記述第二宗。

○○○●○○

是年西曆十月上旬，寒露剛過，再過幾天便是重陽。正是「七月流火，九月授衣」，縱使身在嶺南，也覺天氣有點涼意。自從福邇和我在大嶼山偵破了屍變案之後，已過了兩個月；有

---

2 第一次鴉片戰爭（一八四〇—一八四二）時，英軍於一八四一年五月攻打廣州，期間有士兵搶掠及向婦女施襲，城郊三元里（今白雲區）村民群起奮抗，英方又因天雨難以開火，結果被逼撤退。半世紀後，日本於甲午戰爭（一八九四—一八九五）擊敗清廷，根據《馬關條約》取得台灣統治權，但接管時遭當地多處民眾武力反抗，爆發長達半年的乙未戰爭。

3 文中提及的鄉民武力反抗英方接收新界事件，發生於一八九九年四月十四日至十九日，今稱「新界六日戰爭」，現代本土歷史研究者多認為主因之一是官民溝通不善。殖民地政府遲至四月初才在鄉間廣貼中文告示，宣佈同月正式接管新界，並解釋各種政策細節，導致人心惶惶。戰事過程大致上一如華笙在文中所述，請亦見本書故事〈雷橋屍變〉。

4 根據一八九八年《展拓香港界址專條》（請見註1），清朝租借新界給英國之後，本來保留九龍寨城作為外飛地，但在英方驅逐了清廷官員和部隊後，便變成「三不管」地帶（即不受中國、英國及香港殖民地政府管治）。直到一九八四年《中英聯合聲明》簽訂後，兩國同意在香港回歸前拆除寨城，工程於一九九四年完成，現已改建為公園，部分清朝建築仍保存在內。

天下午，一個來自位於荷李活道彼端大差館的綠衣華差來到福邇寓所，原來是代我們老朋友麥當奴幫辦告急。

年初，麥當奴調派到新界主理新成立的差館，甫一履新即經歷鄉間動亂，事件平息後數月，昨日竟又突然遇上一宗棘手命案，亟需奧援，今天便趕回中環大館報告，同時派人向福邇求助。

我們聞訊，馬上隨差人過到大館，抵達時他便直接帶我們去巡捕總管的辦公室。指揮香港殖民地所有差人的官員，本地人俗稱爲「差頭」，賜閱過拙作的讀者也可能記得，以前擔任這職位的人名叫田尼，福邇和我多年來跟他合作無間，破獲不少案件。但七年前田尼退休回英，便由一位名叫梅亨利的英國人接任。[5]此人沒有上一任差頭那麼器重中國人，在執法職務上亦不及田尼那麼通情達理，反讓不少華洋市民常覺有墨守成規、矯枉過正之嫌。不巧梅亨利在任期間，福邇又離開過香港四年，所以我們跟他的交情自是遠遠不及上一任差頭那麼好。

我們隨綠衣華差去到梅亨利辦公室，差人敲敲門，朗聲報告我們到達，便開門讓我們進內。只見梅亨利和麥當奴幫辦已在等候，後者早急得如坐針氈，這時便如釋重負站起來迎接，道：「福先生！華大夫！好多謝你們這麼快趕來！」

梅亨利沒有起身跟我們握手，只是示意我們坐下。福邇也不計較，道：「請問發生了甚麼事，我可以怎樣效勞？」

梅亨利跟上一任差頭田尼一樣，也是學官出身，修習過中文，亦在香港住了十多二十年，據說講得一口頗爲流利的粵語。可是以前田尼跟福邇和我都像麥當奴一樣，習慣用廣東話或中英夾雜交談，但梅亨利卻像大多數的英國官員那般，縱使懂得中文也只肯跟我們說英語，所以無法得知他的粵語其實說得有多好；本文這一段裡的對話，皆是從英文翻譯過來的。

梅亨利向幫辦點一點頭，麥當奴便道：「昨天下午，一個政府勘察員和他的助手在某村後山測量地形時，突然遇到襲擊，一個斃命，一個受了重傷，現在依然昏迷。」

我忍不住問：「是不是村民所爲？」

他道：「不知道，但希望不是，不然便麻煩了。」

梅亨利這刻才開口，道：「新界暴亂才平息不久，現在竟又有政府人員受襲，死了的還是個英國人，你們一定明白情況多麼嚴重。一旦證實眞是村民所爲，稍微處理不當的話，便極可

---

5 梅含理（Francis Henry May, 1860-1922），後來官至香港總督（一九一二—一九一八），在本故事發生的年代應未有官方中文名字，「梅亨利」相信是華笙的自譯。梅氏最初在一八八一年以官學生身分到香港，一八九三年接任香港警隊首長之職，至一九〇二年擢升輔政司（等同香港回歸後的政務司司長），到了一九一一年調任斐濟擔任總督，次年回港出任總督。就任當日，他在中環前赴典禮途中險遭開槍暗殺，有說刺客是為了報復梅氏在新界六日戰爭時下令部隊殺害鄉民（請見註3）。

能再引發衝突。要是我們再度出兵鎮壓，不用我說，你們也可以想像後果。」

麥當奴忡忡道：「我們正是爲了避免再發生流血事件，才請你和華大夫幫忙。」

福邇道：「梅先生請放心，我們自當盡力而爲。」

想不到梅亨利沒有言謝，反而輕慢地道：「福先生，你也應該很清楚，我並不喜歡巡捕房向外人求助，但卻不能否認你過往的確曾爲我們立過不少大功。我剛才已經告訴麥當奴，給你們三天時間。後天便是你們中國人的重陽節，對不對？如果節日之後那天，你們還抓不到兇手的話，我便唯有請求總督派出軍隊護送，讓我親自率領差人到那村子，要他們交出人來。」

我聽了自是心裡有氣，現在是巡捕房有求於人，梅亨利不但擺起大官架子，竟還仗勢恫疑虛喝一番，若在平時，福邇不拒絕接案才怪。但事關重大，若不能及時破案便會再次惹來兵禍，殃及無辜鄉民，我們除了竭力速解燃眉之外，實在別無選擇。

福邇聞言，臉色一沉，轉向麥當奴道：「那麼事不宜遲，幫辦，我們馬上動身吧！你可以在路上詳細告訴我案情。」言訖，也不向梅亨利說聲再見，便轉身走出門口。

我暗暗偷笑，依樣葫蘆跟著他離去。麥當奴尷尬地跟上司告辭，便急急尾隨。

離開大館前，我速速寫了兩張字條，一張給內子，另一張給我的醫館學徒，告訴他們我陪福邇前往新界辦案，可能要數天後才回來。麥當奴遣了個差人給我送字條，接著便帶我們落到中環碼頭。他辦事向來周詳，原來已經安排了一艘屬於水上差人的官船，送我們過海到新界。

由香港島越過域多利港到對岸，若在九龍南端下船，走陸路前往舊國界以北的新界，必須攀越一列由東至西橫隔著整個半島的連綿巒嶺，十分費時誤事；是以，取水路為佳。若從域多利港往東航行，出了鯉魚門海峽之後，再穿過東龍島與九龍半島東南角之間的一片窄水，之後北繞便可到達西貢墟或大埔墟。若往西航行，則可經過青衣島到淺灣，或駛出九龍半島與大嶼山之間的急水門海峽，去到因古代曾為屯兵之處而舊稱「屯門」的青山。無論循哪個方向，去到最遠的地方少說也有四五個鐘頭的海程。

啟航後，福邇便請幫辦把案情由頭說起。麥當奴道：「你們也許知道，去年簽訂了租借條約之後，政府便成立了一個勘界委員會，陸續派出勘察員到新界各地測量地形，來製造合符標準的地圖。英籍勘察員通常連一句中文也不會說，所以會帶著一個華人助手隨行。這次出事的兩個人，勘察員叫賓頓，遇襲喪生的便是他。賓頓的助手姓李，名孝維，頭部受到重擊，我離開差館時前往中環時，他仍昏迷未醒。」

原來數日前，賓頓和助手李孝維來到麥當奴的差館，在其管轄的範圍內進行勘察。由於差館新置不久，地方和設施有限，賓頓在那裡住了下來，助手卻要到差館所在的鄉鎮投宿。昨天一早，李孝維回到差館跟賓頓一同出發，因爲這天勘察的地方有點距離，麥當奴便把養在差館的兩匹馬都借給了他們。誰知到了黃昏，過了預計回來的時間，才有一匹馬背著李孝維單獨慢慢跑回差館。

幫辦繼續道：「阿李當時額頭仍留著血，已經迷迷糊糊。差人扶他進差館，他只說得出賓頓和他做完勘察，正準備回來的時候，突然有幾個人不知從哪裡出現，出其不意襲擊他們。阿李還未弄得清楚發生甚麼事，已被硬物擊中頭部，幸好馬匹在身旁，他及時爬上馬背逃跑，之後便暈倒了。再有知覺的時候，那隻馬已經背著他回到差館。」

我道：「幸好老馬識途，這個姓李的也眞命大。那麼賓頓呢？」

麥當奴道：「阿李看來受傷不輕，我馬上派人到鎭裡找個大夫。這時還不知道賓頓是生是死，我便騎上那匹馬，趕去他們勘察的地方找他。」

我道：「你單人匹馬，不怕危險嗎？」

他苦笑道：「這也沒有辦法。我急著去找賓頓，當時又只得這一匹馬，只好這樣了。」

他頓了一頓，又道：「我也有想過叫幾個部下隨後跟著來，但又怕人多勢眾的話會嚇怕當地村民，要是發生誤會便只會把事情弄得更糟。」

福邇問：「你怎知道他們在甚麼地方勘察？他們每次出門前都會告訴你吧？」

他道：「不錯。動亂之後，所有政府人員在新界出勤時都會加倍小心，一定會預先讓同僚知道他們甚麼時候去到甚麼地方。賓頓其實在動亂之前已經來過這一帶做勘察，之後草製了一些比例較小的地圖。他這次回來，便是爲了在上次製作的草圖的基礎上，再畫一份比例更大、細節更精準的地圖。他做事十分仔細，每張草製地圖都準備了兩份，一張自己帶著用來勘察，另一張則留在差館。這樣萬一他自己在外使用的那張地圖有甚麼損毀，還有差館那張作爲備分。賓頓每朝出勤前，都會拿出相關的地圖，給我指出當天勘察的地點，所以我當然知道去哪裡找他。」

賓頓和助手當天勘察的地方，是某村莊背後的一座山。麥當奴策馬趕到的時候，天色已經全黑，但他帶備了一個差人所用的特製鐵皮燈籠，十分光亮，便獨自遍山搜索，但礙於範圍太大，找了一兩個鐘頭也找不到賓頓蹤影。倒是賓頓所騎的那匹馬，想必是事發時受驚走失，這時可能察覺有熟識的人和馬在附近，竟逕自走到麥當奴拴馬之處。

不久，村民留意到山上有燈籠光，便派了七八個壯丁上山看個究竟。幸好麥當奴廣東話說得流利，之前又來過這裡探望當地鄉耆父老，其中一個村壯認得他，才沒有惹起事端。幫辦告訴他們發生了甚麼事，又覺繼續在山上摸黑亂找也不是辦法，便牽了兩匹馬跟眾人進村，跟村長商量。

他道：「村長當然不會相信自己村裡的人會襲擊賓頓和阿李，說一定是山賊，不然便是來自別處的鄉民，因爲有親友在之前的暴亂中傷亡，所以遇上兩個手無寸鐵的政府人員，便向他們報復。」

我道：「這條村子多半也有人參加過抗英起事吧？」

麥當奴道：「這個不用說，大家也心知肚明。雖然當時英軍沒有打到這條村，但我相信村裡確有不少男丁去別的村鎮參加抗爭的，所以絕不能說這條村裡的人沒有嫌疑。這時我們還未證實賓頓已經喪生，但老實說必定凶多吉少；村長是個聰明人，不會不明白，無論是不是他村裡的人施襲，若不盡快找出兇徒，整條村子都會惹禍上身。」

福邇問：「你是怎樣發現賓頓已經喪生的？」

麥當奴道：「村長答應我，等到天一亮，便發散村民上山搜索，一有發現便派人到差館通知我。昨晚我帶馬匹回到差館，今早又等了半朝，正想動身回去找村長，但他果然說得出做得到，派了個壯丁老遠跑來差館報告，說找到屍體。不久之後，又有村民駕著牛車把賓頓的屍體載到差館；他們亦找到遺在山上的勘察工具，也一併送了回來。案情嚴重，我馬上坐船去中環大館報告，同時派人向兩位求助。」

我問：「賓頓是怎樣致死的？」

幫辦道：「看來是後腦受到硬物重擊致死的。當然，還需要你和福先生檢驗過屍體才說得準。」

福邇皺眉道：「我們還需要村民帶我們到發現屍體之處，實地視察案發現場。」

麥當奴憂道：「除了老人和兒童，整條村子裡的村民都可能是兇手，逐個盤問也不知要多久。我們又只有三日時間破案……」

福邇道：「廣東人有句說話：『船到橋頭自然直。』在這階段，我們只能見一步行一步，待找到更多線索再說。」

○○○●○○

上文已提過，因本案內裡某些隱情必須保密，於此無法奉告事發鄉村的實名和地點。我們到了下船之處，原來麥當奴出發前早已吩咐了一個華差稍後到碼頭等候，還叫他把馬匹帶來。由於只有兩匹馬，福邇和我共騎一匹，想不到麥當奴竟也讓那差人騎在他背後。換作別的洋幫辦，一定會命令差人奔隨馬後。

由麥當奴主理的差館，位於某村鎮之旁，[6]我們到達時已近黃昏。幫辦道：「快天黑了，我們現在去村子也做不了甚麼，還是明天一早出發吧。」

福邇道：「也好。我們先看看傷者和屍體。」

麥當奴讓差人牽走馬匹，帶我們走進差館，只見地方雖然沒有我想像那麼小，但內裡設備仍明顯簡陋不足。他道：「我讓阿李睡在賓頓之前所住的房間，賓頓的遺體則暫時安置在一個空監倉裡，待你們檢驗過之後，我再安排送回域多利城。」

我道：「我先看阿李有沒有大礙，之後再看屍體。」

麥當奴道：「這個當然。」他一邊帶路，一邊又說：「我回大館報告時，本來也想過是不是應該順便送阿李回中環給他找個醫生。可是他頭部受到重擊，怕坐船受不了震盪，可能反而會害了他。又想到反正會請華大夫你和福先生一起來幫忙，所以……」

他話未說完，我們已來到傷者所在的房間，只見他原來已經蘇醒，聽到我們進來，便在床上掙扎著坐了起來。我連忙過去扶他坐正，道：「我姓華，是個大夫，我朋友是福先生。讓我先看看你傷勢再說。」

他弱弱點頭說：「我聽說過你們的大名。」

李孝維年紀約莫三十上下，體質似乎頗壯健，這時已有人給他包紮了頭傷和換上睡衣。我解開他頭上綳帶，見他右邊額頭果然有個傷口，可幸遠沒有我所擔心那麼嚴重，這時已開始結痂退腫。再探過他脈搏正常，雙瞳亦沒有擴張異象，便問：「你醒來多久？」

他道：「總有幾個鐘頭吧，不過中間我又睡了一會。」

我再問：「有沒有頭暈眼花？」

他道：「還有一點點，不過比之前好得多了。」

我道：「你非常幸運，其實傷得不重。之前昏迷，應是腦部受到震盪之故，但現在已經沒事了。」

他顫聲問：「賓頓先生沒事嗎？我也不是想丟下他不理，但當時……實在太驚慌了……」

福邇道：「華兄，趁著還未天黑，你快跟幫辦去檢驗屍體吧。」

李孝維聞言大吃一驚，道：「屍體？這麼說，賓頓先生死了？」

6 故事中麥當奴幫辦派駐的差館，可能是當時的大埔警署或元朗屏山警署，皆初建於一八九九年，現已列為法定古蹟。前者是新界首間永久性警署，位於殖民地政府接管新界時舉行升旗禮之處，直到一九八七年當地新警署啟用後才停止運作，現改名為「綠匯學苑」用作低碳生活教育中心。後者在一九六五年元朗警署落成後用作警犬隊總部及訓練中心，原建築物修復後現為屏山鄧族文物館。

福邇不答他，再跟麥當奴和我說：「時間無多，我們三天內找不出兇手，差頭便會請總督派兵到村子要人。你們先去驗屍，我留下問李先生一些問題。」

我依言跟著麥當奴到差館內的監倉，裡面只有幾間牢房，其中一間地上躺著一具用白布蓋著的屍體。他掏出鑰匙打開閘門和我一起進入牢房，俯身揭開白布給我看，只見死者是個三十來歲的洋漢，雖不及幫辦高大，但個子也不小。

麥當奴哀嘆道：「賓頓說過，本來準備明年回英國跟未婚妻成親。」

這時賓頓遇害已超過十二個時辰，死後出現的屍僵開始軟化。我蹲下輕輕把他的頭顱轉向一側，只見後腦有個大傷口，血跡早已乾透，令黏起的頭髮也轉硬變黑。我摸摸傷處下面的頭骨，果已碎裂，便告訴麥當奴：「你說得對，這便是致命傷，被硬物一擊致命。」接著解開死者衣衫查看他軀體，然後檢查四肢，又道：「不過有點奇怪，他身上不見其他傷勢。他沒有李孝維那麼幸運，沒能及時逃走，若被數人圍攻的話，按理身上應該傷痕纍纍才對。他看來較像被人出其不意從後暗算，根本不知道發生甚麼事便一命嗚呼了。」

麥當奴道：「阿李遇襲的時候，根本看不到賓頓的情況。說不定歹徒一上來便先暗算賓頓，得手後才轉而對付阿李。」

我覺得他所說的也甚有道理，便點頭同意。這時福邇也來到監倉，我問他：「李孝維有沒有提供甚麼新線索？」

福邇搖頭道：「我叫他再說一遍如何遇襲，但他沒能記起任何之前沒有告訴幫辦的細節。我想再問多幾句，他卻說很累，我便讓他睡覺，過來找你們。你檢查屍體有甚麼發現？」

我告訴他剛才驗屍所得，他待我說畢，微微一笑道：「華兄，你解開了死者衣服檢查他身體，卻忘了在衣服上找尋線索。」

被他一語道破，我自是尷尬萬分：「哎！是我疏忽！」

福邇道：「不要緊，無心之失而已。」

他半跪在屍體旁邊，先伸手進死者各個衣袋裡探索，把找到的幾件隨身遺物如錢包、袋錶、指南針等一一排列在一旁。他道：「兇手沒有拿走錢包和袋錶。」再找不到別的東西時，又道：「他帶著去勘察的草製地圖不在身上。幫辦，村民把他和助手遺在山上的東西送了回來，會不會在當中？」

麥當奴道：「東西鎖在了雜物房裡，待會我帶你去看看。」

福邇點點頭，便拿出放大鏡細看賓頓身前衣服，然後又請幫辦和我幫忙，合力把死者翻過來，再觀察背面衣服。待他檢查完畢，終於站起來的時候，我便問：「有甚麼發現？」

他道：「死者衣服前後都有泥汙，但正面衣服上的汙跡，無論顏色和土質都跟背後的汙跡微有差別。除此之外，背後衣服有多處明顯的磨損痕跡。」

麥當奴和我聽了，都只是似懂非懂他的意思。幫辦抓了一抓鬍子，問：「這表示甚麼呢？」

福邇滿有玄機道：「你們自己想想，待去到案發現場觀察過，再作解釋。」

之後麥當奴帶我們去雜物房，查看村民送回賓頓遇害時遺在山上的東西，除了勘察器材之外還有一個背包，但裡面只有一些文具、指南針和千里鏡等物品，卻找不到草製地圖。

麥當奴道：「也許他遇害時碰巧正在看地圖，如果丟在山上便一定被風吹走了。」

我道：「會不會被兇手拿了？但兇手連賓頓的錢包和袋錶也沒拿走，為甚麼要拿走地圖？」

福邇不答，卻道：「幸好賓頓的草製地圖在差館留有備份。幫辦，我們明天去查看案發現場，請你帶著賓頓昨天所用的地圖的副本，還有死者的背包也要借用一下，裡面的指南針和千里鏡等工具，到時也許可以派上用場。」

他點頭道：「好的。我們今晚吃飽飯也早點休息，明天一早過去村子調查。」

差館請了一個鎮上的人擔任廚子，每天來給幫辦和差人備膳。想不到這人廚藝竟不太差，雖絕對稱不上美味佳餚，但起碼不至於是難以下嚥的粗茶淡飯。我身爲醫者，自是不忘病人，吃過晚飯後又去看李孝維一趟，見他昏迷了一日一夜之後胃口奇佳，才放下心來。那晚，麥當奴便讓出自己的房間給福邇和我，自己去一眾差人共睡的宿舍跟他們一起過夜。

次日清晨，我們和麥當奴吃過一些簡單的早點，便一起騎馬前往案發的村子。福邇和我如前一樣共騎一馬，體型最重的麥當奴則獨騎另外一匹。

福邇和我以前也曾多次來過現稱「新界」的地方，但當時這裡仍屬大清國境以內的新安縣，[7]如今已成爲英人殖民地一部分。

途中，我們談起是次兇案，福邇不禁有感而道：「域多利城最陰暗卑陋的橫街窄巷裡所隱藏的罪案，也未必及得上這些外人罕至的偏僻村落。正所謂『天高皇帝遠』，誰會知道鄉野閭閻之中掩蔽了多少不爲人知的隱史祕辛？」

7 現在香港全境及深圳大部分範圍，原屬初設於秦朝的南海郡首縣番禺，到東晉時從番禺縣分出寶安縣，至唐朝改名為東莞縣。明朝中葉又由東莞縣拆出新安縣，直到民國時期才為免與河南省新安縣重名而回復古稱寶安縣。時至今日，寶安縣已成為深圳市的寶安區。

不久，我們三人兩騎來到村口，雖然時候尚早，但已有一群小童在田畔阡陌間追逐嬉戲，其中幾個還唱著一首我從沒聽過的童謠：

一弟閒，各家忙，
二弟奔，世代跟；
三英傑，全忠烈，
四海亂，終歸完……

歌還沒唱完，孩子們突然看見有三個陌生人騎著馬到來，其中有個竟還是紅鬚綠眼的洋漢，先是嚇得一聲不響呆立在地，接著便一哄而散，跑回村裡。

我們下馬，把韁繩綁在路旁大樹上，正要步行入村，少說也有十多二十人的一群男丁忽從村裡湧了出來，個個都拿著棍棒或農具等簡單武器，瞬間把我們團團圍住。小童跑回村內應難以在短時間內召集這麼多人，所以這班丁勇想必預料到遲早會有人來村子調查後山上的命案，早已在村口附近集合等待。

一個較壯碩的大漢向麥當奴喝道：「紅毛鬼！我們已經給你找到死屍，送回了差館，還想怎樣？」鄉音把「紅毛」說得好像「紅某」。

另一邊有人幫腔道：「對啊！你們殺了我們這麼多人，現在只不過死了一個番鬼佬，就算當作填命也不夠呢！你今天帶了兩個人來，到底想怎樣？」

幸好村民們所說的是寶安話，口音跟標準廣府話相去不遠，假若換了客家人的話，莫說麥當奴不會聽得明白，就連我這個在香港住了差不多二十年的福建人也只會一頭霧水。

這時人群中幾個大漢已忍不住粗言穢語咒罵起來。麥當奴不以爲忤，和氣道：「大家不要誤會！我是麥當奴幫辦，以前也來過這裡，你們之中可能有人認得我。今天陪我來的兩位朋友，你們也可能聽過他們的名字，這位是福邇先生，另一位是華笙大夫……」

不待他說完，第一個出聲的大漢又再喊道：「我懶理是福先生祿先生還是壽先生，我們沒有聽過！總之你們快給我滾！不要再返來！」

正當群情越來越洶湧，一觸即發之際，忽然聽到人群後面有一把蒼老但洪亮的聲音大喝：「你們幹甚麼？讓開！讓開！」

想不到群眾聽了，竟無一個有異議，對著我們的人都乖乖往兩旁一分，讓出路給一位目光炯炯的花甲老翁走到我們面前。他經過之際，各人都向他欠一欠首，低聲歉道：「村長。」

村長對我們說：「幫辦，兩位先生，眞是失禮了。」接著轉身向眾人大聲咄道：「唏！你們真是有眼不識泰山！居然沒有聽過香江雙俠的大名嗎？」

剛才說話最多的大漢傻道：「甚麼香江雙俠？不知道啊。」他們語音一大特點，是廣東話「知」字跟滋味的「滋」音同，他們卻說得好像官話高低的「低」。若非在這樣緊張的關頭，聽起來也許會覺滑稽。

另一人卻道：「村長你是說，專門捉拿壞人、鋤強扶弱的香江雙俠？」

老者道：「不就是了！你們有沒有聽過，大約十年前，有壞蛋關起了幾百個人，想將他們賣豬仔，兩位大俠闖入龍潭虎穴，赤手空拳把幾十個壞人打到落花流水，救出了全部豬仔！就憑你們小貓三四隻，就想跟人家動手？」

福邇藹然道：「都是一場誤會而已。無巧不成話，麥當奴先生正是當年和我們合作，帶領差人拘捕那些人販子的幫辦。」[8]

麥當奴謙道：「都是福先生和華大夫的功勞。」

村長又對眾人道：「大家都知道，前日在山上死了的那個鬼佬根本不關我們的事，現在幫辦請到福大俠和華大夫來查明眞相，我們正是求之不得呢！但你們不分青紅皂白，居然圍著人家喊打喊殺，究竟有沒有想清楚後果？萬一幫辦和兩位大俠有甚麼損傷，我們便要負責了。你們知不知道，之前吉慶圍被番鬼兵攻打的時候，連圍牆也炸爛了，大鐵門被人拆掉搶走？[9]是不是想惹得英國佬派兵來打我們這條村，連祖宗祠堂也拆掉才安樂？」

村勇們聽了，大多靜了下來，但當中依然有人不服，一個拿著鋤頭的漢子忿忿道：「這個鬼佬幫辦識講中文又怎樣？識講中文我們便要相信他嗎？」

站在他身旁一個腰間插著鐮刀的人也附和道：「對啊！還有這兩個人，自稱是福先生和華大夫，怎知是真是假？村長你有見過兩位大俠嗎？怎知他們生得甚麼樣子？」

一個比其他人遲來的小伙子，這時便從人群後面大聲說：「聽聞福大俠料事如神，只要望人一眼便甚麼都可以看得出來。不如請他露一手看看，便知道是真是假了。」

福邇嘆了口氣，道：「好吧。見笑了。」他隨便伸手指指幾個站在人群中不同位置的村民，道：「例如這邊這位大哥是養豬的，中間這位大哥養的是雞，而那邊那位大哥卻是種菜的。」不用這三人回答，光看眾村民表情也知道他沒說錯。

那個被點破是豬農的奇問：「你怎知道我是養豬的？」

---

8 請見《香江神探福邇，字摩斯 2：生死決戰》第二篇故事〈歪嘴皇帝〉。

9 元朗錦田鄧氏，遠祖早在北宋已在當地定居，於明朝成化年間建立吉慶圍，到清朝康熙初年間又加建圍牆及護河。在一八九九年新界六日戰爭中，英軍攻打吉慶圍時炸毀圍牆，並拆走連環鐵門運回英國作戰利品。經過多年追索，終於在一九二五年尋回運返香港，由時任港督司徒拔（Sir Reginald Stubbs, 1876-1947）親臨主禮交還。

人群中有人搶著說：「一聞到你身上那祲䣭，[10]誰都知道你養甚麼啦！」眾人聽了，都哈哈大笑起來。

福邇轉向那兩個站在一起，剛才一唱一和質疑我們身分的人，又道：「這兩位仁兄，一個拿著鋤頭、一個腰間插著鐮刀，其實來到之前互相交換了農具。鐮刀原本是屬於拿著鋤頭那位的，但鋤頭卻正好相反，是屬於腰插鐮刀那位。爲甚麼會這樣呢？是因爲鋤頭的主人弄傷了左邊臂膀，萬一要動武，難以使用需要雙手的鋤頭，所以便跟鐮刀的主人做了交換。」

村長對那兩人道：「怎樣？服了嗎？」

爲免令兩人難堪，福邇不待他們回答，又向另一邊一個拿著釘耙的男丁道：「這位大哥，你之前參加過抵抗英國人的起義，對不對？」他見那人面露恐懼之色，馬上溫言安慰：「你不用擔心，已經事過境遷，麥當奴幫辦不會追究。正如剛才村長說，誰也不想鄉民和英方之間再發生衝突；既然有前車可鑑，便不能重蹈覆轍，從今以後雙方都必須盡量合作才對。我們今天到來，只是爲了調查發生在你們後山的兇案，所以希望能夠跟貴村村民同心協力，盡快抓到兇手，給大家還個清白。」

村長見不少人聽著福邇的話都默默點頭，便接道：「好了，沒事了。我現在便帶幫辦和兩位大俠上山看看，大家返歸吧。」

村長吩咐一個村民看著馬匹，便帶著我們前往後山。他雖一把年紀，卻精力充沛，健步如飛，邊行便邊問福邇：「福大俠好厲害！用鼻子嗅出哪個養豬，這並不出奇，但其他的東西是怎樣看出來的？」

福邇道：「其實都是十分簡單的觀察和推斷。例如那位菜農，進村時我已留意到有塊田剛種了菜心。農家施肥時身上難免帶有一點氣味，但田肥的氣味遠沒有豬的糞便那麼濃烈，所以便知道哪個種菜、哪個養豬。至於養雞的那位，用鼻子嗅不出來，但看他鞋子踏到不少雞糞，褲管還黏了一條雞毛，自是一目瞭然。」

村長笑道：「原來如此！」

麥當奴聽了，也問：「那麼那兩個拿著鋤頭和鐮刀的傢伙呢？你怎知他們交換了武

---

10 「祲馟」為粵語保留的古字，即「氣味」的意思。祲，音「浸」。《說文解字》：「精氣感祥也。」《周禮·眡祲》：「陰陽氣相祲，漸成祥者。」又，《楚辭》舊注：「祲，惡氣貌。」馟，《康熙字典》：「音涂，香也。」（粵音則同「除」）。另有解釋謂「祲馟」字應作「陣馟」，指「一陣氣味」。

器？」

福邇道：「鐮刀刀口一般不是跟刀柄垂直便是微微向左傾，方便拿在右手裡使用。但我看見那人插在腰間的鐮刀，刀口卻反而微向右傾，而且刀身有使用鐵錘敲擊過的痕跡，可見鐮刀的主人是個左撇子，用錘子改良過刀身的角度，使用起來更順手。可是這人行動之間，看得出明明是個右撇子，可見他並非這把鐮刀原來的主人。反觀站在他旁邊的人，卻看得出是個左撇子，但手中的鋤頭又偏偏是由右撇子長期使用過的，所以便知道他們互相交換了農具。」

幫辦追問：「但怎樣看得出鋤頭是由右撇子還是左撇子的人使用的呢？」

福邇道：「右撇子的人使用鋤頭這樣的長農具，一定會把右手放在前面，左撇子則相反，是左手在前。經過長期使用，雙手掌心會把拿著長柄的地方漸漸磨得光滑，所以只要看鋤頭長柄光滑之處是前右後左還是前左後右，便知道使用者是右撇子還是左撇子。」

我不甘為後，亦問：「最後那個拿著釘耙的壯丁，你怎會知道他參加過抗英起義？」

福邇道：「一看他的釘耙便知道。人群之中不止他一個拿著耙子，看得出他的耙子比其他人的新，應該是這一兩年才開始使用的。可是耙頭有一些明顯的損壞痕跡，竟然比別人的舊耙子嚴重得多。嶺南稻米一年可種兩造，早茬春種夏收，晚茬秋種冬收。現在田裡這一造米，早在芒種時已落種，大暑前後插了秧，所以上次使用釘耙應該是在芒種前犁田的時候。我看得出，耙頭上最新的犁田痕跡，剛好是在那些最深的損壞痕跡之上；換言之，釘耙是在芒種之前不久弄出這些深痕。抗英動亂發生於芒種前兩個月，我又留意到釘耙的主人今天看見有洋幫辦到來，神情有異，所以便推斷他一定是拿了耙子作武器，參加過半年前的反英戰鬥。」

村長搖頭嘆息道：「也難怪這班後生仔。很多像我們這樣偏僻一點的鄉村，根本聽也沒有聽說過，原來皇帝去年已經把我們割讓出去給英國佬。直到今年差不多要接管的時候，鬼佬才在周圍貼出告示，有甚麼用呢？我們鄉下佬多數目不識丁，就算有告示也看不懂嘛！怎不擔心英國佬會不會加我們的稅、會不會沒收我們的土地？當時我也盡力勸過他們不要意氣用事，你們拿著釘耙鋤頭，怎打得過人家的洋槍洋炮？沒有打到我們這條村，已經是不幸中之大幸了！」

也許爲轉話題，福邇忽道：「啊，是了。今天我們剛來到的時候，遇到一群小孩子在玩耍，還唱著一首我從未聽過的童謠，每句由一二三四數下去的。村長你知道這首歌嗎？」

村長呵呵笑道：「細猽崽太失禮了，[11]福大俠不要見怪。我當然知道這首歌！這首我們叫

---

11 「猽」亦作「𧳜」，即是小豬的意思，粵語對小孩子的暱稱，現多俗寫為「細蚊仔」。另有不同的說法，謂原詞應作「細氓崽」，或「細蠻子」（古稱粵人為「南蠻」）。

做〈八寶歌〉，村裡自小便會教小孩子唱，據講已經流傳了好幾百年。」

福邇道：「不介意的話，可以勞煩你唱來聽聽嗎？」

村長非但不介意，反而興致勃勃的清了一清喉嚨，真的唱起來：

一弟閒，各家忙，
二弟奔，世代跟；
三英傑，全忠烈，
四海亂，終歸完；
五角六粽將留香，
七伙姓，共得剩；
八寶堆，坐弟居，
九州同，再出籠；
十方來貢百姓從，
千秋萬載永不改。

唱罷，他換一換氣又道：「你們可能不知道，我們這條村歷史非常悠久，早在宋朝已經建村，而且還跟宋帝昺南下有關呢。〈八寶歌〉所說的便是這個故事。」

福邇越聽越覺有趣，道：「這麼說，難道爲首兩句裡的『一弟』和『二弟』，是指宋端宗和宋少帝嗎？」

村長道：「你是說宋帝是和宋帝昺嗎？對對對，我們村裡正是這個說法，他們不就是兄弟嗎？所以也有人說，這兩句應該是用皇帝的『帝』字，而不是兄弟的『弟』。」

福邇道：「那麼『三英傑』當然是指文天祥、陸秀夫和張世傑三位宋末忠臣。『四海亂，終歸完』，這個『完』字是完結的完還是元朝的『元』？兩字粵語同音，既然這首歌所說的南宋滅亡的故事，那麼解作宋亡時四海大亂，最終歸順元朝，似乎更爲合理。」

村長道：「高見高見！村裡兩種說法都有，但當然是福先生你的說法最好。」他笑笑又道：「不過之後爲甚麼忽然提到五角粽，我就眞的說不出來了。」

麥當奴廣東話雖然說得流利，但哪會明白他們談及的中國歷史和中文字義？這時便忍不住打斷他們：「還有多遠才到發現屍體的地點？」

村長道：「不遠了。幫辦你放心，昨天他們一發現屍體便帶我去看，我不會帶錯路的。」

我們登上的這座山崗，村民的祖先大多安葬於此，所以別稱爲「風水山」。由於本文不便公開這地方的實名，便姑且跟從這個叫法。這山雖然不高，但綠樹成蔭，這時又秋意盎然，確是一片人間美景。我對堪輿之術並無研究，但上到山腰遙望村莊和農田，只見一帶巒環水抱，聚氣藏風，不得不佩服村民祖先在此選址建村實在甚有遠見。

不久，村長帶我們來到山上一處空坪，道：「我昨天一早便派人上山搜索，沒多久他們便在這裡發現屍體。死者躺在這裡，他的東西也都在旁邊不遠。」說著伸手指示位置。

福邇道：「幫辦，請把差館拿來的東西借我一用。」他接過麥當奴帶來的背包，從裡面拿出草製地圖和指南針，用指南針確認了方向，便用鉛筆在地圖上輕輕做了個記號，道：「這裡是發現屍體的地點，但並非案發現場。死者和助手是在別處遇襲的。」

麥當奴奇道：「你怎會知道呢？賓頓又沒有在後備地圖上標明勘察地點。」

福邇指指地上，道：「這兒地面較多沙石，跟我們驗屍時在死者衣服背上發現的汙跡吻合。不過死者衣服背上亦有明顯的磨損痕跡，所以知道有人把屍體由別處拖拉到這裡。山上草木茂盛，爲甚麼偏偏不把屍體隱藏其中，卻反而棄置在這麼空曠的地方呢？可想而知，兇手的目的，是讓人以爲這裡才是死者和助手遇襲的地點。」

我想了一想，道：「助手李孝維雖然負傷逃走，但未必能夠這麼快把差人帶到眞正的案發地點。兇手把屍體移放到這個容易讓人發現的地方，的確可以暫時隱瞞眞正的案發地點。可是他爲甚麼要這樣做呢？」

福邇道：「我們先找到眞正的案發地點，再作猜想不遲。」

麥當奴問：「怎樣找？」

福邇道：「這裡地面較硬，看不出腳印，但兇手把屍體從別處拖過來，應還有跡可尋。」

他遊目四顧片刻，忽似有所發現，行到一邊蹲下細看地上砂石，接著往山上一指，道：「這裡看得出有拖拉過重物的痕跡，是從那個方向拖過來的。」

我們跟著他往山上再走，麥當奴便問：「就算知道方向，我們又怎知要走多遠呢？」

福邇道：「你忘了我們檢查死者衣服的時候，發現正面的汙跡和背後的汙跡不一樣嗎？賓頓的衣服胸腹上的是泥跡，跟背後的砂跡性質不同，色澤也各異，一黃一灰。賓頓後腦受到重擊而死，當時一定是向前倒下俯臥地上，身前才會弄到泥跡。之後兇手爲免在死者臉上留下拖痕，便翻轉屍體，才由原來的泥地一路拖到剛才的砂石地。」

麥當奴道：「原來如此！怪不得衣服上前面的汙跡和後面不同！」

福邇道：「我們朝這方向一路行，待來到地上泥色跟死者衣服上汙跡相符的地方，便知道那才是賓頓和李孝維遇襲之處。到時希望能找到更多線索。」

我們行了一會，來到一處地勢較高的地方，福邇忽道：「是這裡！」說著向地上一指，果見泥土是他所說的那種色澤。地上還有一些馬蹄印，可見賓頓和助手確曾來過。他又像之前那樣，用指南針辨別好方位，然後在地圖上記下位置。

我明知他不會弄錯，但仍忍不住道：「奇怪，這裡不像有利於勘察的地點。視野不夠廣闊，周圍也太多樹木阻礙視線。」

福邇點頭道：「我也有同感。可能當時並非在這裡進行勘察。」他想了一想，又道：「我們四個人，各自往東南西北前行十步，每行一步都小心觀察四周，看看有沒有任何線索。」說罷便給我們分配方向：村長朝東，麥當奴朝西，我朝南，福邇自己朝北。

我行了兩三步，草木已漸密，每行一步我都小心翼翼，從左右樹頂枝葉慢慢觀望到地上，沒有發現甚麼異常之處。突然，在我右方的麥當奴大呼：「這裡有人挖了一個大洞！」

我忙跑過去，見麥當奴前面地上果然有個大圓洞，挖出來的泥土堆在了一旁，因為兩邊的草生得高，所以從我們剛到達時所站的位置才看不到。

福邇先我一步來到洞旁，道：「是新挖掘的。」我探頭一看，只見洞裡空空如也。

這時村長也來到，見狀便道：「嚇死我！我聽到幫辦大叫有人挖了個洞，一時之間還以爲有人掘我們的山墳呢！」他臉上忽然露出一個奇怪的表情，又道：「不過風水山的祖墳大多在另一邊，清明和重陽的時候也很少人過來這邊山頭掃墓的。」

麥當奴道：「難道兇手本來想把屍體埋在這裡？」

福邇搖頭道：「不會。若是用來埋葬屍體的話，這個洞雖然夠大，但形狀不對。如果兇手殺了賓頓之後埋在這裡，挖一個窄長的洞便足夠，沒理由白花功夫去挖一個太闊的圓形洞。再者，我們已經知道兇手把死者拖到另一個更爲顯眼的地點，除了想掩飾這裡才是眞正兇案現場之外，也是爲了讓屍體早點被發現。這樣的話，他根本沒理由埋葬屍體。所以，如果這個洞眞的是兇手所挖掘的話，一定是挖在他殺害賓頓之前，而不是之後。」

麥當奴道：「如果不是爲了埋葬屍體的話，兇手爲甚麼要在地上挖個大洞？」

福邇道：「在地上挖個大洞，理由只有兩個：不是想把東西埋在地下，便是想把埋在地下的東西挖掘出來。」

麥當奴道：「兇手想把甚麼東西挖掘出來？」

福邇道：「我還未知道。但依我推斷，兇手很可能是在這裡挖掘某東西的時候，被賓頓發現，所以殺了賓頓滅口。兇手把屍體拖到別處讓人發現，便是為了掩飾自己在這裡所做的事情。」

他說話時，我看見村長臉上又再出現剛才那個奇怪的表情，欲言還止的樣子。

麥當奴道：「阿李真是大命！若果沒能及時逃走，一定也會被兇手滅口。」

福邇搖頭道：「你還不明白嗎？李孝維便是殺害賓頓的兇手！」

此言一出，麥當奴自是大為震驚，傻道：「甚麼？」

福邇道：「目前還未有足夠證據把他入罪，也沒時間跟你解釋。請你馬上趕回差館，以疑犯名義把李孝維暫時關起來，以待問話。之後，請你再回村子找我們，我和華兄要留下繼續調查。」

○○○●○○

麥當奴急忙趕下山後，福邇隨即轉向村長道：「剛才你好像有話想說，卻一再猶豫，是礙於幫辦在場，所以才沒有開口，對不對？現在可以告訴我們了。」

村長慨嘆道：「我知道幫辦是個好人，但始終是個番鬼佬，有些事情不方便讓他知道。」

福邇道：「抱歉，我剛才在幫辦面前可能已經說得太多了。依我看，你們村裡流傳著某個寶藏之類的傳說，而且多半是跟宋帝南逃的故事有關。我有沒有說中？」

村長聽了，又是驚訝，又是佩服，道：「眞是甚麼也瞞不了福大俠！你怎會看出來的？」

福邇道：「上山時，你說過這村子初建於宋朝，而且跟昺兩帝有關，又說我問起的那首童謠，已在村裡流傳了幾百年，所講述的便正是這段歷史。童謠叫做〈八寶歌〉，想必是因爲其中一句提到『八寶堆』。幫辦發現有人在這裡挖了個大洞的時候，你大吃一驚，說是擔心有人破壞祖墳。可是你又說，村民的祖先大多都葬在風水山另一邊，所以依我看，你擔心的不是祖墳被挖，而是有人來偷掘寶藏。」

村長道：「你說得不錯，我們村子數百年來，一直流傳著一個傳說，就是風水山上有個寶藏，埋在了一處叫做『八寶堆』的地方。小孩子一懂事，我們便會教他們唱那首〈八寶歌〉，就是爲了世世代代不要忘記這個故事。」他搔搔後腦又道：「可是風水山這麼多地方可以掘，兇手爲甚麼來到這麼不起眼的山頭？還不偏不倚，在一大片亂草之中掘寶？」

福邇道：「他應該是在這裡找到某種標記。你們有沒有留意，洞兩旁挖出來的泥土有古怪？這人挖洞時，挖一下把泥土往左拋，挖一下又把泥土往右拋，所以兩邊的土堆應該大同小異，可是爲甚麼右邊這個土堆卻比較整齊呢？」他大力踹了右邊土堆幾腳，弄開了泥土，果見下面好像藏了某樣東西。

我奇道：「這是甚麼？兇手爲甚麼要把它藏在土堆裡？」

福邇道：「這塊石是某種標記。兇手找到這標記石，在這兒挖掘寶藏。可是挖了這麼大的一個洞毫無發現。這時賓頓來到識破他所爲，兇手便殺人滅口。本來隱藏標記石的最佳辦法，是把它放在洞裡再重新填滿泥土，但兇手剛殺了人，爲藏匿罪行必須盡快把死者拖到別處，所以僅能把一些泥土堆在標記石之上。」

他再踹一兩腳，土堆裡便露出一塊長方形的石頭。村長詫然道：「是個石碑！」他連忙上前跪到石旁，撥走上面的泥土，隱約可見石上好像有字刻著。他驚喜道：「是墓碑！是木氏七祖的墓碑！終於找到了！」但隨即又淒然道：「可是竟然被人掘爛成這個樣子，祖先的骸骨……」

福邇安慰他道：「看這墓碑年代非常久遠，骸骨很可能早已化掉，回歸塵土了。村裡有沒有人懂得撿骨？找他們來查看土堆裡有沒有遺骨，再填好這個洞。」

我扶起村長，問：「木氏七祖是誰？」

他拍拍雙膝上的泥土，道：「說起來眞是一匹布那麼長。福大俠，我老眼昏花，你看得出墓碑上刻著甚麼字嗎？」

這時福邇已拿出放大鏡檢視石碑，答道：「這塊古碑不大，而且好像只刻了兩個字，可能根本不是墓碑。」

村長堅決道：「不是的，一定是木氏祖墓。祖墓一共有七個，但早已沒有人記得在山上哪裡，兩百年前發現過一個，也是這樣子的。那兩個是甚麼字？」

福邇道：「石碑久經風雨侵蝕，字跡早已模糊不清，第一個字好像是兼而有之的『兼』，第二個字好像是目光長遠的『目』，也可能是貝殼的『貝』。你知道是甚麼意思嗎？」

村長道：「不知道，但之前找到的木氏祖墓，石碑上也是只有兩個字的。不如我帶你們去看，一邊行，一邊告訴你們木氏七祖的故事。」說罷便領著我們往西北方向走。

福邇道：「你之前也跟我們說過，〈八寶歌〉提及是昺兩帝和宋末三位忠臣，莫非你所說的木氏七祖也跟這段歷史有關？」

村長道：「正是啊！兩位大俠可能跟其他外人一樣，見我們村裡大多數人都是我這個姓氏，便以爲我們是條同姓村。但其實我們村裡少部分人有另一個姓氏，是花草樹木的木，他們的祖先便是我所說的木氏七祖。故老相傳，他們原本是南宋的七個臣子，陪著皇帝逃難到嶺南，還曾經來過九龍呢。兩位雖然是外省人，但在香港住了這麼久，應該也聽說過這地方爲甚麼叫做『九龍』吧？」

這個掌故，但凡在香港居住的人必定耳熟能詳，福邇道：「當然聽說過。這個故事的主要大略，是少帝逃經本地，問起這地方叫甚麼名字，但當時還未有一個統稱。因爲這裡群山山勢據說有八條龍脈，加上皇帝本人也是一條龍，所以便取名爲『九龍』了。」離九龍寨城不遠有座人稱「聖山」的山丘，上有一面巨石刻著「宋王臺」三個大字，便是紀念兩帝南來。[12]

村長道：「對對對。他們離開九龍之後不久，宋朝便滅亡了。那七個亡國遺臣不願歸順元朝，又再返到本地，得到我們村子收留。這時他們已經結爲異姓兄弟，便索性改名換姓，每個人從此都改姓木，代表大宋的『宋』字沒有了頭的意思。」

我感慨道：「取這個姓氏，原來是爲了讓子孫永遠毋忘國殤！」

村長道：「兩位記不記得，之前上山的時候我們談起〈八寶歌〉，好像剛要說到七字頭那句，所說的便是木氏七祖。」

福邇隨口唱出那句，問：「『七伙姓，共得剩』，『七伙姓』你剛解釋了是木氏七祖，但

『共得剩』是甚麼意思？」

村長道：「兩位也知道，我們廣東人說『無得剩』，是甚麼也沒有剩下來的意思；我想這句歌詞的意思，就是說一共只剩下這七個人吧。」

我道：「那麼之後那句提到的八寶堆，便是你所說的寶藏？」

他道：「不錯。相傳木氏七祖爲答謝村民收留，把帶著的金銀珠寶都分給了他們，唯獨有樣不知道是甚麼的寶物，卻埋藏在風水山上。寶物可能眞的有八件，所以叫做八寶堆，又或者這個八字只不過是個虛數。」

福邇問：「『八寶堆，坐弟居』，甚麼是『坐弟居』？」

村長苦笑道：「正是這一句，幾百年來不知考起了幾多人！多數人都說，『坐弟居』的『弟』字是兄弟的弟，所以是坐在弟弟家裡的意思。但又有人說，可能是唱錯了音，應該是天地的地才對，又或者是大小的大，但甚麼叫做『坐地居』或『坐大居』，便從來沒有人解釋得

---

12 《宋史》載：「景炎二年四月，帝舟次於官富場。」「官富場」即現在九龍觀塘舊稱（宋朝時為官營鹽場）。《新安縣志》：「宋景炎中，帝舟嘗幸於此。元史以帝昰帝昺為二王紀，此元時舊刻，故稱宋王。」本故事同年，福華友人何啟說服港英政府修護宋王臺。日占期間，皇軍為了擴建機場幾乎毀掉聖山，戰後刻有「宋王臺」三字的巨岩部分得以保留，現保存於接近原址的宋王台花園。旁邊的宋王台地鐵車站於二〇二一年啟用。

清楚。」

福邇沉吟道：「口耳相傳了數百年的歌謠，在發音和字義上都難免出現一些謬誤。」接著又問：「既然沒有人知道八寶堆在哪裡，你現在帶我們去甚麼地方？」

村長道：「木氏七祖死後也葬在了風水山，可惜到現在，其中六個的墳墓已經找不到了。我現在帶你們去看的便是唯一剩下來的一個木氏祖墓。」

我們說著說著，已行了老遠，不久便來到一處山頭，環境頗爲荒涼，只有一個孤墳獨立其中，更是倍覺淒滄。走近一看，墓碑上只刻了簡單五字：「木將軍之墓」。

福邇摸了一摸碑石，道：「這個不是原來的墓碑。看來雖然也有不少年份，但遠遠不及剛才那個墓碑。上面還刻了五個字而不是兩個。你知道是甚麼時候立的嗎？」

村長道：「這個石碑也有兩百年歷史了。本來直到明末清初，七祖的墳墓都是齊齊全全的，但因爲順治皇帝下令海禁遷界，村民被逼離鄉別井幾十年。[13]到了他們終於可以返歸之後，無論我們這個姓、還是姓木的祖墳，很多都已經找不到了。木氏七祖墓這麼古舊，更是特別難找，所以只找到這個。原來的墓碑上的兩個字，早已很難分辨，只看得出第二個是『軍』字；相傳木氏七祖其中一個做過將軍，知道這一定是他的墳墓，便給他立了這個新碑。」

福邇道：「爲甚麼只有將軍的姓氏，卻無名字？」

村長道：「這也沒有辦法。因爲害怕蒙古人找來，木氏最初幾代沒有寫下族譜，所以只知道七祖改姓木，卻不知道他們起了甚麼名字。」

我道：「如果這個墓原來的石碑刻著的兩個字是『將軍』，那麼剛才的墓碑上寫著『兼目』或『兼貝』，應該不會是名字而是官銜之類，卻是甚麼意思呢？」

村長道：「這個我便不知道了。木將軍原來的墓碑存放在祠堂裡，返到村子我帶你們去看。」

福邇道：「木氏是外姓，跟你們沒有分祠嗎？」

村長道：「雖然木氏並不是我們村子的大姓，但六百年來，不知幾多木氏女兒嫁給了我們的姓氏做老婆，也不知幾多我們姓氏的女兒嫁給了木氏做老婆，所以村裡兩個姓氏的人都可能有一點對方的血統，大家早當作是一家人了。每年清明和重陽，所有村民都會來這裡拜祭，上山下山的時候，還會一路唱著〈八寶歌〉呢。」

福邇如前般在地圖上記下位置，我們便隨村長下山回到村裡。

---

13 清初「遷界令」海禁，始於順治八年（一六五一），逼令沿岸居民內遷數十里，以防他們聯合鄭成功海上勢力抗清，維持至康熙二十二年（一六八三）才消除，容許內遷居民回歸原地。請亦見本書上一篇故事〈雷橋屍變〉，註9。

村長先帶我們到祠堂，只見入口兩旁有副門聯：「百世莫忘祖宗德，千秋長盼子孫賢。」

還有一天便是重陽，祠堂已開放，中央主位供奉的當然是村裡大姓的列祖列宗，但旁邊也有木氏祖宗牌位為副。祠內已有人忙著打點明日祭祖事宜，村長跟他們交待了一聲，便帶我們進到後堂，道：「木將軍原來的墓碑在裡面。」

供桌上擺放著一塊古老石碑，大小和形狀跟在山上發現的那塊『兼目』碑相符。走近一看，上面也刻了兩個字，上字是甚麼已不可辨認，但其下的確像是個『軍』字。

福邇問：「數百年來，難道村裡沒有人嘗試在風水山上找八寶堆嗎？」

村長答道：「我們村裡有條祖傳規矩，任誰在山上損毀祖墳，或是亂掘一通破壞風水，便一定把他逐出村子，後代也永遠不准返來。」他稍頓又道：「不過不肖子孫也是有的。三十多年前，木氏有個男丁想偷掘木將軍的墳，看看裡面有沒有寶物，但被村民發現，當時我也有分捉著他。結果當然被逐出村外，不知去到甚麼地方。」

這時已到中午時分，村長便邀請我們到他家裡吃飯。他顯然是村中富戶，屋子比我所想的還要大，跟三個都已成親的兒子和家人同堂，好不熱鬧。但因爲我們仍要討論案情，不便與村長家人一起吃飯，福邇和我便隨他到一個偏廳用膳。

待傭人送上飯菜退下後，福邇便告訴村長：「根據我們在山上所發現的線索，眞相已十分明顯，死者賓頓的助手李孝維是爲了掩飾自己挖墓尋寶的惡行而殺人滅口。可是除非他肯招認，我們仍需找到更確鑿的證據方能把他入罪。這個我們可以等到麥當奴幫辦回來，再跟他一起從長計議。」他頓了一頓，又道：「另一個問題，是木氏七祖和八寶堆的事，應該讓麥當奴知道多少呢？我知道這是貴村的祕密，但完全不告訴他又不行，因爲在盤問和審訊犯人的過程中，這遲早會供出來的。所以我建議，最好還是照實跟他說吧。反正李孝維又沒有眞的找到寶藏，不用擔心英國人沒收，他們只會當作是個有趣的傳說而已。」

村長忐忑問：「如果眞的找到寶藏，英國佬眞會沒收嗎？」

福邇道：「根據英國法律，若有人發現寶藏，不能據爲己有，必需交歸國有。不過前提是，這只限於無法證明原來主人是誰的寶藏；八寶堆本來便屬於貴村祖先，所以應該不在限內。[14]再者，新界亦不像香港島和九龍南端那樣永久割讓給了英國，只是租借給他們九十九年的地方，所以也許根本不能算做適用於這條法律的英國領土。」他微微一笑又道：「現在談這個未免言之過早，待眞的找到寶藏再說吧。」

飯後，村長喚人把「泥廁」拿來，我一時聽不明白他說甚麼，待送到桌上才知原來是荔枝。

這時嶺南荔枝仍當尾造，我雖原籍福建，家鄉荔枝十分馳名，但不得不承認相比之下，一般來說還是廣東的品種稍勝一籌。

村長道：「兩位要是早一個月來到，便可以請你們品嘗一下我們村的『掛綠』荔枝，不過這些『狀元香』也不差啊。」

我試了一顆，只覺嫩滑多汁，甜中帶酸的味道令人生津解渴，齒頰留香，不由得讚道：「難怪蘇東坡被貶到惠州時，也在詩中感嘆：『日啖荔枝三百顆，不辭長作嶺南人。』」[15]

福邇道：「『日啖荔枝三百顆』，並非詩人誇大其詞，其實是他聽錯了一句廣東諺語，誤解了意思。華兄你身爲大夫，當然知道荔枝多吃易生虛火，難道沒有聽過本地人說『一啖荔枝三把火』嗎？」

我笑道：「原來如此！你說得不錯，若眞的每天吃下三百顆荔枝，不生病才怪！」

福邇正要再說甚麼，卻突然頓著，雙眼中綻放出一種我非常熟識的異樣光芒。

我忙問：「福兄，你是不是想到甚麼？」

他興奮道：「我想通了八寶堆的祕密！」

他急忙從放在旁的背包拿出地圖，攤在桌上給我們看，道：「我在地圖上記下了三個地點，第一個是發現賓頓屍體的地方，第二個是他被殺之處，亦即發現刻著『兼目』兩字的墓碑的地方，第三個地點是木將軍之墓。」邊說邊在地圖上一一給我們指出來，又道：「我們不要理會第一個地點，但如果我的想法沒錯，在第二個和第三個地點之間範圍內，應該還有一個木氏祖墓！」說著用鉛筆在「兼目」墓和木將軍墓之間畫了一個圓圈。

村長大惑不解，問：「你怎知道還有個祖墓在這裡？」

福邇道：「事不宜遲，待找到了我才給你詳細解釋，請你叫三位公子陪我們一起趕回山上搜索。」

村長道：「我看不懂番鬼地圖，但你畫的這個圓圈看來不小，只六個人夠不夠？」

福邇道：「這個也沒辦法，我現在無法在地圖上量度出更準確的位置，所以只能估計約莫的範圍。這事情暫時亦不便讓村裡其他人知道，唯有拜託你幾位公子幫忙。不過不用擔心，如

---

14 英國共同法「發現寶藏」（Treasure Trove）原則。

15 宋哲宗紹聖元年（一〇九四），蘇軾（一〇三七—一一〇一）被貶嶺南三年，期間作《惠州一絕．食荔枝》詩兩首，華笙引用的是其二：「羅浮山下四時春，盧橘楊梅次第新。日啖荔枝三百顆，不辭長作嶺南人。」

果我推斷沒錯，我們要找的這個墓多半不久前已被兇手挖掘，就算他把洞填上了，亦應該不難發現。」他拿出金錶看了一看，又道：「麥當奴幫辦應該快從差館回來，也請你派一位家人到村口等待，幫辦一到，便帶他來這兒等候我們。時間無多，我們立即上山，務必要在日落之前找到祖墓！」

○○○●○○

村長集合了三個兒子，簡略地告訴了情況，便帶著他們緊隨福邇和我趕回山上。

福邇按照地圖，很快便找到他在圖上畫了圓圈之處。這一帶跟之前發現「兼目」墓碑的地點差不多，也是一大片亂草叢生的山頭。他有條不紊地給各人分配搜索路線，讓大家能在最短的時間內搜遍最大的範圍。

他這事半功倍的方法果然奏效，過了大約半個時辰，便聽到村長其中一個兒子在遠處高呼：「找到了！找到了！」大家趕到他那裡，果見亂草之中又有人挖過一個大洞，不過這個洞已用挖出來的泥土再次填滿了。

福邇看了一看，道：「這個洞沒有兇案現場的洞那麼新，是兇手殺害死者之前一兩天便挖了的。兇手李孝維是死者賓頓的助手，想必是白天跟隨賓頓來到風水山勘察時，找到了這個古墳，但當然沒有告訴賓頓這是甚麼，到了夜裡才偷偷從老遠回來挖墓。他應該沒有發現甚麼，事後把洞填起來是爲了盡量掩飾。同一理由，他想必把這個墓的墓碑埋在了裡面。」

村長道：「眞是多得福大俠找到這個墓！兇手埋了墓碑，再過一段日子，等泥土上長出草，便沒有人看得出有個木氏祖墓在這裡了。」

福邇道：「找到這個墓，證實了我的想法沒錯。兇手正是因爲勘察時找到這個墓，才能根據它和木將軍墓的方位，推斷出其餘木氏祖墓的位置。」

村長聽了，眼睛一亮，喜道：「這麼說，福大俠你豈不是也可以推斷出其餘七祖墓的位置？」

福邇點頭道：「當然可以，但現在還不行，一定要等到天黑之後。」

村長奇道：「爲甚麼呢？」

福邇道：「讓我先把這個墓的位置記在地圖上，回去再慢慢跟你解釋。」

○○○●○○

我們下山回到村長家裡時，只見麥當奴幫辦已從差館回來，有人帶了他在大廳等候。一看他不斷來回踱步，焦急得有如熱鍋上的螞蟻，便知事情有變。村長的家人大概從未見過洋人，還是這麼高大的一個差人，早已嚇得不知躲到哪裡去了。

麥當奴一見我們進來，憂心如焚道：「福先生！不得了！我回到差館時，李孝維已經逃走了！」

村長驚道：「差館這麼多人，怎會讓他逃掉的？」

幫辦道：「差人怎知他是疑犯？今天早上，李孝維跟他們說想出去吸吸新鮮空氣，當然是一去無回了。我馬上派差人沿路追蹤，但多半不會找得著。」他嘆了口氣又道：「我本來以爲，既然李孝維涉嫌謀殺賓頓，就算我們目前仍未有足夠證據，起碼也可以暫時向差頭交代。想不到來不及關起疑犯便讓他逃走了，明天便是重陽，是最後一天期限，我們怎麼辦？」

福邇道：「幫辦，我必須向你道歉。我其實一早便懷疑李孝維可能是兇手，但沒有馬上叫你把他關起來，一來是因爲當時連一點證據也沒有，二來是讓他自己露出狐狸尾巴。現在他畏罪潛逃，不正是加深罪嫌嗎？你不用擔心，雖然他現已逃走，但卻反而讓我們有機會叫他自投羅網！」

麥當奴問：「怎樣自投羅網？」

福邇道：「李孝維知道我們一定已經看穿他是兇手，卻不知道我們連他爲甚麼犯案也一清二楚。待他回到風水山挖墓的時候，便會被我們當場擒獲！」他叫各人坐下，請村長叫人備茶，然後便把木氏七祖和八寶堆的故事從簡告訴麥當奴。

幫辦聽畢，難以置信地說：「他竟然因爲一個傳說便殺人？賓頓眞是死得冤枉！」

福邇道：「李孝維現在已是逃犯，一定希望盡快找到寶藏，遠走高飛。明天重陽，全村會登高拜山，所以他若要挖掘寶藏，便必須在明天之前動手。可是他不會知道，我也勘破了〈八寶歌〉的祕密，有辦法在地圖上找出木氏七祖每個墳墓的位置；只要在附近埋伏，等候兇手出現，到時他便插翅難飛了。」

麥當奴忙道：「那麼請你快在地圖上找出墳墓的位置吧！說不定兇手現在已經上到風水山，正在挖掘人家的祖墳！」

福邇道：「不急。雖然李孝維早上已經逃離差館，但他沒馬騎，只能徒步而行，而且爲怕差人追來，必須避開大路。依我估計，他最快也要入黑才能抵達風水山。他沒有動過木將軍墓，大概是想到這個墓在兩百年前已修葺過，要是有寶藏也一早發現了。餘下六個墓，他至今已挖了兩個，還未及挖掘餘下四個。要在一夜之間挖掘四個墳墓，非要通宵達旦不可，所以我們還有很多時間。」他頓了一頓，又道：「再說，剛才我們在山上的時候，我已告訴過大家，非要等到夜晚我才能在地圖上找到其餘墳墓的確切位置。」

幫辦奇道：「爲甚麼呢？」

福邇道：「我給你們解釋〈八寶歌〉的祕密，大家便會明白。」他記性非凡，這首童謠雖然只聽過一次，但這時已能一字不差地唱出來。

麥當奴苦笑道：「我還以爲自己中文已經算不錯，想不到連一首給小孩子唱的歌也聽不明白。」

福邇道：「不要緊。這首歌有很多奇怪的字詞，連村裡的大人也不懂是甚麼意思。你只管聽著，有些細節不明白也不要緊，最重要是聽到最後的結論。」

我也跟幫辦說：「比較深的中文，我從旁小聲給你解釋吧。」

我們見麥當奴點頭，福邇便繼續道：「之前跟村長討論〈八寶歌〉的時候，我已覺得當中許多耐人尋味的字詞，可能是因爲出現誤音而導致錯解。我便是朝這個方向推敲，才終於理解整首歌的眞正意思。我逐句跟大家解釋，便會清楚。」他轉向村長道：「你一開始便說，〈八寶歌〉講述的是宋帝南逃的故事，所以第一和第二句裡的『弟』字，可能是皇帝的『帝』字之誤。粵語以廣府話發音爲標準，『弟』、『帝』兩字同音不同聲，一個是陽去，一個是陰去，本地鄉音又跟廣府音有異，所以混淆了不足爲奇。村長，若把『弟』字改爲『帝』，這兩句歌詞會變成怎樣？」

村長唱道：「『一帝閒，各家忙；二帝奔，世代跟』。除了弟弟變成皇帝之外，還像沒有多大分別啊。」

福邇道：「這是因爲這兩句還另外有字出現了音誤之故。第一句空閒的『閒』字，我認爲是同聲近音之誤，應作同是陽平的投降的『降』字；這樣的話，『降』字跟句末的『忙』字也較爲押韻。如是者，『各家』亦應作『國家』，而最後這個『忙』字，其實是粵語發音相同的滅亡的『亡』字才對。」

我道：「這麼說，第一句其實是『一帝降，國家亡』了。是指宋恭帝降元吧？之後那句『二帝奔』才是指端宗和少帝。」[16]

他道：「第二句所指的當然是昰昺兩帝南逃。我想，『奔』字也可能是駕崩的『崩』字音誤，而句末的『跟』字，其實應作變更的『更』才對。」

我道：「『二帝崩，世代更。』合理。」

---

16 宋恭帝趙㬎（一二七一——一三二三），一二七四至一二七六年在位，年僅五歲時代表宋室向元朝投降。南宋遺臣和殘餘部隊先後擁立其兄宋端宗趙昰（一二六九——一二七八）和弟宋少帝趙昺（一二七二——一二七九）為帝，一路南逃，最後於廣東厓門之戰（一二七九）全軍覆沒，宋朝正式滅亡。

福邇道：「第三和第四句意思最明顯。正如村長所說，『三英傑，全忠烈』是指宋亡時張世傑、文天祥和陸秀夫三位忠臣。這個『全』字也可能是粵語同音的保存的『存』，但是哪個字也好，不影響整句的意思。『四海亂，終歸完』，我也說過，最後一個字應非完結的『完』，而是粵語同音，元朝的『元』。」

村長問：「那麼『五角六粽將留香』又怎樣解釋呢？村裡人從來都不明白，〈八寶歌〉明明是清明和重陽時候唱的，爲甚麼這句卻提到端午節吃的粽子。」

福邇道：「這句本來也令我一頭霧水，直到我們吃荔枝的時候突然靈機一觸，看透了之後那句『七伙姓，拱得正』的意思，才明白〈八寶歌〉裡最關鍵的是五六七八幾句。」

我道：「『七伙姓』想必是指木氏七祖吧？」

福邇道：「不錯，但不是大家所想的那個意思。午飯後吃荔枝時，你引用了蘇軾『日啖荔枝三百顆』之句，記不記得我怎樣說？」

我道：「你說蘇軾這句詩，其實是聽錯了粵諺『一啖荔枝三把火』。」

他道：「廣東話一顆荔枝的『顆』字，跟火焰的『火』、和伙伴的『伙』同音，便正是破解這句歌詞的關鍵。」

我大惑不解問：「這幾個字粵音相同又如何？」

他道：「因爲我想到『七伙姓』的『伙』字，其實不是伙伴的『伙』，而是一顆荔枝的『顆』。要是這樣的話，之後那個字便不會是姓氏的『姓』，而是另一個近音字。你想想，除了荔枝之外，還有甚麼東西是一顆顆的？」

我摸摸下巴，道：「難道是……星？」見他含笑點頭，便恍然大悟：「『七顆星』……莫非是指北斗七星？」

他點頭道：「我一想到北斗七星，便馬上明白〈八寶歌〉裡隱藏了木氏七祖謎墓的祕密。既然『七顆星』是指北斗，那麼『共得正』便應該是道德的『德』、政治的『政』才對。」

我道：「原來如此！『爲政以德，譬如北辰，居其所而眾星共之。』」[17]

福邇道：「現在回看上句，『五角六粽將留香』便解得通了。〈八寶歌〉經過幾百年口耳相傳，除了難免有音誤之外，字序也可能出錯。童謠最後兩句『十方來貢百姓從』和『千秋萬載永不改』，跟這句同樣都是七個字，但『五角六粽將留香』這句的押韻字卻明顯落錯了地方。」

---

17 見《論語．為政》。

我一想不錯，道：「最後兩句，『貢』、『從』和『載』、『改』，都是第四個字跟末字押韻，但這一句的『粽』字便對不上『香』了。」

他道：「對了。這句裡其實是第五個『將』字才跟『香』押韻，所以我認爲句中的『粽』和『將』兩個字倒置了。可能因爲粽子包成多少隻角，便稱爲『三角粽』、『五角粽』，所以這句出現了口誤和錯解。依我看，將會的『將』其實是粵音相同的弓長『張』才對，所以原句應是『五角六張終留鄉』或『眾留鄉』才對。『五角六張』不但形容宋亡時的混亂情況，『角』和『張』都是星宿的名稱，[18]正好對應下句的北斗七星。而香味的『香』和鄉村的『鄉』同音，於是後人便以爲這句是指粽子留下香氣，而不是木氏七祖都在這條鄉村留下來。」

福邇和我說到這裡，莫說是麥當奴，就算是村長和三個兒子也未必能完全明白箇中意思，但這時已不能兼顧他們了。我急問：「那麼『八寶堆，坐弟居』又何解？」

他道：「正是『坐弟居』這三個字，交代了八寶堆在哪裡！」

我奇道：「僅僅三個字便能交代？」

他道：「北斗七星的形狀不但像個斗子，也像一輛車子，古人說成是天帝所坐的車子，因此北斗亦別稱『帝車』。[19]兄弟的『弟』和皇帝的『帝』的音誤，我們之前也說過。至於

『車』字，古音跟居所的『居』相同，例如象棋便保留了這個讀法。所以，這一句應作『八寶堆，坐帝車』；換言之，藏寶地點是坐落在北斗七星之上。」

我抓抓後腦，傻道：「藏寶坐落在北斗七星之上，是甚麼意思？」

福邇道：「你還不明白嗎？保存在祠堂裡的那塊古碑，上面第二個字確是『軍』，但第一個字卻並不是『將』。既然歌訣一再提及北斗七星，你道這兩個字是甚麼？」

我年輕時曾任大清綠營守備，因爲行軍之需，自是略懂天文，聽了他這樣說，馬上醍醐灌頂，喜道：「『破軍』！北斗七星最後一顆名叫『破軍』！」

福邇道：「對了。北斗七星之中，斗杓末端那顆星名曰『瑤光』，亦名『破軍』。」

我道：「這麼說，木氏七祖的墳墓是依照北斗七星的形狀排列的！」

他轉向其他人道：「不錯。所以我剛才說，必須等到晚上才能在地圖上找出餘下四個木氏祖墓。我必須看到天上北斗七星，借用賓頓背包裡的量角器和間尺等工具來量度各星之間的正確角度和距離，才能依照已在地圖上記下的那三個墳墓位置，按比例計算出其餘四個墓的位

---

18 「角」和「張」都是星宿名稱。古人相信，五日遇角宿，六日遇張宿，都是不宜行事的日子，是以「五角六張」即是事情不順利的意思。

19 《史記．天官書》：「斗為帝車，運於中央，臨制四方。」

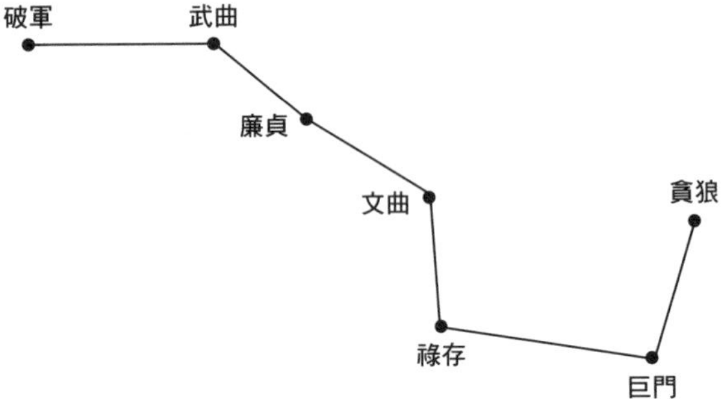

置。」

不久之後，待天色一黑，福邇便走出屋外，用前述工具量度北斗，回來便先在一張白紙上畫出七星圖，還在每顆星旁邊寫上名稱，如上圖。

他道：「中國自古以來便稱這七星爲北斗，歐洲不約而同也稱之爲大斗子，所以無論在東方還是西方，畫成圖案通常都是這樣斗口向上。現在是秋天，日落後北斗七星最初在天上出現時也正好是這個模樣。若把北斗看成『帝車』，那麼斗杓便是車轅，斗魁便是車座。」

福邇接著把這張七星圖放在勘察地圖旁邊作爲比較，又道：「無巧不成話，西方地圖以北爲上方，而擺成北斗形狀的七個木氏祖墓，『破軍』和『武曲』兩墓的坐向又剛好最北，所以在地圖上看來，七祖墳墓形成的北斗也是斗口向上的。可是，如果依照我國古代地圖以南爲上方的定向，這北斗七星墓便正好相反，變成斗口向下的對向了。木氏七祖把自己的墳墓佈置成這個模樣，可能是爲了代表大宋『帝車』顚覆了的意思。」

他一一指出在地圖上已記下位置的三個木氏祖墓，道：「村民稱爲『木將軍墓』的，位於西北方斗杓末端『破軍』的位置。『破軍』以東的『武曲』，其實是李孝維偷挖的第一個墓，我們白天去找的時候因爲我未能看到北斗，所以只能在約莫的範圍內搜索。發現時，這個墓已經塡滿，刻著『武曲』的石碑亦多半被兇手埋在了裡面。在它東南的『廉貞』，位於兇案現場，賓頓正是因爲在這裡撞破李孝維偷挖墳墓，才會被殺。我們今早在這裡發現的墓碑，上面所刻的『廉貞』二字因爲年代久遠，模糊不清，所以才會看似『兼目』。」他拿起間尺和量角器，再道：「現在我便根據剛才依照天上北斗所畫的七星圖，在地圖上找出餘下『文曲』、『祿存』、『巨門』和『貪狼』四個古墓的位置。」

福邇所畫的七星圖，是肉眼觀察天上北斗的大小，他這時便利用量角器和尺子，依照相同的角度和距離比例，把所說的四星位置在地圖上一一記錄下來。完成後，便道：「這七個墳墓本來都應該位於頗爲空曠的地方，但過了數百年，墳墓周圍一定已長出不少草木，所以沒有一份準確的地圖，便很難找得到墓碑。說不定當初李孝維正是爲了這緣故，才千方百計成爲新界勘察員助手。」

麥當奴道：「那麼我們馬上去抓他！」

福邇道：「現在時候尚早，就算李孝維已經到了山上，也未必開始挖墓。我們再等一兩個鐘頭，他正在挖墓時當場抓著他！」

○○○●○○

戌時一過，福邇和我及麥當奴幫辦，連同村長和他三個兒子，一行七人便出發擒兇。爲怕被李孝維發現，我們雖帶備了燈籠，卻沒有亮起；不過這晚月已半盈，又天宇晴霽，繁星閃耀，所以我們雖然摸黑上山也不怕看不到路。

福邇天生一雙夜眼，憑著月星之光看指南針和地圖也毫無困難，領著我們先朝著「文曲墓」方位進發。走近之際，他叫我們等著，自己往前探路，但過了不久便回來，低聲道：「想不到李孝維手腳這麼快！他已經挖完了這個墓。我們再去下一個，小心不要弄出太大的聲響。」

我們小心翼翼隨他前進，不久已接近「祿存墓」。山上這裡較少樹木，不用福邇探路，大家老遠已看見有個人的背影在前面一片草地之中，正用鐵鏟挖掘泥土。

福邇小聲吩咐幫辦和我一起悄悄到左邊埋伏，村長和兒子們則到右邊，待福邇一上前擒拿兇手，馬上左右包抄相助，讓犯人無所遁形。待我們就位，福邇便一聲不響地慢慢踏著貓步，一直到了對方身後咫尺也沒讓他察覺。

福邇朗聲道：「你不用再挖了。」

李孝維萬料不到背後會突然憑空出現一把聲音，嚇得猛然一震，但也算反應得快，隨即回身向來者橫揮出手中鐵鏟！但福邇身手敏捷，又哪會被打著？鐵鏟才揮到一半，福邇已一手捉著鏟柄，另一隻手抓著對方衣襟，順勢一旋一摔，輕而易舉把對方制伏地上。

我們一擁而上，村長幾個兒子跑得最快，合力助福邇把犯人牢牢壓住。麥當奴上前跪下，把犯人雙腕扭到背後，拿出手銬扣上，道：「我現在正式拘捕你，罪名是謀殺賓頓！」

眾人把李孝維拉起來，他還想抵賴，道：「你說甚麼？賓頓是被山賊所殺的！」

李孝維道：「我哪有逃跑？我又沒有被拘捕，爲甚麼不能離開差館？」

幫辦道：「那你爲甚麼要逃跑？」

村長怒道：「你還掘我們村子的祖墳！」

李孝維道：「怎知是祖墳？我是做勘察的，看見這裡有個古老石碑，上面又沒有寫著『某某之墓』，我挖個洞看看算是犯了甚麼法？是你們無緣無故襲擊我！」

福邇見他顯然早已想好如何對應，便道：「別再狡辯了。我早已看穿你是殺害賓頓的兇手，可惜證據不足，才不得不使用這個欲擒故縱之計。現在你自投羅網，便讓我們人贓並獲了。」

李孝維不屑道：「甚麼人贓並獲？我又沒有掘出任何東西。」

福邇道：「我不是說八寶堆的傳說。我所說的贓物，是足以證明你殺害賓頓的證據！」

李孝維臉色一變，道：「甚麼證據？」

福邇上前拍拍李孝維的衣服，從其中一個口袋抽出一疊摺起了的紙張，道：「這是賓頓隨身帶去勘察的草製地圖。這就是證明你是兇手的證據。」他打開給大家看，原來是一幅地圖，跟他用來找出七個古墓位置的那份後備地圖一模一樣。他解釋道：「村民把賓頓屍體送去差館時，也一併送回遺留在山上的勘察器材和死者的背包，可是賓頓隨身帶著的地圖，卻既不在他身上、也不在遺物之中。這是因爲兇手拿了地圖，有助他找出木氏七祖其餘的墳墓。」

李孝維臉色蒼白，支吾道：「這地圖……是賓頓先生交給我保管的。我……我昏迷了這麼久，醒來之後忘記了告訴你們。」

福邇道：「賓頓沒可能把這地圖交給你保管。你訛稱遇襲回到差館之後假裝昏迷，有人給你包紮傷口和換上睡衣。如果地圖在你身上的話，一定會發現。你正是因爲擔心回到差館後，如果被發現地圖在你身上，可能會令人起疑，所以便先把它跟鐵鏟等工具一起藏在山上某處，待你回來盜墓時取回。正是聰明反被聰明誤，結果弄巧反拙，反讓地圖成爲你是兇手的證據！」

聽了福邇的說話，李孝維自知難逃法網，但仍不甘心，恨恨轉向村長道：「你們不怕我向英國佬供出寶藏的祕密嗎？他們知道有寶藏，一定會來把你們整座風水山掘個清光！」

福邇預料到他會有此一著，早已跟村長商量好對策，這時便道：「甚麼寶藏？那只不過是個傳說而已。木氏七祖的墳墓，你今晚已掘到第五個，但剛才你自己也說，甚麼也沒掘出來。你以爲英國人會相信你一廂情願的說話嗎？」

村長也冷笑一聲，說：「明天重陽登高的時候，我會向全村人宣佈，多得福先生華大夫兩位大俠和麥當奴幫辦，不但抓到了在我們風水山上殺死洋官的眞兇，還終於找齊木氏七祖的墳墓，實在可喜可賀！之後我們當然會修好每個古墓和重新安葬先人骸骨。但就算眞的如你所想，發現有甚麼寶藏，你說我們會不會這麼笨，把它再埋在同一地方等別人來掘？」

李孝維終於無話可說，大家便把他押下風水山回到村長家裡，由福邇和麥當奴繼續盤問，很快便供出眞相。

原來果眞如福邇所料，兇手殺死同僚，是因爲賓頓發現了他暗中盜墓。李孝維早聽說過八寶堆的故事，知道賓頓將會來到這一帶勘察，便毛遂自薦，當上了助手。他們在風水山上時，李孝維利用工作之便，居然被他在木將軍墓以東找到了「武曲」墓碑，便在夜裡偷偷回到山上挖墓，結果當然沒有發現寶藏。

這時他已破解了〈八寶歌〉的祕密，不久之後又發現了「廉貞」墓碑，可是這次過於心急，那天跟賓頓回差館時，中途推說忘了一些東西在山上，便獨自折返。賓頓一定是覺得有甚麼不對勁，暗中尾隨回到風水山看個究竟，結果撞破李孝維挖墓，招來殺身之禍。

弄出人命後，李孝維情急之下，便把屍體拖到別處來隱瞞眞正的案發地點。爲了方便找出餘下四個木氏祖墓，他偷了賓頓隨身帶著的草製地圖，和鏟子等盜墓工具一起藏在山上隱蔽處，然後弄傷自己額頭，騎馬回差館訛稱遇襲。可是把戲被福邇看穿，最後還是徒勞無功。

事後，福邇向我們解釋：「兇手回到差館之後一直假裝昏迷，當然是因爲這樣便可以免受盤問。可是華兄和我來到他睡的房間時，幫辦正在跟我們談話，碰巧說出我們兩人姓氏；李孝維一聽便知道我們是誰，擔心繼續假裝昏迷未必騙得到我們，便扮作已經醒來。華兄心地仁厚，見他雖只受了輕傷，卻依然昏迷了這麼久，還擔心是腦部受到震盪之故；但我一看到他頭上傷口的位置其實是很容易自己弄出來的，便心中起疑。我故意在他面前透露賓頓已經身亡，目的是要看他的反應。想不到他的戲也眞的演得不錯，假裝大吃一驚，不過騙得到別人，卻騙不到我。之後，我又故意讓兇手知道，如果過了重陽還不能破案，政府便會派兵到村子。他擔心到時難以回到山上尋寶，唯有盡快在重陽前再挖掘餘下幾個墳墓，於是便逃離差館。結果便掉進我的圈套，讓我們找到確切罪證。」

村長問：「我還是不明白，這個姓李的是個村外人，跟我們毫無轇轕，怎會知道我們木氏七祖和八寶堆的故事，還竟然破解了寶藏的祕密？」

福邇道：「你還沒有看出來嗎？他似乎對祖墳懷有一股怨恨，看來應跟貴村甚有淵源。你跟我說過，三十多年前，木氏有個不肖子孫想偷挖木將軍墓尋寶，結果被逐出貴村。依我看，李孝維多半便是這人的兒子。如果眞是這樣的話，他們改姓『木子李』，當然是爲了暗喻自己其實是木氏子孫。」

○○○●○○

那晚，村長把犯人鎖在了柴房，還命三個兒子一起守在門外。次日清晨，麥當奴早點也不吃便跟大家告辭，把犯人押回差館，然後再安排船隻把他送回中環給差頭梅亨利。村長放心不下，便吩咐幾個家丁駕牛車給幫辦運載犯人到差館。

目送他們離去後，村長便跟福邇和我說：「兩位大俠，今次眞是多得你們，才這麼快捉到兇手。不然便惹到鬼佬派兵來我們村子了！今天你們無論如何也要留下作客，跟我們一起過重陽！」

福邇道：「華兄和我還不能告辭，因爲我們還要給你們找到八寶堆。」

村長奇道：「難道眞有寶藏，藏在餘下其中一個木氏祖宗墳墓裡面？」

福邇道：「是否眞有寶藏我說不得準，但〈八寶歌〉裡所提到的八寶堆，卻肯定並非如李孝維所想，藏在其中一個七祖古墓之中。不如我們先回府上，我再慢慢解釋。」

我們回到村長家裡，待他叫人備了茶和早點，福邇便拿出他畫的七星圖，道：「你們再想想，〈八寶歌〉這句『八寶堆，坐帝車』，是甚麼意思？」

我想了一想道：「『坐帝車』會不會是指八寶堆的位置，坐落於由貪狼至文曲四星之間某處？」我指著七星圖又道：「你也說過，若把北斗七星當作馬車的形狀，由這四顆星組成的斗魁便是車子的座位。」

福邇讚道：「這個想法不錯。我也考慮過，但這不是正確答案。貪狼、巨門、祿存和文曲四星所組成的長方形，範圍太大了，怎知哪裡才是八寶堆的位置？」

我再端詳片刻，又道：「會不會在四星之間的正中位置？從貪狼拉一條直線到對角的祿存，又從文曲拉另一條直線到對角的巨門，兩線交叉的位置便是正中。」

福邇道：「我本來也是這麼想，但隨後才領會到，〈八寶歌〉這句歌詞裡其實還有一個字我們錯解了。」

我問：「哪個字？」

他道：「『坐帝車』的『坐』字，其實不應該作坐下的『坐』，而應作座位、座子的『座』才對。」

村長奇問：「有甚麼分別？」

福邇道：「這兩個字似乎大同小異，但用來解釋這句歌詞，分別卻大了。如果解作坐下的坐，那麼『坐帝車』便是『坐上天帝的車子』的意思，的確如華兄剛才所說，是指八寶堆坐落在斗魁四星之間某處。但如果把這字解作座位和座子的座，那麼『八寶堆，座帝車』這句的意思便變了，不是指八寶堆坐在帝車裡，而是指八寶堆才是帝車的座位或座子。」

我們還是不明白，村長便道：「那又如何？」

福邇道：「一年四季，北斗在天上走一圈，甚麼是它的座子？天上有甚麼東西是不會移動的座子，讓北斗七星繞著它運行？」

他這麼說，村長和我才恍然大悟，異口同聲道：「北極星！」

福邇道：「不錯。之前那句『七顆星，共德政』，正是暗喻《論語》『爲政以德，譬如北

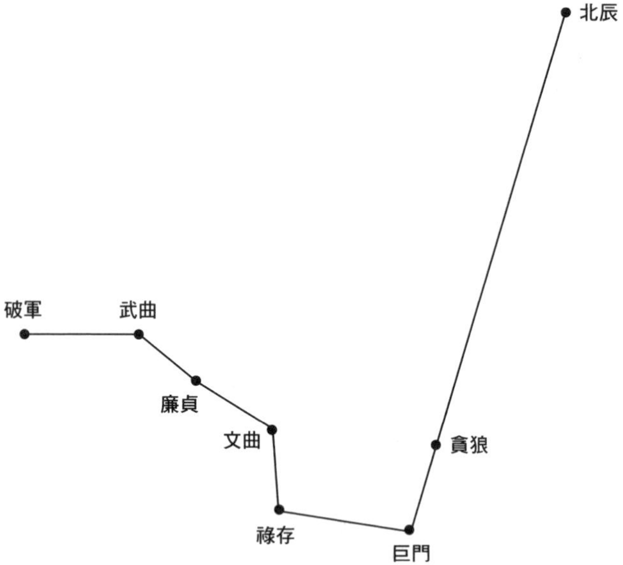

辰，居其所而眾星共之。』所以，八寶堆正是在北極星的位置。」他拿出量角器和間尺，量好角度和長度，從貪狼畫了一條直線，然後在線末畫了一個圓點和寫上「北辰」二字，如上圖。

我們稍作準備之後，趁著時候尚早，村長便帶著三個兒子隨福邇和我再度登上風水山。福邇依照地圖，帶我們先去到「巨門」的位置，搜索了一會，果然在草叢之中找到一面刻著這兩字的古碑。福邇把我們帶來的幾支木棒插了一支在碑旁，隨即再用指南針辨清方向，帶我們往東北偏北走，去到「貪狼」的位置，不久亦找到了這個石碑。

福邇又把一支木棒插在貪狼碑旁，道：「利用天上北斗找北極星的傳統方法，是由巨門到貪狼畫一條直線，再把這條直線伸長約莫六倍，便會連接到北極星上。不過這條線，在貪狼的位置上其實是有輕微的角度偏差的；我在地圖上畫上北辰位置的時候，已把這角度計算在內。我們無法知道六百年前的古人佈置這七個墓的時候，角度計算得有多清楚。正所謂：差之毫釐，謬之千里。北辰跟貪狼的距離，比北斗七星裡任何兩星之間的距離要遠得多，所以就算古人所使用的角度跟我的角度只有非常輕微的差別，北辰的眞正位置跟我在地圖上所畫的位置，也可能相去很遠。」

村長道：「那怎麼辦？」

福邇道：「我已想好了方法。」

他帶來了一大捆幼繩，道：「要找到北辰的位置，必須由巨門拉一條直線到貪狼，再從貪狼一直延伸出去到適當的距離。首先，我們用這繩子在巨門與貪狼之間拉一條直線。」

他把繩子一端交給村長其中一個兒子，請他拿到「巨門」墓碑，牢牢綁在插於碑旁的木棒上。做好了，福邇便把繩子拉直，在「貪狼」碑旁的木棒上打了個結，又道：「下一步是把巨門拉到貪狼的直線延伸出去到北辰的位置。貪狼與北極星之間的距離，差不多有巨門到貪狼距離的六倍，所以我們再先用繩子找出正確的長度。」

他把繩子另一端交給村長兒子，吩咐他拿到「巨門」碑繞在插於墓旁的木棒之上，再拿回到我們所處的「貪狼」碑，繞在這個石碑旁的木棒上，如是來回走三次。完成後，福邇接過繩子，道：「繩子在巨門與貪狼之間來回繞一次，即是兩者之間距離的雙倍，來回繞了三次便等如六倍。我們把這段繩子由貪狼一直再拉出去，便可以找到北辰的位置。」

福邇拿出一卷軟尺，再道：「不過貪狼與北極星的距離，其實稍短於巨門與貪狼之間距離的六倍，所以我還需要量度一下才能在這繩子上找出正確長度。」量度好後，他便拿出一條從村長家裡借來的紅絲帶，綁在繩子上作爲標記，然後把繩子遞給村長兒子，告訴他：「繩上綁了絲帶之處代表貪狼與北辰之間的正確長度。請你拿著繩子往前直走，每二十步停下來，讓我看清楚沒有偏差才叫你再行。當你行到繩子拉直的時候，即是達到正確的距離，到時把木棒插在地上，將繩子綁在木棒上。明白嗎？」

他依言配合，不久便把繩子直拉到老遠。待他停下的時候，身形用肉眼看來已經幾乎小如螞蟻，若非他生得較高，便難以在草叢裡看得到。福邇用千里鏡看見他已把木棒插在地上，便叫我們跟他一起過去。

我們來到村長兒子身旁，他便道：「我看過周圍，不見有任何標記啊。」

福邇道：「不要緊。這個位置是從貪狼碑一直畫過來的，但因爲有輕微的角度偏差，所以北辰眞正的位置應該在這裡以東。雖然北辰並非墳墓，但多半也用了同樣的石碑作爲標記。」

他接過繩子，拿著綁了絲帶的位置把繩子拉直，然後說：「請大家在我一左一右分成兩組，跟我排成一列，每人分隔五六步，跟我一起慢慢往東行，找尋北辰標記。」

我們這樣慢行了許久，我正開始擔心未必能找到古碑，突然聽到村長一個兒子歡呼：「石碑！找到石碑！」

我們跑到他身邊，只見枯草爛苴中果然有面苔痕斑駁的古碑。福邇用衣袖刷刷表面，道：「上面的字跟其他石碑一樣模糊，但看來眞的是『北辰』二字。」

村長的兒子們帶備了鋤鏟，村長見福邇向他點一點頭，便叫大兒子小心挖掘。過了一會，大兒子覺得好像碰到甚麼東西，便改用手挖，從泥土中捧出一個大陶甕。

村長語帶一絲失望，道：「這就是寶藏？」

福邇道：「先看看裡面是甚麼再說。」

大兒子正要把陶甕遞給父親，村長卻道：「福大俠，多得你我們才找到八寶堆，還是你來吧。」

陶甕的蓋子不知用了甚麼來封密，埋在地下六百年，已經硬得好像跟甕身結成一體，打不開來。福邇徵得村長同意，便一掌打碎甕蓋，探手進內，拿出了一件好像是玉製的方形物體。

村長問：「這是甚麼？」

福邇手掌一翻，看看這物件底部，道：「底有印文，是個璽印。」

我不禁驚呼：「難道是大宋國璽？」

福邇道：「裡面不止一個。」

我脫下外衣鋪在地上，讓他把陶甕裡的東西一一取出來放在上面。連第一件玉製方璽在內，一共有八件物件，每件看來都是個璽印，大小相差無幾，但有的是玉石所製，有些是金銀，形狀也不一。

村長道：「原來眞有八件寶物，難怪叫做八寶堆！但如果眞是宋朝國璽，爲甚麼會有這麼多個？」

福邇道：「正式的大宋國璽，應該在恭帝歸降時獻給元朝。但皇帝所用的御璽不止一個，亦稱爲『寶』，有封禪所用的鎮國寶和受命寶，另外還有用於不同書信文件的各種信寶、行寶等等。木氏七祖藏在這兒的八寶，相信便是屬於端宗和少帝的御璽。」

○○○●○○

多年來，我伴隨福邇夠玄獵祕，也見過不少稀世之物，但若論貴重，則難有任何珍寶可跟宋末兩帝的遺璽相比。那天我們趁著村民還未大舉登高，趕快帶著八寶回到村長家裡，他便跟福邇和我討論應該如何處置這些國寶。

福邇道：「〈八寶歌〉之後那句『九州同，再出籠』，我想也有一個誤字。牢籠的『籠』，應作丘壟田壟的『壟』才對。意思是要待神州再次統一，才讓這些寶物出土。你問應該怎樣處置，木氏七祖已在〈八寶歌〉裡告訴了你。」

稍後，我們又回到山上，跟眾多村民一起登高。他們拜祭完祖先，就地生火，把攜來的燒豬等祭品烹煮，然後席地而坐享用，叫做「煮山頭」。到了傍晚，村長又邀請我們到祠堂和村民一起「食盆」。即是把豬腩和雞鴨魚蝦各種肉類，配以香菇蘿蔔和瑤柱薑蒜等食材，層次分明地跟飯一起用大木盆盛裝，讓大家圍坐大吃一頓。席上，村長才終於向大家宣佈抓到山上命案兇手、和發現木氏七祖所有古墓的消息，舉村欣慶之情，自是不在話下。重陽本來就是避災之日，村子這次幸得福邇幫助，亦眞的可說是化凶爲吉了。

至於八寶堆寶藏一事，爲安全計，村長最後還是決定祕而不宣。之後他到底把八寶再藏在甚麼地方，及如何把這個祕密相傳下去，福邇和我當然沒有過問。不過我們都相信，知道這祕密的村民，無論是大姓也好、木氏也好，他們和後人必定會守口如瓶，愼防寶物流落於外，直到新界九十九年租約期滿之後，在我們這一代都無法看到的一天，才讓國寶重見天日，完璧歸趙。

八仙過海

光緒二十五年己亥末，西曆一千九百年一月底，慈禧太后自撤銷戊戌變法、幽禁天子於瀛台以後，重新垂簾訓政已逾一載。大除夕之前數日，太后突以聖上艱於誕育爲由，假帝名頒詔，過繼端郡王次子溥儁爲先皇穆宗之嗣，號稱大阿哥，以綿統緒。此舉無疑是圖謀廢帝，另立新君之先兆，舉國上下官民盡皆震驚，還惹來西洋諸國公使出面干涉。[1]

其時，在山東作亂已久的拳民，本來零零星星傳聞，現已與日俱增，連外國報章亦有大量報導。華北的歐美僑民及信奉基督的我國教徒，無不人人自危，懼怕受到攻擊。我本以爲由袁世凱接替山東巡撫，亂事必定終於可以平息，不料卻反令拳民變本加厲，竟由山東湧入河北滄

---

1 光緒二十五年十二月二十四日（一九〇〇年一月二十四日），慈禧太后為早逝無子的同治帝過繼宗室堂侄溥儁（一八八六—一九四二）為嗣，中外皆認為是準備廢光緒帝位，史稱「己亥立儲」。直到本故事完結之後，八國聯軍於同年八月攻陷北京（註2），溥儁才恢復本家，與其父端王載漪同被發配新疆。

州及天津。2

福邇和我雖然遠在南方一隅，久居割讓給英國人的殖民地，但多年來一直心繫祖國，對事情的發展自然萬分關注。但千里之堤，潰於蟻穴，就連我這位神機妙算的摯友，當時也未必能預料得到半年之後，形勢竟會一發不可收拾，再度引致外國列強進軍我國。

但此是後話，本文先給讀者敘述一宗庚子年初發生於廣州和香港兩地的奇案。

○○○○●○

洋年甫過，以西方曆法計算，這已是耶穌降生後第十九個世紀的最後一載，次歲便將迎來第二十個世紀。庚子新年來得早，洋曆一月最後一天便正好是農曆元旦，而初六又正好是個禮拜一，很多唐人鋪頭都在這天開門做生意，所以陽曆二月份還未入中旬，市面早已復常了。

卻不知是否流年不利，域多利城剛剛新春啓市不久，即發生了一宗駭人聽聞的命案。年初八那天，大差館幫辦侯健急來荷李活道貳佰貳拾壹號找福邇，原來夜裡竟有歹徒闖入一座民宅，折磨獨居屋主一番後方將他殺害。我經營的醫館華笙堂位於福邇寓所樓下，通常每有這種大案，他都會邀請我隨行協助，但不巧這天我有太多病人輪候，無法陪他同往現場。之後直到傍晚我關門回家的時候，福邇也依然未返，是以整天都沒有機會詳問他案情。

翌日，差不多到了中午時分，福邇來到醫館找我。本以爲一定是想和我一起出去吃飯，順便告訴我昨天調查命案所得，不料他卻道：「華兄，南北行街發生了一宗怪案。[3]昨晚有人撬開一間瓷器店的後門入內，卻甚麼也沒有偷，只是摔碎了一批八仙瓷像。事主剛來找我，正在外面等候。有興趣陪我一起過去看看嗎？」

這個鐘點，病人都會等到午膳時間之後再來求診，我跟學徒交代了一聲，便和福邇出到街上。一個微胖的中年男子已在門外等待我們，他一見到我便道：「華大夫！你也一起來便眞的太好了！我懷疑這個走入我鋪頭搗亂的人，一定是個瘋子！抓到他之後，說不定你可以醫好他的瘋病！」

2　「義和拳」為初於一八九七年由趙三多（一八四三—一九〇二）及閻書勤（一八六〇—一九〇〇）在山東冠縣梨園發起的一個對抗洋人和中國基督教的民間武裝組織，次年改名「義和團」，以「扶清滅洋」為口號。漸得清廷默許後，到了一九〇〇年「庚子拳亂」急劇惡化，慈禧終於在六月二十一日以光緒帝名義公佈「宣戰詔書」，大清與外國列強正式爆發戰爭。請見本書下一篇故事〈驚天密約〉。當時山東巡撫原為毓賢（一八四二—一九〇一），因為縱容義和團，外國使團向慈禧施壓，太后終於在一八九九年十二月下令由袁世凱（一八五九—一九一六）接任。

3　上環文咸街（Bonham Strand），以香港第三任總督文咸（Samuel Bonham, 1803-1863，亦譯作「般咸」）為名。在殖民地時代初期仍未進行填海工程前，位處香港島原來海岸線，故英語稱為「Strand」（岸濱）。直到二十世紀中葉，是經營中國內地與東南亞之間貿易的「南北行」的主要集中地，所以俗稱「南北行街」。

福邇跟我道：「這位是胡老闆。」又轉向對方道：「我們先到貴號看看再說。」

我們一邊行，胡老闆一邊埋怨：「雖然說，『落地開花，富貴榮華』，但新年流流，我們開門做生意才第三天，今朝早一回到鋪頭便發現夜裡有人進來打碎瓷像，滿地都是碎片，眞是大吉利事了！我派人去八號差館報案，他們卻愛理不理的，只派了兩個巡捕來看了幾眼，跟我們說要小心門戶便當作交差。所以我一氣之下，才過來找福先生你主持公道啊！」

我不禁暗暗偷笑，因爲依胡老闆所說，差館固然調查不力，但若非福邇覺得這次的事情有耐人尋味之處，一般鼠竊狗偷之類的小案件他也是不會接的。

事發地點近在咫尺，我們沿著水坑口走落山坡，很快便來到胡老闆的店子。大門之上的招牌寫著「胡德誠陶瓷行」六個大字，光從街上看格局也知道規模不小。

胡老闆道：「胡德誠是家父名字，我們陶瓷行便是由他一手創辦的。他把廣州總行交給了我大哥打理，而我就在香港負責這間分店。」

我們進入陶瓷店，卻見地上已經打掃得乾乾淨淨，沒有留下一塊碎片。福邇大爲不悅，惱道：「我還未來到，你們已把證據清理掉，叫我怎樣找尋線索？」

胡老闆理所當然道：「不清理好地方，我們怎做生意？」他指指一邊擺放貨品的架子，又道：「你看，這些瓷像便是證據！這裡本來有六套八仙像的，但大部分被人摔在地上打碎了，只剩下幾個仙人像，叫我怎樣賣出去？」

他所指的架子，每層都放滿了觀音關帝和福祿壽等神像，唯獨有一層卻空了一大截，胡老闆所說的多套八仙像如今只剩下十來個，連一套也湊不齊。我暗暗數了一數，架上的八仙瓷像，張果老和曹國舅各剩下兩個，藍采和剩下三個，而何仙姑則還有六個之多，但其餘四個仙人卻一個瓷像也沒有留下。

胡老闆道：「我說一定是瘋子，不然怎會甚麼也沒有偷？莫說我跟別人無仇無怨，就算眞的有人闖進來故意破壞，爲甚麼又只是打碎這些八仙像，別的貨物卻連碰也沒有碰呢？」

福邇沉吟道：「最合理的解釋，是八仙像裡面藏了某東西，歹徒想把它找出來。」

胡老闆問：「那麼爲甚麼又有些仙人像沒有打碎呢？」

福邇道：「依我看，是因爲這些八仙像裡藏著的東西不止一件。藍采和、張果老和曹國舅的瓷器還各剩下幾尊，可見這幾位仙人的瓷像還未摔碎到最後一尊，歹徒已經找到藏在裡面的東西。胡老闆你說八仙瓷像本來共有六套，而何仙姑像還有六尊，即是一尊也沒有損毀；由此可見，歹徒早已知道這六個何仙姑像全都沒有藏著他們想找的東西。」

我問：「那麼其餘四位仙人的瓷像全都摔碎了，是否表示歹徒在這些仙人像裡找不到想找的東西呢？」

福邇道：「當然也有可能，某位仙人的瓷像，碰巧摔碎到最後一個才找到藏在裡面的東西。但若說四個全被摔破瓷像的仙人皆如是，機會便微乎其微了。所以我們可以斷定，既然有四個八仙像都摔破到最後一個，那麼不論歹徒在這些瓷像裡要找的是什麼東西，都依然未找齊。故此，他們要找之物，必定藏在另外一些八仙像之中。」他轉向胡老闆問：「這些八仙像是甚麼來源？」

老闆答道：「我們『胡德誠』的貨物大多來自廣州總店，這批八仙像是新貨，前天下午才由總店運到我們分店。應該是在石灣燒製的，但要問問總店才知是哪一間瓷窯。」

福邇又問：「香港分店收到的這批八仙像，本來便是六套嗎？還是有些已經出售？」

胡老闆道：「對不起，沒有跟你說清楚。總店送來的這些八仙像本來有十套。其中一套是貨物還未運來香港之前，已經有人在廣州總店預先買下了，託他們送來香港給一位朋友作爲禮物。收件人碰巧是在附近開古董店的，我們初七那天收到八仙像，我派人通知他有貨到，他便馬上帶了一個店員過來，自己收取。新春生意特別好，昨天又賣出了兩套八仙像；我們服務周到，同一天便送到客人府上了。」

福邇道：「十套八仙像，昨晚被人摔破了六套，之前賣出了三套。還有一套呢？」

胡老闆笑笑道：「收到這些八仙像的時候，我見手工眞的不錯，便忍不住自己拿了一套回家擺放。」

福邇問：「你們把八仙像送給客人，有沒有他們姓名和地址的紀錄？」

胡老闆道：「他們的姓名和地址都寫在送貨簿裡。」

他叫店內夥計去取送貨簿，想不到不一會，夥計便慌慌張張的拿著簿子回來，急道：「老闆！有人撕走了送貨簿前面幾頁！」

胡老闆拿過簿子打開一看，果然如是。他傻道：「送貨簿是放在桌面的，不難找。為甚麼賊人要撕掉客人的姓名地址呢？」

福邇道：「還會為了甚麼？你們負責送貨的夥計在嗎？快叫他過來，問他記不記得送了八仙像去甚麼地址！」

胡老闆召來的這人叫老張，幸好只是昨天送的貨，所以還記得地址，一處頗近，在西環，另一處卻遠在域多利城東邊的銅鑼灣。

福邇抄下兩個地址，又問胡老闆：「那麼有人在廣州訂了一套送來給他的那位呢？你說他在附近開古董店，前天已經自己來收貨。」

胡老闆道：「他是附近一間叫『班記』的古董店的老闆，那套八仙像本來也是寫明送到他鋪頭，而不是送到家裡的。」

福邇聽了臉色一變，問：「店子叫做『班記』，莫非老闆姓班名勵國？」

胡老闆點頭道：「我跟他不是很熟，但他名字好像就是班甚麼國的。你認識他嗎？」

福邇道：「你一定還未聽到消息，前晚有賊人闖進班老闆家裡，他慘遭殺害。」他轉向我又說：「我昨天跟侯幫辦一起調查的兇案，死者便正是班勵國！」

○○○○●○

我們馬上趕去班記古董店，沿路福邇道：「昨天侯幫辦帶我到班勵國命案現場的時候，沒有發現任何陶瓷碎片，所以他應該沒有把八仙像帶回家，留在了古董店。」

我問：「這宗兇案究竟是怎麼一回事？」

他道：「班勵國家境不俗，住在堅道西端附近一間兩層高洋房裡。初七夜晚，有人撬開樓下窗戶潛入屋內，到樓上睡房綁起屋主施以酷刑，折磨一番之後方殺害。因爲屋子遠離其他鄰居，所以沒有人聽到。」

我問：「如果是普通劫殺案，爲甚麼殺害死者之前還要折磨他一番呢？會不會是尋仇？」

他道：「我當初也有考慮過，亦想過可能是用刑逼問死者財物藏在甚麼地方。從現場種種跡象來看，兇徒起碼有三四個人，可能更多。班勵國沒有家人，屋裡除了他之外本來還有一個家傭，過年時回鄉下探親，事發當晚還未回來，才僥倖逃過一劫。屍體便正是這位傭人次日返回班家發現的。」

說著，我們已經來到古董店，只見已經有人在門口燒了一些衣紙。幾個店員正在裡頭圍著一張小桌吃午飯，福邇向他們表明身分，眾人都聽過神探的大名，他說甚麼都自然唯命是從。一問之下，原來早上侯健幫辦已來問過話，他當然還不知道八仙像的事，所以都是問些知不知道死者有沒有跟人結怨之類的問題。

福邇道：「前天班先生帶了一個店員到胡德誠陶瓷行拿取一套八仙像，請問是哪位？」

其中一個店員怯怯舉手道：「是我。我叫阿海。」

福邇道：「八仙像放在哪裡？我要馬上看看。」

阿海道：「老闆吩咐我把八仙像拿到他在樓上的辦公室，可是……瓷像已經全部被他摔爛了。」

福邇詫道：「甚麼？」

阿海道：「我幫老闆把八仙像搬回鋪頭的時候，已經差不多黃昏，老闆便告訴大家可以收工了，說他自己還要留下一會。我把八仙像拿到樓上之後，其他人都走了，我正要離去，忽然聽到一陣又一陣砰鈴嘭嘟摔破東西的聲音，嚇了我一跳。老闆平時脾氣十分好，從來沒見過他發怒，我便忍不住悄悄回到樓上，從匙孔偷看辦公室內發生甚麼事。這時老闆已經摔爛了最後一個八仙像，滿地都是碎片，接著他好像在碎片之中拾起了一張黃色的紙。」

福邇問：「是怎樣的一張黃紙？」

阿海道：「看不清楚。不是很大張的，約莫掌心那麼大吧。」他頓了一頓，又道：「這時候我可能弄出了一些聲音，老闆發覺我在門外，便走了過來開門。我只好照直跟他說，臨走時聽到有東西打碎的聲音，便上樓看有沒有事。老闆吩咐我拿掃把和撮箕清理碎片，之後便叫我走了。」

福邇「唔」了一聲，道：「除了兇手之外，你可能是最後跟死者說話的人。侯幫辦今早到來的時候，你沒有告訴他吧？」

阿海搖頭歉道：「他沒有問，我便不想說死者壞話。」

福邇道：「不要緊，我會跟他說。帶我上去班先生的辦公室看看。」

阿海道：「辦公室的門鎖著，我們沒有鑰匙。」

福邇道：「我懂得開鎖。」

阿海帶我們上樓，來到辦公室門前，掏出一個隨身帶備的小皮包，取出挑鎖工具，輕而易舉打開了門鎖。正是「室雅何須大」，班老闆的辦公室雖沒我所想那麼寬敞，也沒有太多佈置，但傢俱和擺設都十分優雅，看來都是古董。

福邇環顧辦公室一周，道：「昨天我們沒有在兇案現場或死者身上發現阿海所說的那張黃紙。除非是被兇手拿走了，不然的話多半是放在了這個辦公室。」

他行到辦公桌後，不費吹灰之力便挑開了抽屜。他找了一找，從抽屜裡拿出兩張紙，放到桌面上。我湊近一看，只見一張是胡德誠陶瓷行的送貨單據，除了寫著收貨人姓名和地址之外，還寫有託運者姓名：「黃寶。」

福邇道：「這個黃寶，看來便是在廣州訂購八仙像給死者的人。」

再看另一張紙，果然如阿海所說，是約莫掌心大小的長方形黃色紙條。只見上面畫了一個由三爻組成的單卦，上下兩爻都是一筆劃過的陽爻，中間的卻是斷了的陰爻，單卦上面還寫著它的名稱：「離。」

福邇轉向阿海問：「有沒有看見這張紙條是在哪個八仙像裡找到的？」

阿海搖頭道：「看不到。」

福邇反轉紙條又看了一眼，道：「紙背有少量血跡。我昨天檢驗班勵國屍體時，留意到他右手食指指尖有輕微的割損傷痕，當時判斷不出是怎樣造成的，但現在看來，想必是他摔碎瓷像發現裡面藏著這張紙條，拾起紙條時不小心被碎片割破指頭。」

我問：「這張紙條是道符嗎？沒見過這樣子的。」

福邇道：「這不是道符。看這紙條的形狀和邊緣極不規則，明顯是用手小心撕出來的。依我看，原圖多半是一幅八卦圖，即是中間畫了一個太極，四周圍著八卦的那種。」

他這麼一說，我也看出來了，道：「啊，對。確像是八卦圖的一部分。但這種東西隨處可見，有甚麼稀奇呢？」我想了一想，又道：「離卦代表火，對不對？把這張紙藏在其中一尊八仙像裡面送來給死者，會不會有甚麼特別意思？」

他皺眉道：「我們還未找到足夠線索，若現在便作出種種毫無憑據的揣測，實在言之過早。不過話雖如此，某些初步推斷目前已足以成立。首先，八仙像應該藏著某樣班勵國期待收到的東西，卻不是這張八卦紙條。他摔碎八仙像之後沒有發現那東西，只是找到這紙條，所以顯得非常失望。由此我們可以再推斷，這件東西本來是藏在黃寶在廣州訂購給班勵國的那一套八仙像裡面，而那套八仙像的每一個瓷像裡面，亦可能還藏有像這樣子的八卦紙條。可是內有乾坤的那套瓷像，在運送到香港途中跟其他的普通八仙像混淆了，待本地分店收到貨，重新組合一套送到班記古董店，班勵國所收到的八個瓷像便只有一個來自原來那套。」

我恍然大悟道：「原來如此！只有藏著這張離卦紙條的瓷像，才來自原來在廣州訂購的那套八仙像！」

福邇道：「對了。班勵國一定也想到這點，可是他收到八仙像的時候已是傍晚，待他發現期待收到的東西不在瓷像裡面的時候，胡德誠瓷器鋪已經關門，只好等到次日才過去找尋原來那套八仙像。可是當晚他回到自己家裡，敵人便找來了。」他頓了一頓，再道：「所以我們可以推斷下去，前晚殺害班勵國的兇手，跟昨晚潛進胡德誠陶瓷店打碎八仙像的歹徒，是同一夥人。他們同樣想得到藏在八仙像的那件東西，便找到班勵國家裡。他們殺害死者之前把他折磨一番，無疑是用刑拷問，當問出了班勵國沒有收到他們想要的東西，便殺人滅口。」

我道：「把這東西藏在八仙像的人，應該便是這個黃寶吧？」

他道：「這個暫時還說不準，但多半是他；而就算不是黃寶，他也肯定是知情的。他交託陶瓷店把八仙像送到香港給班勵國，看來便是爲了避免藏著的東西落到兇徒手上。而班勵國被殺之後那晚，兇徒們又馬上到陶瓷店摔破八仙像，當然是因爲要繼續找尋藏在瓷像內的東西。」

我道：「可是他們依然沒有找到這東西，因爲店裡的八仙像已經不齊全。」

他道：「不錯。他們甚麼貴重東西也沒有偷，只是撕走送貨簿子前面幾頁，是因爲要知道這一兩天已賣出的八仙像，到底送去了甚麼地址。」

我會心微笑道：「那麼我們下一步，不用說當然是……」

福邇見我明白，接道：「當然是約好差人，在買了八仙像的顧客寓所附近埋伏，待兇徒今晚出現犯案，便把他們一網成擒！」

○○○○●○

這天下午還有許多病人候診，我不便在外流連太久，便先回華笙堂，讓福邇打點一切。

由於賣出去的八仙像有兩套，一套的買家住在西環，另一套的買家則在另一邊的銅鑼灣，無法預料歹徒會先向哪一位下手，所以福邇和我便要分頭行事。到了傍晚時分，我正送走最後一位病人之際，他便來到醫館找我，道：「住在西環的買家較近，今晚便麻煩華兄你到那兒埋伏。我已告訴了小星沙展事情始末，他不久會帶同部下來這裡跟你會合，一起前往西環。」

他所提到的小星沙展，正是我們老朋友印度幫辦葛渣星的其中一個兒子，長大了襲冶承弓，也投身巡捕房爲民效力。因爲「星」才是他們的姓氏，所以大家都喚他做「小星」；自其父前年退休後，這時已晉升到比一般巡捕高一級的「沙展」職級。4

福邇又道：「我亦已跟侯幫辦交代了案情，現在便過去大差館，和他一起帶差人去銅鑼灣。若你和小星的隊伍遇上兇徒，一抓到他們便押回大館等我和侯健回來。若等到天亮歹徒也沒有出現，那麼我和侯幫辦多半已在銅鑼灣抓著了他們，到時也請回大館跟我和幫辦知會一聲。還有，既然歹徒想打八仙像的主意，那些瓷像便是證物，也要一併帶回差館好好檢查。」

○○○○●○

不久，小星沙展帶了五個摩羅差來華笙堂跟我會合。我們在附近吃了一點東西，便出發前往西環。無巧不成話，那位買了其中一套八仙像的顧客，住處離我家不遠，只有一街之隔，所以途中我順便回家跟內人交代一下，及多拿一兩件衣物禦寒。之後，我和眾差人便由我所住的第三街，上到下一條橫跨西環陡斜山坡的街道。這條街正式名稱叫「第四街」，但因爲「四」

4 港式粵詞「沙展」音譯自英語 sergeant，原是軍隊的「軍士」職銜，亦指警隊最高的佐員階級。在現代香港警察制度裡，正式中文名稱是「警長」。

和「死」音近，本地人都喚它作「高街」。街道上方的山坡是一片密林，我們找對了地址，便正好埋伏於樹木之中，靜候歹徒出現。

小星沙展辦事有條有理，馬上給多名差人分配好輪流守候的更次，跟我說：「華大夫，賊人不會這麼早到來動手的，我估計起碼要等到半夜。這裡有我們輪流守著，你好好休息，一有動靜我馬上叫醒你。」

正月初依然天寒地凍，他這麼說，我便老實不客氣，用從家裡帶來的羊毛頸巾和厚帽子把頭臉包紮得像個大粽子，倚在一株樹幹上閉目養神，不久便沉沉睡著了。

也不知睡了多久，忽覺有人輕搖我臂膀，聽到小星在我耳畔悄聲道：「華大夫，有人來了。」

這是初九夜晚，月已半圓，柔光下看見寂靜的街上果然已有四個人來到，形跡鬼祟，十分可疑。奇怪的是，其中兩人一個衣衫襤褸，還撐著一支拐杖，看似是個乞丐；而另外一個看身形竟是個頂多十三四歲的男童。

這時他們已經找到正確的門牌，四人之中的另外兩個，一個是架著眼鏡書呆子模樣的青年，另一個則是衣著較為光鮮的中年人，便分別到屋子左右兩旁把風。這段街道上的樓宇是左右外牆相連的格局，從街上不能繞到屋後，乞丐便帶著男童到屋前，輕輕一托，把小童托到自己肩膊上。男童身手敏捷，伸手一攀便登上樓上窗台，打開窗子潛進屋內。

小星沙展低聲跟我說：「等他們把屋內東西偷了出來，我們便衝出去抓人。」

我點點頭，繼續屏息靜觀。過了一會，樓下另一道窗子打開，小孩從裡面遞了一尊仙人瓷像出來給乞丐。想必是因爲附近太多鄰居，歹徒不便像班勵國兇案那樣多人入屋爲所欲爲，所以便派小孩一個人進內把八仙像偷出來。

男童手腳十分俐落，小星沙展向幾個差人打了個手勢，示意他們準備，但還未動身，小孩已在屋內再來回了一次，又從窗子遞出了另一尊瓷器像。我們小心翼翼移到樹木邊緣，小星沙展一等到小童再次在窗口出現，馬上揮手，我和眾差人便一起衝了出去。

小星沙展跑得最快，小孩正把瓷像遞給乞丐，還未知道發生甚麼事，沙展已經衝到窗前一把抓著他，將小孩整個人從窗口揪了出來。只聽見「哐啷！」一聲，旁邊的乞丐讓手中瓷像掉到地上，竟從拐杖抽出一支窄身利劍，往沙展直刺！

說時遲，那時快，我緊隨在小星沙展身後，大呼：「小心！」又因沒有帶備武器，無法爲小星擋開乞丐那一劍，情急之下便飛撲過去，把乞丐撞到地上，及時爲沙展解圍。可是乞丐身手不俗，雖被我出其不意撞倒，卻沒有讓我抓著，一個翻滾便避到數步之外，回身向我又揮出一劍！

我來不及躲避，唯有舉手擋格，可幸身上穿了厚厚的棉襖，利劍在我衣袖上割出一道長長的破口，卻沒有傷及皮肉，只是讓衣服裡的棉絮漏了出來，在半空飛舞，猶如一陣雪花。

這時其中一名差人把帶來的鐵皮燈籠亮了起來，又拿出巡捕隨身帶備、異常刺耳的哨子，大力吹響數聲。乞丐本來正要再進攻，但聽到哨子聲，可能害怕我們會召來更多人馬，猶豫了一下，便撇下小孩不顧，轉身往東發足狂奔。看他之前還撐著拐杖，但哪是跛子！此際，另外書呆子和富人模樣的兩名歹徒，正各自跟兩名差人糾纏，但原來這兩人功夫也不差，見乞丐逃跑，便輕易擺脫了差人，尾隨而去，片刻便逃得無影無蹤。

小星沙展仍牢牢抓著那個小孩，看見幾個手下居然捉不著歹徒，還不敢追趕，忍不住大罵他們沒用。他轉向我又道：「好在有華大夫你在場，救了我一命！不然便被那個乞丐捅了一劍！」

他把小孩交給部下扣上手銬，搜一搜身，發現了一張黃紙，便交給我看，問：「華大夫，這是甚麼？」

只見又是一張手撕出來的方形黃紙，像之前在班勵國古董店發現的那張一樣，上面印了一個單八卦及寫了其名稱，不過這次卻是三條都是陰爻的「坤」卦。

我道：「這是八卦之中的其中一卦。待會給福先生看看。」

這時屋主及鄰居已被吵醒，我們便告訴他們捉到小偷。我查看那尊乞丐掉落地上打碎了的仙人像，見裡面沒有藏著東西，便提醒沙展跟事主把其餘七個瓷像當作證物，領回差館檢查。之後，我們便把小孩押回大館，跟福邇和侯幫辦會合。

○○○○●○

我本以為，既然小星沙展和我遇上歹徒，福邇和幫辦一定是撲了個空，想不到抵達大館的時候，他們已經早我們一步回來，而且竟比我們收穫更豐。原來他們在銅鑼灣也遇到四名歹徒入屋行竊，還拘捕了其中兩個，一個是三十來歲的妖豔女人，另一個卻是白鬚老翁。女人身上沒有搜出甚麼，但老翁身上卻又發現了一張八卦紙條，上面印著的是「乾」卦。至於另外兩人，福邇說一個是胖子，另一個則打扮得有如占卦算命先生的模樣。

他又道：「我在班勵國命案現場已看出兇徒起碼有三四人，想不到原來竟有八個之多。他們今晚分作兩組行事，幸好我們也在兩處埋伏，才阻止了這次的罪行。可惜只能拘捕三人，還有五條漏網之魚。」

把犯人落案及關進監倉後，侯健本想馬上盤問他們，但三人十分狡猾，老翁裝聾扮啞、女人訛稱不懂粵語、小孩則一味假哭，幫辦一時拿他們沒辦法。

福邇悄悄跟他說：「不要緊。就算他們不肯招供，我也有辦法找出其餘五名罪犯。我們先看看那些八仙像吧。」

這時侯健已讓小星沙展回家休息，便與福邇和我回到辦公室，這晚從兩處案發地點帶回來的兩套瓷像已經放在了裡面。

福邇道：「你們現在明白八仙像的意義嗎？」

幫辦和我都莫名其妙，侯健便問：「甚麼意義？」

福邇道：「今晚我們兩組人分頭行事，各自遇上四名歹徒。華兄和小星沙展那組抓到的是個小童，跑掉的三人一個是衣著光鮮的中年人，一個是架著眼鏡的青年，還有帶頭那個竟然是乞丐。你我遇上的卻是三男一女，除了抓到的這個女人和老翁，另外兩人一個是個胖子，一個則是穿著道袍的算命先生。你們不覺得這些人有甚麼特別之處嗎？」

侯幫辦仍是一副不明所以的樣子，但我腦子裡忽然靈光一閃，道：「八仙！這兩批人加起來共有八個，每個都跟八仙其中之一配合！」

福邇點頭微笑道：「不錯。」他見侯健好像還似懂非懂，便給他解釋：「藍采和是個男童，曹國舅是貴族，韓湘子是年輕書生，而鐵拐李是個跛腳乞丐，不是正好跟華大夫和小星沙展遇上的四個人相似嗎？至於你我遇上的四個，何仙姑是女人，張果老是老翁，鍾離權是個打開衣襟露出肚腩的胖子，而呂洞賓則是一位道士。」

侯健大惑不解，問：「怎會這麼巧？」

福邇道：「當然不會這麼巧。把紙條藏起來的人故意選擇使用八仙像，目的便是要讓八仙像指向我們今晚遇到的這八個人。」

侯幫辦道：「這八個人看來是想找齊藏在八仙像裡的八卦紙條，對不對？那麼把八卦紙條放進瓷像裡面的人，跟他們應該是一夥的了？」

福邇道：「這個目前仍很難說，他跟今晚這八個人也很可能是對頭。假設把八卦紙條藏在八仙像裡的人，正是在廣州訂購瓷像送來香港給班勵國的那個叫『黃寶』的人，那麼他便跟死者是一夥的才對。他把八卦紙條藏在八仙像裡，除了想暗中把八張紙條送到班勵國手上之外，用意便可能是要讓班勵國提防這八個如同八仙的敵人。」接著他又給幫辦解釋，原本送給班勵國的那套八仙像，一定是由廣州運來香港的時候已經跟普通的八仙像混淆了，所以死者收到的那套瓷像之中只有一尊藏有八卦紙條。

幫辦恍然大悟道：「原來如此！」

我忍不住插口道：「但說了這麼久，我們還不知道八卦紙條有何意義。會不會是八卦的每一卦都代表八仙其中之一？所以兇徒才會不知道爲了甚麼原因，要找齊藏在八仙瓷像內的八卦紙條，各自保存代表自己的那張？」

他道：「應該不會是這樣。你和小星沙展在小童身上搜到的那張黃紙，上面是坤卦。如果眞是八卦每一卦代表八仙其中之一的話，那麼坤卦代表至陰，應該配上八仙之中唯一的女人何仙姑，交由女犯人而不是小童保管才對。還有，老翁身上的紙條是代表至陽的乾卦，而呂洞賓道號『純陽子』，爲甚麼不是由那個算命先生打扮的歹徒保管呢？所以我推測，紙條由哪名歹徒保管，應該是取決於紙條來自跟這位歹徒對應的仙人瓷像才對。」

我問：「爲甚麼呢？」

他道：「你想想，胡德誠陶瓷行裡面的八仙像，除了何仙姑瓷像一尊也沒有打破之外，另外藍采和、張果老和曹國舅亦各剩下幾尊沒有摔碎。我們在小孩和老翁身上發現的兩張八卦紙條，多半是來自店裡對應這兩人形象的藍采和及張果老瓷像。他們發現了這兩個仙人瓷像裡的紙條，自然不用打碎餘下的藍采和及張果老瓷像。另外，爲了方便記憶哪張紙條來自哪個像，便讓小孩保存藍采和像裡面的紙條，又讓老翁保存張果老像裡面的那張。」

我想了一想，覺得他所說甚有道理，便道：「這麼說，那個逃掉了的衣著光鮮男人，身上也應該帶著曹國舅瓷像內的紙條了。」

侯幫辦仍有不明之處，問：「那為甚麼陶瓷行裡面一個何仙姑像也沒有摔破，而今晚抓著的這個女人身上又沒有紙條呢？」

福邇道：「這是因為藏著紙條的何仙姑像，是在班勵國拿取了的那套八仙像之中。班勵國找到瓷像內印著離卦的紙條，放在了古董店辦公室。歹徒當晚闖進他家裡，殺害他之前對他嚴刑逼供，一定是問出了他已經在何仙姑像內找到了離卦紙條，所以便知道陶瓷行那裡的何仙姑像沒有他們要找的東西。」

幫辦道：「那麼我們下一步怎麼辦？」

福邇笑笑道：「還用說嗎？當然是把今晚從兩位買家寓所帶回差館的瓷像打破，看看裡藏著甚麼。」

○○○○●○

兩套瓷像雖是證物，但始終是市民的財產，侯健幫辦本還擔心不應破壞，但福邇卻告訴他不用墨守成規：「巡捕房阻止了兩宗盜竊案，還拘捕了幾名犯人，事主多謝你們還來不及呢。打破了東西，大不了賠償給他們。待破案之後，差頭只會對你嘉許一番，又怎會因此怪罪？」

雖然這時我們已有三張八卦紙條在手，福邇亦已看出它們來自哪幾個仙人瓷器，但為了證實他的推斷正確無誤，我們還是把兩套八仙像盡數摔破。結果發現其中一套瓷像裡面連一張紙條也沒有，但另外一套的韓湘子像內藏著印有「坎」卦的紙條。

侯健道：「福先生，八仙像共有十套，現在只剩下陶瓷行老闆拿回自己家裡的那套，對不對？我們早上馬上去找他！」

福邇卻道：「不必等到早上。我還未告訴你們，下午我安排晚上埋伏捉賊之餘，已趕回胡德誠陶瓷行，跟胡老闆買下他拿回家的那套八仙像，叫他送到荷李活道我家裡。發生了這麼多事情，他也覺得這些瓷像不吉利，毫不猶豫賣給了我，之後我便吩咐鶴心等東西送到時代我收下。」他頓了一頓又道：「我們至此接觸過的九套八仙像裡面，似乎除了黃紙之外便沒有其他東西。如果我的推測沒錯，歹徒要找的東西一定藏在最後一套八仙像其中一個裡面。」

侯幫辦道：「我還是不明白，為甚麼你認為八仙像裡面除了紙條還藏有別的東西？歹徒不可能只是想找那些八卦紙條嗎？」

福邇道：「歹徒在陶瓷行內連一個何仙姑像也沒有碰，分明是知道班勵國已在他收到的何仙姑像內找到一張八卦紙條。但歹徒卻沒去班記古董店找這張紙條，足以證明他們的目的並不是要集齊這些紙條，而是知道哪一卦藏在哪個像內便足夠。所以我想，十套八仙像之中除了八卦紙條，還另外藏有某樣東西，這才是歹徒眞正追尋之物。」

這時已是凌晨時分，街上找不到人力車，福邇便跟幫辦和我三人徒步由大館趕往荷李活道彼端的寓所。路程只有約莫半英里，我們很快到達。這時女房東兼管家鶴心當然早已就寢，福邇開門帶我們上樓，進入大廳點起牆上自來火燈一看，果見八個仙人瓷像已整整齊齊排列在桌上。

福邇道：「吵醒鶴心也沒辦法了。」說著便拿起瓷像，逐個摔在地板上。靜夜之中，打碎瓷器的聲音分外刺耳。結果不出福邇所料，破碎了的鐵拐李像之中，除了一張黃色八卦紙條之外，原來還藏著一張面積較大、摺了起來的白色紙張。

福邇拾起兩張紙張，把八卦紙條遞給我看，印著的是「兌」卦。他又打開另外那張紙，我和侯健湊近去看，只見上面有一間銀莊的商號，似乎是一張銀票，不過寫著的一大堆文字雖然每個字我都認識，但卻完全看不懂意思。

這時聽到一陣急速腳步聲，廳門一打開，原來是鶴心披衣出來看個究竟，手裡還拿著一根可用作自衛的短棒。

她驚道：「公子！是你，嚇死我了。還以爲有賊呢！」

鶴心本來是福邇的丫鬟，甲午戰爭那年福邇離開香港前，已立契消除她奴婢身分，還把荷李活道貳佰貳拾壹號這棟樓宇過到她名下；可是過了這麼久，鶴心依然改不了口，仍舊稱福邇為「公子」。

福邇道：「對不起，嚇驚了你。這些瓷像裡藏了一些東西，跟我們所查的案件有關。」

鶴心忙道：「不要緊不要緊。我去廚房給你們泡茶。」

俟健待鶴心離去，便問：「福先生，你手上這張是甚麼？銀票嗎？」

他道：「不錯。這是一張特殊的晉商銀票。[5]上面寫著的文字是暗語，代表日期銀碼等細節，亦可能包括存款人及收款人的名字，只有這家商號裡的自己人才看得懂，外人無法破譯。」

我道：「原來是銀票！兌現的款項一定十分可觀，歹徒才會如此不擇手段，非要把它弄到手不可。但你不是說，票上的密碼可能寫明收款人的名字嗎？這樣的話，就算讓歹徒找到這張銀票又有何用？」

他道：「有些晉票是認票不認人的，所以這張票才會這樣，加倍使用暗語。據我所知，持有這種晉票的人想兌現時，必須說某個密碼，跟用暗語寫在票上的密碼吻合，方能提取款項。」

我忽然醍醐灌頂，道：「這麼說，說不定八仙像裡的八卦紙條，正是不知怎地代表兌現這張晉票的密碼，難怪歹徒要找齊這些紙條！」

福邇道：「不錯。我也是這麼想。」

幫辦道：「也算天公有眼，沒有讓這張晉票落在兇徒手上！可是我們只有部分八卦紙條，足夠讓福先生用來破解密碼嗎？」

福邇道：「破解密碼不難，我已看出端倪。但更重要的是，這筆款項來歷不明，我們必須先查出這宗交易是否正當，才能決定怎樣處置這張晉票。天一亮，我便去搭第一班船上廣州，調查清楚。」

不久鶴心端茶進來，福邇便跟她說：「我要上廣州一趟，最快後天可以回來，有件事情要拜託你幫忙。」

他走過書桌拿起紙筆寫了一張字條交給她，我看見原來是一份「誠意收買」的告示。但看清楚他想買的是甚麼東西，居然寫明是一套來自上環南北行街胡德誠陶瓷行的八仙像，還請有意出讓者前來荷李活道貳佰貳拾壹號洽談！

---

5 中國古代為方便商人攜帶巨額款項或作交易之用，自北宋已有銀票匯兑制度，客戶把金錢存放於錢莊（亦稱「票號」或「票莊」）後，可憑銀票在別處錢莊提取。清朝時，山西晉商幾乎壟斷全國匯兑業務，故銀票亦別稱「晉票」。

他吩咐鶴心：「早上商店一開門，馬上到印刷鋪請他們印兩百張這樣的街招，然後聘人由西環到下環貼滿整個域多利城當眼的地方，務必要在今天之內完成。」

我大惑不解問：「你剛已摔破了最後一套八仙像，哪還會有人憑空變一套出來賣給你？」

福邇微笑道：「我們當然知道最後第十套八仙像的下場，但仍未落網的五個歹徒不知道。他們撕走了陶瓷行送貨簿中前面數頁，知道有兩套八仙像送到我們剛才埋伏捉賊的兩個地址，加上班勵國收到的一套，和在陶瓷行摔破的六套，加起來還差一套才夠十套。他們無法知道陶瓷行老闆把最後一套八仙像帶了回家，那麼既然送貨簿上沒有紀錄，必定會以為有人在陶瓷行買下這套八仙像之後自己拿走了。他們正苦於無法追尋最後一套八仙像下落，一看見這些告示，以為買了這套瓷像的人可能會來到這裡轉讓給我，自然是求之不得，一定會來附近暗中監視，伺機下手把東西搶過來。」

我道：「原來是引蛇出洞之計！高明高明！」

他道：「既是引蛇出洞，也是緩兵之計。若讓對方知道已沒機會把這張晉票弄到手，他們一定不會在香港久留，那麼我們便無法把餘下五個歹徒繩之以法。但如此略施小計騙得他們繼續逗留，待我從廣州查明真相回來，自有辦法把他們緝拿歸案。」

侯幫辦點頭道：「那麼巡捕房暫且按兵不動，先等你從廣州回來吧。」

福邇又道：「對方絕非善男信女，萬事小心爲妥。鶴心，你辦完我拜託你的事情之後，馬上搬到華兄家裡暫住幾天，以免敵人來這裡監視的時候盯上你。華兄，這幾天你剛好跟鶴心相反，爲怕被敵人跟蹤，千萬不要回家。白天照常在樓下華笙堂看診，但晚上關門後，便請上來這裡客房暫住吧。」

○○○○●○

之後數日，鶴心和我便依照福邇的指示，互相交換了住址。

兩個晝夜過去，可幸沒事發生。到了第三日，福邇雖說，他上廣州調查，最快這天便可以回來，但就算他乘搭早船也總要下午才能抵達香港，所以這天一到，我也並不著急。

這是個禮拜日，華笙堂像很多唐人店鋪一樣，依循英國人習俗休息一天。因爲幾個小兒跟隨內人信奉基督教，這天我通常會在早上先送他們到教堂守禮拜，然後自己上茶樓喝早茶，之後才再接妻兒回家吃午飯。可是這幾日我因爲案情之故，必須在荷李活道一直守候，所以上天台練完功，便鎖好門戶，出外到附近吃點心。

福邇起行前往廣州那天，鶴心已依照他吩咐，馬上聘請印刷行印製假裝收買八仙像的街招，在域多利城中廣爲張貼。到了這時候，敵人必定已看到廣告，來到荷李活道貳佰貳拾壹號附近暗中監視，看有沒有人拿瓷像前來出售。我一出門，自是知道多半會有人跟蹤，雖然察覺不到，但也不敢掉以輕心。

在水坑口底下的瓊香茶居喫畢早茶，回到福邇寓所時，已是中午過後。新春天氣仍覺寒冷，我便在壁爐裡生了個小火，坐在旁邊看書。這樣又過了一兩個鐘頭，忽然聽到屋後好像有一些細微的異樣聲響，我不禁心中一凜，暗忖：「莫非敵人來了？」

我悄悄去到廳門旁邊，屏息靜氣等候，不一會，廳門緩緩打開，走進來的竟是一個陌生中年男人。

我先發制人，立即從旁施展擒拿手抓著來者的手腕，把對方臂膀屈到他背後，喝問：「你是誰？」

想不到這人完全沒有反抗，只是啼笑皆非的道：「華兄，是我！」當然是福邇的聲音。

我連忙放手，歉道：「對不起！我太魯莽了！」我此刻才看清楚，原來他不過略爲喬裝了一下，只是穿得較爲寒酸，又在臉上貼了假鬚子而已。只怪我沒多看一眼便不由分說出手，不然又怎會認不出是誰？

他呵呵答道：「沒事沒事。我進門前應該先揚一揚聲才對。」他脫下假鬚，又道：「我上廣州時沒能隨身帶備多少易容工具，不過萬一監視這裡的敵人碰巧是那晚見過我真面目的兩個其中之一，回來時最好還是掩飾一下自己的容貌。」

我道：「我本以爲你回來時一定會用前門，剛才沒聽見街門打開和上樓梯的聲音，便以爲是敵人偷偷從後門走了進來。」

荷李活道貳佰貳拾壹號這棟樓，樓下我租用作醫館的甲號，和樓上福邇所住的乙號，兩者都各自有一道開往大街的前門，但亦有互相連通的後樓梯，後梯底是一道共用的後門，可以進出位於屋背的小巷。福邇這天便是利用後門和後樓梯回到樓上寓所，避開潛伏大街監視的敵人。

他過到窗旁，把簾子拉到一半，往外斜望了一眼，道：「也幸好我有先見之明。我進來之前，已先在街上暗中巡視了一遍。站在對面差館街尾的那個中年男人，已經在附近徘徊了許久。我當然沒讓他認出我，但這人正是那晚和侯幫辦碰上的其中之一。」

我急道：「那麼我們還不快去抓他？」

正要起身，他卻輕按我手臂道：「不急。把他們一網打盡，方是上策。我上廣州前也解釋過，讓對方以爲我們想收購最後一套八仙瓷像，無非是把他們引出來。到了晚上，這人見整天都沒有人帶八仙像到來，想必不會通宵達旦監視。他離去的時候，我便暗暗跟蹤他回到同黨藏身之處。」

我這才明白，道：「好一個放鳥歸巢之計！」

他道：「待我換件衣服，泡一壺茶，再慢慢告訴你在廣州有甚麼發現吧。」

○○○○●○

稍後，我們一起坐在火爐旁喝茶，福邇便道：「先說我們那晚碰上的那八個人，常言道，丐幫的消息最靈通，果然不錯。我在廣州向丐幫中人求助，一問便問出了那八人是何方神聖。他們是近年闖出名堂的黑道人物，綽號『惡八仙』。」

十餘年前，福邇和我因為調查題曰「歪嘴皇帝」一案而結識了廣東丐幫的一位重要人物，教曉我們聯絡丐幫弟子的方法。我問：「這麼說，這八個人當真是刻意模仿八仙形象的？」

福邇點頭道：「看來正是這樣。八仙形象包含男女老幼、貧賤富貴，借用來行走江湖十分有利，需要假扮社會不同階層人物的時候，八人之中總有一個能夠勝任。這兩三年間，從京津到蘇浙及至閩粵，都有一些他們謀財害命、殺人越貨的傳言。不過這班人來歷不明，行事又十分隱祕，所以連丐幫也不清楚他們的底細，只是懷疑惡八仙之中的鐵拐李可能是丐幫棄徒。最近，便有丐幫弟子在廣州發現惡八仙的蹤影，但直到跟我談過，才知道對方原來已經過到香港。」

我道：「果然不是好惹的對手！幸好你有先見之明，叫我和鶴心防患於未然。」我頓了一頓，又問：「那麼八仙瓷像呢？你有沒有查出甚麼？」

他微微一笑道：「查探到的線索可不少。」說著從懷裡抽出一張摺了起來的黃紙遞給我。我打開一看。只見原來是張八卦圖，正是之前提及過的模樣，中間畫了個陰陽，四周圍著八卦。他又道：「如果拿來仔細比較一下，你會發現圖上的八卦，跟我們在八仙瓷像裡發現的八卦紙條完全吻合，是用同一個雕版印刷的。」

我奇道：「你怎會找到這八卦圖的？」

他道：「我前往胡德誠陶瓷行的總店查詢，發覺地址離三元宮不遠，[6]附近有不少占卜算命的攤檔，都擺放著靈符乩文和陰陽八卦等物品，連書店文具鋪都有售。八仙像裡八卦紙條的來歷，自是不言而喻。」

我道：「你是說，有人在那附近買了張八卦圖，撕下圖上的八卦，並到陶瓷店訂購八仙像，將八卦跟那張晉票一併藏在瓷像裡，送來香港給班勵國，對不對？爲甚麼這樣做呢？」

他道：「你且聽我說下去，自會明白。我去到胡德誠陶瓷行總店請他們查看紀錄，問出那套八仙像果然是一個操外省口音、自稱姓黃名寶的人所買的。這人剛來得及在陶瓷行歲末休業前來訂購八仙像，託店子運送到香港給班勵國。我想他到陶瓷店前已經事先撕好那些八卦紙條，在店裡假裝檢視八仙像的時候，便偷偷把晉票和紙條塞進瓷像底部的小洞。」

我問：「那你有沒有找到這個黃寶的下落？」

他道：「『黃寶』這個名字多半是假的，幸好陶瓷行掌櫃仍記得這位顧客是一位額角有個小胎記的三十來歲男人；也正是因爲這個顯眼的特徵，讓我同日便找到他。」他長長嘆了口氣，才再道：「華兄，你試想，黃寶沒有把晉票寄到香港給班勵國，也可以說是因爲不想把這麼貴重的東西交託給書信局。但這樣的話，何不乾脆自己把晉票帶給班勵國，卻反而要大費周章把晉票藏在八仙像運送到香港呢？唯一的理由，是因爲他知道已被敵人盯上，不敢把晉票帶在身上。假如我們推測不錯，他把八卦紙條藏在八仙瓷像內，是讓班勵國知道兌現晉票的密碼，那麼當然也是因爲他預料到自己可能遭遇不測。」

我駭道：「這麼說，黃寶亦已遇害了？」

福邇緩緩點頭道：「我裝作是個跟朋友失散的外地人，到衙門詢問，原來年初三那天，珠江裡發現一具身上有刀傷的浮屍，正是個三十來歲、額角有胎記的男子。」他嘆了口氣，又道：「我雖跟死者非親非故，但實在不忍讓他被當作無名屍埋在亂葬崗裡面。不過我又急著回香港對付餘下五個惡仙，便唯有再找丐幫，拜託他們編個故事認領遺體，又給他們一些錢收殮死者，把棺木暫放義莊。一待我查出這位『黃寶』的眞正身分，再作安排，把遺體運送回鄉安葬。」

我們良久無語，過了半晌，他才再道：「我還未告訴你，陶瓷行總店掌櫃又說，原來他們初五啓市那天，已有人來問過同一件事情。你道是誰？是個三十來歲的美豔女人，聽掌櫃描述樣貌，應是惡八仙之中的何仙姑無疑。她假裝是黃寶妻子，詢問他們丈夫在店裡買了什麼東西，便讓她問出原來黃寶買了一套八仙像送去香港給班勵國。可是這天大清早，廣州總店已經把八仙像連同其他貨物送上了船運往域多利城，所以惡八仙不用說自是馬上趕往香港了。」

我道：「我之前沒有想到，但既然瓷器像是送到班勵國的古董店，惡八仙爲甚麼卻在他家

---

6 廣州三元宮，位於越秀山南麓應元路，歷史可追溯到趙佗南越國（西元前二〇三—一一一）都城番禺（今廣州）的北廟。東晉南海郡太守鮑靚及其女鮑姑曾於此行醫修道，修建北廟為「越崗院」，古代科學家及道教名人葛洪（二八三—三四三）後拜鮑靚為師和娶鮑姑為妻。唐時曾為佛教悟性寺，宋代復為北廟，明朝初年因擴展廣州北城，由北門附近原址遷到現址，萬曆年間改為供奉三元大帝（掌管天、地、水三界之神）的三元宮。

裡向他下手呢？」

他道：「問得好。他們找去班記古董店，發現南北行街直到入黑店鋪關門，依然熙來攘往，便唯有跟蹤班勵國回到他家裡。偏偏班勵國所住之處比較偏僻，正好讓惡八仙闖進屋裡對他嚴刑逼問。當他們發現原來因爲陶瓷行調亂了八仙像，晉票根本沒有送到班勵國手上，第二晚當然便在夜闌人靜的時候到陶瓷行搜尋了。」

我們再談了一會，忽然有人輕輕敲了廳門幾下，令我不禁嚇了一跳；但隨即聽到一個小孩子的聲音在門外說：「福先生，我是彪仔。」

福邇道：「進來吧。」轉向我一笑又道：「不知道你有沒有留意，剛才我過到窗口時，把簾子拉到一半。那其實是召喚荷李活道小鄉勇的信號，他們看到了，便知道這裡後門沒有鎖上，派其中一員前來向我報到。」

他戲稱「荷李活道小鄉勇」的，其實是一群住在附近、家境清貧的兒童，福邇平時打賞他們充當跑腿及幫忙查探事情。多年來，已有好幾代「小鄉勇」爲福邇服務過，但因爲他曾離開香港四年之久，一年半之前才回來，所以現在的一眾小鄉勇全都是期間募集的新丁。通常待這些小兄弟們年紀稍大，福邇會送他們到文武廟的義學或友人主理的書館讀書，之後還會幫他們找份工作謀生。例如負責這次兇案的侯健幫辦，和我醫館裡的學徒安時達，小時候都曾經當過福邇荷李活道鄉勇。我不禁想到，那個被我們擒獲的童匪藍采和，假若沒有遇上其他七個惡仙那種無惡不作的壞人，而是像眾多小鄉勇那樣有幸得到如福邇般仁善之士照顧，一定不會誤入歧途。

這時走進廳子的彪仔，我已見過多次，是個乖巧伶俐的十二三歲小童。福邇待他跟我們打過招呼，便問：「我吩咐你們做的事情，進行得怎樣？」

彪仔馬上肅然立正道：「我們已經發現監視你家的是甚麼人，到現在有四個那麼多呢！最先是昨天下午，有個肥佬來到附近行來行去。到了天黑，又換了個二十幾歲的大哥哥，他一直等到我們差不多要回家睡覺時才走。今天早上那個，看樣子好像是個算命佬，華大夫早上出去飲茶的時候，這人還跟蹤他呢！到了下午，便換了現在那個，衣服好像很名貴，應該是個有錢人吧。」

聽彪仔描述，這四人無疑便是惡八仙之中的鍾離權、韓湘子、呂洞賓和曹國舅。慚愧得很，我出外用膳時沒能察覺跟蹤我的人，卻反而被小孩子發現了，的確是後生可畏。福邇當下便讚道：「做得好。」

彪仔咧嘴一笑，道：「是福先生你教得我們好才對。我還沒說完呢，我還發現這些人之後去了哪裡！」

福邇問：「你是怎樣發現的？」

彪仔自豪道：「昨天那個肥佬離去的時候，我自己一個人跟蹤他落到大馬路，看見他坐上一輛人力車。我及時走近，聽到他吩咐車伕去灣仔海旁。這是不是因爲，他還要坐艇子過九龍？」

福邇和我互望一眼，不約而同馬上想到餘下五個惡仙藏身在甚麼地方。福邇板起臉孔告誡彪仔：「我不是跟你們說過，這些都是殺人不眨眼的大壞蛋，再三叮囑你們不要接近嗎？爲甚麼不聽我的話？」

彪仔滿以爲立了大功，還道福邇一定會嘉許一番，這時便扁了一扁嘴，小聲歉道：「下次不敢了。」

福邇摸摸小孩頭頂，道：「下次不要再犯便行了。做偵探也必須顧及自身安全，你現在年紀還小，更是要加倍小心謹慎，知道嗎？」他掏出一些零錢打賞彪仔，吩咐他分給一眾小兄弟，又道：「等一等。我還要你給我送一封信。」

他過到書桌，迅速寫了一紙短函，糊起信封時跟我道：「這是寫給晉票眞正的主人，請對方明天下午三點鐘來取回失物。」

我奇道：「你是說，晉票其實是班勵國代別人收的嗎？」

他道：「當然了。你還沒有看出來嗎？爲免讓監視的人看出對方是來找我的，我請晉票主人明天三點去到華笙堂，到時便帶她走後樓梯上來這裡詳談，之後再送她下樓由華笙堂離開。這樣，監視者只會以爲她是向你求診的病人之一，不會暴露身分。」他把信封交給彪仔，道：「馬上把這封信送到這個地址，親手交給麥夫人。」

我待彪仔走了才問：「麥夫人是誰？」

福邇一副天機不可洩的樣子，微笑道：「你跟這位女士雖仍緣慳一面，不過其實知道她是誰。明天三點鐘便自有分曉。」

○○○○●○

次日差不多到了約定的時間，鶴心下樓來到華笙堂，請我先上去福邇家陪他等待晉票的眞正主人到訪。自鳴鐘剛響起三點整，鶴心便準時引進一位穿著西洋衣裙的年輕唐人女子上到大廳。這位訪客看來只有二十餘歲，好像有點面善，卻又想不起哪裡見過。

福邇起身迎接，給我作介紹道：「這位是麥夫人，你們沒有見過面，她是康南海先生的大千金。」他這麼一說，我才認出訪客眉宇之間果然跟康有爲有幾分相像，難怪覺得眼熟。

客人道：「兩位大俠於家父有救命之恩，我還未曾致謝呢。」說著恭謹地向我們深躬。福邇連忙請她坐下，她又道：「兩位既是恩人，又是長輩，請不要見外叫我麥夫人，就叫我同薇吧。」[7]

我道：「營救令尊一事，全是福兄的功勞。[8]康先生和令祖母近況可好？」去年末，南海先生曾來到域多利城探望母親，但這時已經離港前往南洋了。大家互相問候家人一會，不久鶴心捧了茶進來，我們便轉入正題。

康同薇道：「福先生，我收到來函請我今天到來，說有重要失物歸還，請問……？」

福邇微微一笑道：「我並非故作神祕，只是不便在信內白紙黑字寫個清楚而已。我想你也必定猜到是甚麼。」說著從懷中取出那張在鐵拐李瓷像內找到的晉票，交給了她。

康同薇又驚又喜，接過道：「難道是……？」

福邇道：「不錯。正是班勵國給你們代收的保皇會款項。」[9]

康同薇傷感道：「我們萬萬想不到，班先生竟然會因此賠上性命。」她頓了一頓，又道：「可是……家父和其他流亡海外的保皇會要員都是朝廷欽犯，爲了保障班先生安全，連會裡也沒多少人知道他跟我們的關係，福先生您是怎樣發現的？」

福邇一時不答，反問：「這種晉票是需要配合密碼才能兌現的。你知道手上這張晉票的密碼是甚麼嗎？」

她搖頭哀嘆道：「不知道。只有把這張晉票從國內送來香港的密使才知道密碼。他……是不是也出了事？」

福邇沉重地點頭，道：「在班先生遇害之前，這位密使已先在廣州慘遭毒手。晉票上的這筆錢，相信是國內熱心人士爲保皇會籌得的捐款，對不對？你可以告訴我事情的始末嗎？」

康同薇道：「家父成立保皇會雖然還未滿一年，但毋論中外華洋，都已經有不計其數的支持者踴躍捐款，希望有助達成中國保皇立憲的宏願。相信兩位也知道，我們在澳門和日本兩地創辦了新聞紙，繼續推動自強維新思想。」

福邇道：「當然知道。《知新報》和《清議報》我也有訂閱。[10]兩份貴刊不也是作爲保皇會收取捐款的機構嗎？」

---

7 康同薇（一八七九—一九七四），康有為長女，與其妹康同璧（一八八七—一九六九）同為中國女性平等主義先驅。精通英日兩種外語，十餘歲即協助康有為編纂著作，一八九七年在父親與梁啟超於澳門成立的《知新報》擔任翻譯（見註10）。次年又與梁啟超夫人李惠仙創辦《女學報》；本故事之前一年，與父親弟子麥仲華在香港結婚。

8 請見本書第一篇故事〈空樓魅影〉。

9 保救大清皇帝會，簡稱「保皇會」，亦名「中國維新會」，是康有為在戊戌變法失敗後流亡外國時，為了繼續鼓吹其政治思想而於一八九九年七月在加拿大成立的團體，隨後歐美和亞洲多地亦設有分會。根據史料，本故事發生時，正是「保皇會總局」（該會的常設執行機關）即將在香港成立之際。

康同薇道：「福先生您說得對。不過海外籌得的款項雖然可以名正言順匯給報社，但國內的捐款卻當作別論了。爲怕被清廷查出在國內爲保皇會籌款和募捐人士的身分，我們盡量避免利用銀行匯款，一般只敢以晉商這種『認票不認人』的特別方法，依靠使者祕密把款項帶到香港或澳門。這次的款項金額較大，因爲是由密使一路由北京循陸路南下，集齊沿途各省分籌得的款項，換成晉票，帶來香港給我們兌現。」

福邇道：「這位密使想必是沿途收集各地捐款之際，不知怎地引起歹徒注意，對方一路跟蹤他去到廣州才終於動手。」

他接著簡略告訴客人整件案件的經過，康同薇聽了之後，惆悵道：「很感激福先生給我們找到晉票，但可惜不知道密碼，得物也無所用。班先生和密使兩位都白白犧牲了，我甚至連密使姓甚名誰也不知道呢！我一定會盡快透過保皇會查出他的眞正身分，讓他屍骨得以送回家鄉安葬。」她說罷，不禁雙目一紅。

福邇道：「兩位義士沒有白白犧牲，因爲這個密碼其實十分簡單，我早就破解了。」他稍頓又道：「剛才你問我，怎會知道藏在八仙像裡的晉票是捐給保皇會的款項，我還未向你解釋。那天我在班勵國的古董店找到八仙像的送貨單，一看到訂購人的名字，便馬上懷疑事情跟貴會有關。假設『黃寶』是虛構姓名，把這兩個字反過來唸，不就是『保皇』嗎？」

康同薇道：「啊，對！班先生一定是看到這個名字，便明白那套八仙像是密使送來的。可是我還弄不清楚晉票密碼是怎麼一回事。福先生您說，密使把八卦紙條藏在八個仙人像裡面，是向班先生傳達密碼的方法，可是我真的看不出箇中奧妙。」

福邇道：「既然密使不放心把晉票託付郵遞，相信也不會把密碼以信件方式寄給班勵國。那天他去到陶瓷店的時候，分明已發覺被惡八仙盯上，想必是一時三刻之間成功擺脫了對方的追蹤，但自知時間無多，情急之下靈機一觸，想到不但可以利用八仙像把晉票運送到香港，還可以同時把八卦紙條藏在瓷像裡來傳達密碼。臨時想出來表達密碼的方式，當然不會很複雜。既然代表密碼的方式，是在每個八仙像裡面，藏起一張畫了八卦其中一卦的紙條，那麼我們可以作出甚麼結論？」

康同薇道：「是不是八卦和八仙代表密碼的數字和次序？」

福邇讚道：「對了。說得精準一些，我們可以作出四個結論。首先，密碼必定不多不少，有八個數字。其次，是八仙代表數字的次序，而八卦則代表數字本身。第三，密碼的八個

---

10 《知新報》於一八九七年由康有為和梁啟超在澳門創刊，作為推動君主立憲運動的報章。次年戊戌變法失敗，梁啟超流亡日本，為了同一目標又在橫濱設辦《清議報》。康有為成立保皇會後，指定《知新報》和《清議報》為正式機關報章，兩份刊物運作至一九〇一年才先後停刊。

數字沒有一個重複。最後，這八個數字必定是由一至八，沒有九或零。不然的話，用八仙配合八卦的方式便行不通了，對不對？」

康同薇和我想了一想，都點頭同意，但我卻問：「可是八卦的次序，也有先天卦和後天卦之分。至於八仙，他們有正式排名的嗎？我們怎說得準八卦和八仙的配合代表的數字和次序呢？」

福邇道：「八卦的次序，平民百姓大多習慣依照伏羲先天卦『乾兌離震巽坎艮坤』。密使用來撕下紙條的八卦圖，我在廣州找到一張一模一樣的，也是依照先天卦的次序，一定不會有錯。而說到八仙，他們也確有已成定俗的先後排名。所以，我們只要耐心重組一下哪個八仙像裡藏著哪一卦的紙條，密碼是甚麼便顯而易見了。」

他請我們一起過到書桌，拿起紙筆順序一一寫下八仙的名字：鐵拐李、鍾離權、藍采和、張果老、何仙姑、呂洞賓、韓湘子、曹國舅。

我忍不住道：「原來藍采和的排名竟然比呂洞賓前得多。」

福邇道：「我查看過，這是通俗小說裡他們得道成仙的次序，民間一般遵從。[11]華兄，請告訴同薇，我們發現的第一張八卦紙條，是哪一卦？」

我道：「那是在辦公桌抽屜裡找到的紙條，上面是離卦。」

福邇道：「班勵國把收到的整套八仙像都摔碎了，我們本來是無法知道這張離卦紙條是在哪一個瓷像裡找到的。但因爲惡八仙之後那晚潛入陶瓷行，摔破了大部分的八仙像，卻連一個何仙姑像也沒有碰過，一定是因爲他們已經知道，店內的何仙姑像都空空如也。之前一晚，他們殺害班勵國對他施用酷刑逼供，不但問出了八仙像的祕密，也一定問出了他已在何仙姑像內找到離卦紙條。」說罷，便在寫了八仙名字的紙上，第五位仙人何仙姑旁邊加了個「離」字。

我道：「之後那晚，我們在買了八仙像的兩位顧客寓所附近埋伏，等待惡八仙動手，結果當場擒獲何仙姑、張果老和藍采和。何仙姑身上搜不出八卦紙條，當然是因爲本來藏在何仙姑瓷像內的紙條已被發現，但張果老和藍采和身上卻搜出了乾卦和坤卦兩張紙條。」

福邇怕康同薇不明白，補充道：「惡八仙大概爲了避免弄錯在哪個仙人瓷像內發現哪個卦的紙條，每當在某仙人像裡找到一張紙條，便交由身分對應的那位惡仙保管。多得他們這個做法，方便了我們重組八仙像和八卦紙條的配合。」接著在紙上第三和第四個名字藍采和張果老旁邊加上了「坤」和「乾」兩個字。

我繼續道：「事後，我們徵得那兩套買家同意，把他們的八仙瓷像帶回大差館，摔破之後

---

11 明·吳元泰《東遊記》。

發現其中一套沒有藏著任何八卦紙條，但另外那套的韓湘子像內藏著坎卦紙條。」

福邇待我說完，在排名第七的韓湘子名字旁寫上個「坎」字，便接道：「這時候，十套八仙像只剩下一套，便是陶瓷行老闆拿了回家的那套。我跟他買下這套八仙像，非常幸運，竟有兩個仙人像內藏了東西。呂洞賓瓷像裡面的是巽卦紙條，而鐵拐李瓷像更令人喜出望外，因為除了兌卦紙條之外，還藏了最重要的東西，便是同薇你手上這張晉票。」

他在第一和第六位仙人鐵拐李和呂洞賓旁邊寫上「兌」和「巽」兩字，又道：「至此，我們只差鍾離權和曹國舅兩個仙人像所藏的八卦紙條，但既然只剩兩卦，已可以斷定一個瓷像藏著震卦，另一個瓷像所藏得是艮。」

我喜道：「既然只有兩個可能，那豈不容易？拿晉票去兌現，先試一個密碼，不對的話再試另一個，不就行了？」

福邇搖頭道：「不行。這種完全保密的晉票，兌現的時候密碼只能試一次，不對的話，這張票便永遠作廢。」他滿有玄機地微微一笑，又道：「不過既然密碼其中六個數字已經揭曉，亦足以讓我看出全部八個數字背後其實暗藏玄機，令餘下兩個卦的正確位置昭然若揭。」

他提筆在紙上鍾離權名字旁邊寫上了「震」字，又在曹國舅旁寫上「艮」字，接著按照伏羲卦的次序，乾一、兌二、離三、震四、巽五、坎六、艮七、坤八，在每一卦之側加上數目字，完成如下的八仙像和八卦互相配合的列表：

鐵拐李	兌	貳
鍾離權	震	肆
藍采和	坤	捌
張果老	乾	壹
何仙姑	離	參
呂洞賓	巽	伍
韓湘子	坎	陸
曹國舅	艮	柒

他道：「由此可見，兌現晉票的密碼是『貳肆捌壹參伍陸柒』。我爲何知道這八個數字正確無誤呢？因爲這組數字箇中別有含意。你們看出來嗎？」

我們被他問得一時莫名其妙，康同薇道：「除了最後『伍陸柒』是順序之外，我看不出這組數目字有何特別之處。」

福邇道：「我想到很多人爲了易於記憶，經常會把重要的日期作爲密碼，於是推斷這密碼嵌入了某個日期，便馬上看出來了。前五個數目字『貳肆捌壹參』，『貳肆』代表光緒二十四年，『捌壹參』代表八月十三日，你不會不記得那天發生了甚麼事情吧？」

康同薇驚道：「六君子！那正是六君子就義之日！」

她這麼一說，我也記起來了，道：「那是福兄你回到香港的前一天！你回來之日，當天的新聞紙報導了六君子已在昨天被斬的消息！」[12]

福邇黯然道：「不錯。光緒二十四年八月十三，正是六君子慷慨赴義的日期。我一看出了之後，接下來『伍陸柒』的意思便顯而易見了。『伍』和中午的『午』同音，代表處斬的時辰，而『陸』當然便是指六君子了。至於『柒』，是當時被捕的其實還有第七人徐致靖，到了最後關頭才幸得赦免。」[13]

康同薇不勝感慨道：「原來密使選了這八個數字作爲密碼，有這麼深長的意義！可惜殺害他和班先生的兇徒，餘黨依然逍遙法外，實在太沒天理了！」

福邇凜然道：「你放心。交還晉票給保皇會和破解兌現款項的密碼，只算是把案件解決了一半。餘下五個兇徒一日未落網，兩位死者也不能瞑目安息；不過我已經查出他們躲在甚麼地方，亦已作出部署，今晚便要把他們一網打盡！」

康同薇再三道謝後，我便送她下後樓梯，回到華笙堂並從那裡離開，好讓監視者以爲她只不過是我的病人之一。這時候，福邇利用後門避開敵方耳目，出外爲這晚的剿匪行動做最後安排。

傍晚時分，來到荷李活道監視貳佰貳拾壹號的，是惡仙鐵拐李。大約兩個鐘頭之後，我出門到附近吃飯，這次我心裡有數，不難察覺到他一路跟蹤，但當然不動聲色，慢條斯理吃完飯後便若無其事回到福邇家。又過了兩個多鐘頭，鐵拐李看到屋內所有自來火燈一一關掉，許久都沒有再亮起，便道我已上床睡覺；但其實這時我已經從後門偷偷溜走，趕去約定的地點跟福邇會合。

12　請見本書第一篇故事〈空樓魅影〉。

13　一八九八年百日維新失敗後，被慈禧太后下令處斬的變法派領袖譚嗣同、林旭、楊銳、楊深秀、劉光第及康廣仁，合稱「戊戌六君子」。徐致靖（一八四四—一九一七），戊戌年（一八九八）官拜禮部右侍郎、翰林侍讀學士，向光緒帝上書由康有為代擬之《請明定國是疏》，啟動變法。新政失敗後與六君子一同被捕，本被慈禧親批處斬，幸得李鴻章疏通太后親信榮祿力保，才獲改判死緩監候。

鐵拐李和之前輪流監視的兩個惡仙，花了一整天都不見有人帶著八仙瓷像前來，唯有無功而返。這時快到晚上十一點鐘，街上已難找到人力車，而且就算找到一輛，車伕也未必肯做一個跛腳乞丐的生意。正當鐵拐李開始老遠由上環步行回灣仔的時候，想不到竟有一輛人力車從後而至，停在他身旁。

車伕道：「老兄，你要去哪裡？我送你一程吧。」

鐵拐李是個老江湖，凡事自是十分警惕，不會輕易信任別人，便道：「我沒錢。」

車伕道：「不要緊，我不收你錢便是。我也是行這個方向，一路去到銅鑼灣交還車子。我見你撐著拐杖，行動不便，順路的話便坐上來吧。反正這個鐘點都沒有客，我便當作新正頭做件好事。」

鐵拐李見車伕這麼誠懇，又心想自己身懷武功，不怕對方打他主意，謝過車伕之後便老實不客氣坐了上去，說待他經過灣仔時下車。

看官讀到這裡，可能會想，筆者又不在場，怎會這樣清楚當時的情況，竟連鐵拐李和車伕的對話也知道？

理由無他，是福邇後來告訴我的。那人力車伕不是別人，正是他所假扮。

那天福邇所做好的其中一項安排，便是晚上租用一位相熟車伕的車子，好讓他能假扮成拉車的樣子，把監視我們的歹徒騙上車。因為這時福邇已經查出了五個惡仙藏身在哪裡，他原來的計劃，是假若這天最後來到荷李活道監視我們的人，不是鐵拐李而是其他任何一個惡仙，便先把這人拉到一個預先埋伏了巡捕的地點，拘捕他之後再馬上前往餘下四個惡仙藏身之處對付他們。可是因為福邇另有計劃對付鐵拐李，而這晚最後一個來到荷李活道監視我們的又偏偏是這人，便必須改轅易轍，讓鐵拐李先回到其他惡仙身邊，才一起對付五人。箇中因由，下文自有交代。

福邇把車子拉到灣仔海旁，讓鐵拐李下車，還跟對方揮手道別才往銅鑼灣方向離去。鐵拐李等到人力車不見了蹤影，才慢慢行到碼頭。深夜裡，本應已沒有艇家在這裡候客，但這晚卻仍有一艘孤艇停泊在水邊等著。這當然便是他和其他惡仙之前乘坐過來香港島的艇子，一早打賞了艇家在這裡等候接送。他上船後，小艇便揚帆航往對岸九龍。

這時我和兩位同伴從附近藏身已久的地方走了出來，等候福邇折返跟我們會合。至於我這兩位同伴到底是誰，於此暫賣一個關子，但很快便會揭曉。不久，福邇坐著另一艘小艇來到碼頭；他之前放下了鐵拐李後，便去灣仔彼端放下車子，登上預先約好的船，回來這邊接我們。

他跟我兩位同伴打過招呼，便問我：「華兄，鐵拐李的船離開了多久？」

我道：「大約十分鐘吧。」

他點頭道：「時間正好。我們出發吧。」

我和兩位同伴上了船，艇家便熟練地調轉船頭，朝著之前鐵拐李艇子所行的方向，往九龍寨城進發。

○○○○●○

其實在這之前，福邇早已推斷出五個惡仙藏身於九龍寨城。

這個地方原是大清駐軍之處，本來位於九龍半島南端英國殖民地與我國邊界之旁。可是前年英人與大清訂立新條約，把殖民地界線往北延伸到深圳河，九龍寨城便變成一塊完全由殖民地政府管轄的「新界」所包圍的孤地。又因爲一年前，英人接管新界時遭遇鄉民頑強抵抗，事後便藉詞九龍寨城官員煽動叛亂爲由，出兵攻入寨城，驅逐所有大清官兵。此後，那裡便淪爲一座沒有官府治理的荒城，迅速讓流氓罪犯聚集其內。[14]

福邇道：「惡八仙來到香港之前，多半已聽說過寨城不屬殖民地政府管轄範圍，香港巡捕房在那裡沒有執法權，所以藏身於此便可以暫避法網。我們不能求助於本地差人，因爲就算在寨城裡抓到犯人，他日上法庭，法官也只能依法判決拘捕無效。這次剿匪必須請兩位好友仗義幫忙，便是這個緣故。」

不久來到九龍寨城，艇家在龍津石橋停泊好，我們便下船沿橋登岸。這時已沒有多少船艇，途中果見鐵拐李所坐的艇子停在橋邊。

來到城門之際，突然不知從哪裡閃出一個獐頭鼠目的男人，我以爲是敵人，正要戒備，福邇卻跟他交頭接耳說起話來。這人示意我們跟著他，福邇小聲跟我們道：「這位是『和合圖』幫會裡的兄弟，[15]一早來到寨城暗中監視，剛才已經跟蹤鐵拐李到其餘惡仙藏身的地方，現在便帶我們過去。」

後晚已是元宵，我們雖然沒有帶備燈籠，但皎潔月色把地方照耀得幾乎如同白晝。我曾到過寨城多次，但自它荒廢以來，還是第一次舊地重遊，想不到半年之間竟變得猶如鬼域，十室九空的淒涼境況，令我不禁想起六年前肆虐香港的那場瘟疫。所不同者，是疫情乃天災，但這

---

14 九龍寨城原為大清大鵬協副將及九龍巡檢司所駐之地，本位於一八六〇年《北京條約》所訂立的殖民地疆界（今九龍「界限街」）之旁，但因為一八九八年《展拓香港界址專條》把大清國界北移至深圳河，寨城便變成被「新界」包圍的外飛地。次年，港英政府又以文中所述理由出兵驅逐寨城清兵和官員，令該處變成中英港三地政府皆不管轄的「三不管」地帶。（亦見本書第四篇故事〈木氏謎墓〉）

15 一八八五年中法戰爭在香港引起大規模反法罷市和暴動，其後涉事碼頭工人和苦力等勞動階層因而成立幫會「和合圖」。最初實為工人自助團體形式，但由於當時殖民地法律並未賦予成立工會的權利，故被視為非法組織。（請見《香江神探福邇，字摩斯2：生死決戰》第二篇故事〈歪嘴皇帝〉）

裡卻全然是人禍。

和合圖那位兄弟帶我們來到一個街口，指指一邊的庭院，只見裡面有人生了一個火堆，火光中隱約可以看到有些人影圍著火堆而坐。福邇跟那位兄弟點點頭，他便循原路快步離去。福邇請我們兩位朋友暫時藏身在街角之後，接著和我併肩走進那庭院。

我們來到庭院，果見圍著火堆而坐的正是五個惡仙，除了我見過的鐵拐李、韓湘子和曹國舅之外，另外還有一個胖子和一個身穿道袍、算命先生模樣的人，當然便是鍾離權和呂洞賓了。眾人見到福邇和我突然出現，自然是目瞪口呆，不約而同霍地站了起來。

福邇道：「你們應該知道我們是誰吧。我們到來，是給你們一個選擇，一是留在在香港受審，一是返回大清讓衙門發落。」

五惡仙先是面面相覷，隨即哈哈大笑起來。

鐵拐李道：「你眞懂得說笑。你們以爲我們不知道英國人的法律在九龍寨城無效嗎？不知道的話，又怎會來到這裡藏身？」

站在他身旁的曹國舅道：「你們連一個差人也沒有帶來，分明只是想唬嚇我們就範。你以爲我們是第一天出來行走江湖嗎？」

站在鐵拐李另一邊的鍾離權也道：「雖然你們抓了我們之中三個人，但他們一個是老頭、一個是小孩、還有一個是女人，都是最不能打的。那晚你們還有衙差幫忙，卻依然應付不了我們這裡五個人。難道現在就憑你們兩個甚麼香江雙俠，反而可以拿下我們嗎？」

福邇不屑跟他們爭辯，聽他們一人一句說到這裡，才和氣道：「我們當然不會這麼高估自己，所以從廣州請了朋友來幫忙。」他側一側身，向後方高聲大喊：「五長老，請出來吧！」

我們帶來的第一位朋友，是個五六十歲壯漢，跟鐵拐李一樣衣衫襤褸、形同乞丐。他從後面街角走了出來，上前跟福邇和我點一點頭，隨即伸手直指鐵拐李，喝問：「你還認得我嗎？」

鐵拐李臉色大變，曹國舅見狀，忙問：「老大，你認識這個人嗎？」

五長老嘿嘿道：「他當然認識我。這個人是丐幫叛徒，我來是要找他算帳的。」早前福邇沒有依照原來的計劃，先把坐上人力車的惡仙帶到有巡捕埋伏的地方拘捕，便是因爲一早答應了五長老，讓他處置這個丐幫叛徒。

呂洞賓上前一步，怒道：「你到底是甚麼人？」

五長老哈哈一笑，道：「你這個人也眞笨。既然是丐幫來找他算帳的，我除了是幫中執法長老還會是誰？」

十餘年前，福邇和我調查一宗離奇人口失蹤案件時結識了這位奇丐，正是廣東丐幫裡負責執行幫規和懲罰逆徒的長老。因爲無人知道其姓名，只曉得他排行第五，所以個個都稱之爲「五長老」。16

只聽五長老又跟眾惡仙說：「不如你問問你們這位老大，他到底是甚麼人吧。他的確姓李，以前在江湖上的綽號也確實有個拐字，卻不是鐵拐李，而是叫做『拐子李』。你們問問他當年做過甚麼好事！」

鍾離權「呸！」了一聲，道：「『拐子李』即是拐帶兒童吧？那有甚麼大不了？窮人養不活自己的孩子，還不是拿去賣？總好過讓他們餓死。」

五長老道：「你們是眞蠢還是假蠢？你們老大何止拐帶兒童去賣？賣不掉的，他便挖去他們的眼睛，拗斷他們的手手腳腳，把小孩子弄成殘廢給他行乞！你知道這種喪盡天良的罪行叫甚麼嗎？叫做『採生折割』！刑罰是甚麼？斬頭也不夠，是要凌遲處死的！」17

福邇見四個惡仙一時語塞，大眼瞪小眼，顯然不知道他們老大這段不爲人知的過往，便道：「雖說你們應與老大以往的暴行無關，但跟隨一個這樣的人爲非作歹，若回到大清受審，官府也不會從輕發落。」

五長老也道：「你們在香港犯了甚麼事情，不由我這個老乞兒過問；有兩位大俠在這裡，我也不會跟他們爭著要人。我今天只是衝著你們老大一個人來的，你們四個識趣的話，便給我站到一旁！」

鍾離權、呂洞賓、韓湘子和曹國舅四人互望數眼，懾於長老的氣勢，都不禁眞的一一退後數步。鐵拐李想不到在這關頭竟然會眾叛親離，臉色不由得一陣紅、一陣黑，十分難看。

長老轉向他又道：「國有國法，幫有幫規，你所作所爲敗壞我們丐幫名聲，我今天終於可以跟你算帳。九龍寨城裡的大清官兵已經走得清清光光，福大俠告訴我，英國人的法律在這裡亦無效，正是個『無皇管』的地方。既然沒有皇法，你我便在這裡來個江湖了斷吧。你敢不敢？」

鐵拐李終於開口，強裝鎮定道：「執法老五，你不要自恃武藝高強便這麼大口氣。你年紀也不小了，而我自問功夫也不差，未必一定輸給你。要打便打，你想在這裡動手，還是另外找一個地方？」他雖然嘴巴說得硬，但聲音之中已聽得出有一絲怯懼。

長老道：「好。兩位大俠跟你四個兄弟還有事情未了，我們就過去那邊的小院子。」

我道：「長老，小心他的拐杖，裡面藏有利劍。」

---

16 請見《香江神探福邇，字摩斯2》故事〈歪嘴皇帝〉（註15）。

17 《大清律例．刑律．人命二》：「採生折割……謂取生人耳目臟腑之類，而折割其肢體也。此與支解事同，但支解者此欲殺其人而已，此則殺人而為妖術以惑人，故又特重之。」又，「凡採生折割人者……凌遲處死，財產斷付死者之家。」

長老點點頭，接著便擺一擺手，引領鐵拐李走進他所說的地方。須臾，院內便傳出拳來腳往和呼喝之聲，越來越激烈。

鍾離權也不待看戰果如何，轉向我們道：「聽說香江雙俠武功高強，如果我們逐一上陣跟你或華大夫單打獨鬥，恐怕未必是對手。但我們可不會這麼笨，跟你們講江湖規矩。我們還有四個人，就不信聯手也打不過你們兩個！」

言下之意，似乎想馬上來個了斷。對他們而言，這其實是最佳策略，因爲他們之中武功最高的老大已被支開，如果鐵拐李能擊敗五長老那固然最好，但若然不敵，便證明五長老武功猶在鐵拐李之上。餘下這四惡仙如果能夠速戰速決，盡快解決福邇和我，也許還可望脫身；但假若等到五長老參戰，他們便絕無勝算了。

福邇哪會看不出他的用意？隨即笑道：「我們可不也這麼笨。剛才我沒有說清楚，我們請來的朋友不止一個。」說罷又再往後大呼：「黃師傅！請你也出來吧！」

四個惡仙聞言，皆爲之一震，只道我們請來了一大班人馬，誰知從街角踏出來的，卻只有我們帶來的第二個朋友。曹國舅見他是個氣定神閒的四十來歲男子，完全沒有五長老剛才那種霸氣，暗吁一口氣，不屑道：「你另外只叫了一個人來做幫手？」

福邇道：「何用勞師動眾？你們一聽到我們這位朋友的大名，便知道只要他一個便綽綽有餘。」

呂洞賓這時沉不住氣，指著來者大喝：「你是誰？」

我們的朋友抱一抱拳，不溫不火道：「廣州寶芝林，黃飛鴻。」[18]

○○○○●○

聽這四個惡仙口音，似乎都來自外省，不過但凡來到廣東的武林中人，應不會沒有聽過嶺南拳王黃飛鴻的威名。想不到呂洞賓竟說：「就算你們多了一個幫手，也不過是三個對四個。」

黃飛鴻背負雙手緩步上前，道：「你們誤會了。不用兩位大俠出手，我一個人對付你們四個。」

鍾離權道：「好大的口氣！」說罷向同伴揮一揮手，說：「上！」

---

18 清末民初嶺南拳師黃飛鴻（一八五六—一九二五，亦有說一八四七年出生），「廣東十虎」之一黃麒英之子，除武藝亦以醫術見稱，自一八八六年於廣州仁安街經營醫館「寶芝林」。生平行俠好義，「事皆紀實」的傳奇故事由徒孫朱愚齋於一九三三年開始於《工商晚報》連載，自四十年代起又拍成大受歡迎的電影系列，至今不絕。

四個惡仙素有默契，其餘三人立即兵分兩路，迅速移步到黃飛鴻左右包抄，馬上把他圍在中央。

黃飛鴻腦袋向旁一抖，把辮子掏得往頸上一繞，道：「領教了！」說罷，腳下竟突然一個踉蹌，猶如醉酒般趔趔趄趄的朝著一旁的韓湘子跌撞過去。韓湘子馬上擺起防禦架式，不料黃飛鴻這攻勢只是聲東擊西的虛招，足踝一旋，已閃到另一邊的呂洞賓，合食、中、無名三指爲劍指，插中對方喉結以下的天突穴。呂洞賓頓時雙手抓著喉嚨，滿臉通紅跪倒地上，痛得一時透不過氣來，只能張大嘴巴不斷發出「荷荷荷！」的聲音。他已經手下留情，若只是用多兩分力，對手必定氣絕身亡。

鍾離權驚道：「醉八仙拳？」

黃飛鴻道：「識貨。剛才那招正是『洞賓試劍』！」

韓湘子趁著他說話，馬上轉守爲攻，想不到卻是從衣袖裡抽出一柄小刀刺向對方。黃飛鴻醉步又一變，竟有如女子般彈腰一盪，輕易避過敵人毒招，隨即一手抓著韓湘子手腕，另一隻手猛力在對方前臂一托，只聽到「啪！」的一下骨折聲，把對方手腕扭斷。後來我請教黃師傅，原來這兩招叫做「仙姑蓮步」和「湘子折枝」。

曹國舅和鍾離權兩個老練得多，這時互相打了一個眼色，一起前後夾攻。黃飛鴻又恢復鐵拐李的踉蹌醉步，向旁一閃，避過曹國舅進擊。但顧此失彼，刹那間背向鍾離權，空門大露。鍾離權馬上抓向他左肩，想從後箍著他頸膊，把他制著讓曹國舅再攻。

卻不知這原來是黃飛鴻誘敵之計，只見他及時逆勢向左轉身，左臂同時向後外翻，甩掉了對方掌握，右拳隨即一記劈捶重重打在敵人腦袋旁，把他擊暈地上。正是一招「鍾離解衣」。

曹國舅滿以爲鍾離權可以制著對方，一時收勢不及，只見黃飛鴻變招奇快，已把食、中和拇指形成扣手，一招「國舅敬酒」有如探囊取物，輕而易舉便牢牢鎖著對方咽喉，令他動彈不得。

福邇和我看得入神，過了一會，才記得喝彩叫好。

黃飛鴻放開了曹國舅，謙道：「見笑，見笑。」

曹國舅和呂洞賓傷得較輕，這時便扶起剛蘇醒的鍾離權和斷了手腕的韓湘子，四人戰意盡消，怯懦懦地看著我們。

福邇道：「肯投降吧？還是要黃師傅再教訓你們一次？」

鍾離權低頭道：「我們投降。」

福邇道：「好。趁五長老還未出來，你們快離開九龍寨城吧。不要讓我再見到你們。」

四人不敢相信福邇竟會這樣說，也來不及細想，馬上連滾帶爬往海邊方向逃跑。

黃飛鴻訝異道：「福大俠，雖然痛打了這些壞人一頓，但就這樣放他們走，不是太便宜了他們嗎？」

福邇笑道：「我只是說讓他們離開九龍寨城，可沒說放過他們。我請你出馬，本來就是爲了把他們打得落荒而逃。我之前也解釋過，必須在他們踏出寨城才能拘捕他們，不然便其奈他何。這時他們慌不擇路，一定會馬上回到這幾天所坐的艇子，然後找個地方上岸，盡快逃回大清。可是他們不知道，已有一艘官船到九龍灣等候，他們的艇子一離開龍津石橋，便進入了香港水域，到時我們的朋友侯幫辦和小星沙展會聯同官船上的水上差人，拘捕四個惡仙。」

忽聞一旁有人哈哈大笑，我們轉頭一看，原來是五長老。只見他已把鐵拐李打得奄奄一息，抓著對方頭髮，從另外那個庭院拖了出來。

五長老道：「福大俠，你眞有計謀！」他轉向黃飛鴻又道：「醉八仙是我們丐幫上一代蘇老幫主的看家本領，據說幫中也只有傳功長老跟他學成全套拳法，黃師傅你是怎樣學來的？」

黃飛鴻道：「先父黃麒英跟蘇老幫主並列廣東十虎，是多年朋友，我年輕時有幸得到蘇老幫主賞識，盡得眞傳。」他轉看躺在地上的鐵拐李，又道：「今天若不是五長老來清理門戶，我也恨不得用他老人家這套絕技，代你這收拾這個丐幫敗類！」

五長老回向福邇，道：「福大俠，你答應過我，這個丐幫叛徒交由我處置，這句話當眞？」

福邇道：「長老你剛才也說過，國有國法，幫有幫規。既然九龍寨城已經淪爲沒有皇法的地方，這人當然應由丐幫執法長老發落。」

我忍不住問：「請問長老，對付這個人，貴幫的幫規是……？」

長老斬釘截鐵道：「很簡單。以其人之道，還施其人之身。」

我聽了心中一寒，想再說甚麼，但一時之間又想不出恰當的話。

五長老見狀，便道：「華大俠，你是一位大夫，自然菩薩心腸。但你要可憐的話，也可憐那些不知多少個被這人害得生不如死的兒童。你們快走吧。」

福邇輕輕碰一碰我的衣袖，道：「華兄，我們走吧。」

本來陪福邇破了案，通常都是值得高興的事情，但這次我雖然明明知道兇徒罪有應得，卻不知道爲甚麼心情仍異常沉重。我們行出城門，還未到達海邊，便聽到後面寨城內傳來一聲撕心裂肺的慘叫。

驚天密約

西曆一千九百年，光緒二十六年，歲在庚子，內憂未平，外患又至。是夏，義和團之亂變本加厲之際，大清竟向外國列強宣戰。

時至西曆六月初，已湧入京司多時的團民打著「扶清滅洋」口號，不絕圍攻各國使館、焚毀教堂及洋行商鋪，更有不少外僑和中國基督徒遇襲受傷甚至喪生，終令列強派兵進京保護。夏至前夕，慈禧太后以天子名義發佈詔書，指責遠來中國諸邦「益肆梟張，欺淩我國家，侵占我土地，蹂躪我民人，勒索我財物」，如今更「令我退出大沽口炮台，歸彼看管，否則以力襲取」，故唯有「大張撻伐，一決雌雄。」又謂，「近畿及山東等省，義兵同日不期而集者，不下數十萬人，下至五尺童子，亦能執干戈以衛社稷」，無疑意欲孤注一擲，借助義和團眾來跟敵國背水一戰。[1]

福邇和我看到報導那天，震驚之餘，我不禁道：「兵家有云：兵不如者，勿與挑戰。去年我們才在香港看見新界鄉民對抗英兵的後果。相比之下，大清這樣便想跟列強開戰，凶險何止千萬倍？這不是自取滅亡是甚麼？」

福邇也搖頭長嘆道：「國必自伐，而後人伐之。難道大清當眞氣數已盡？」

不到一個禮拜，又傳來東南互保的消息，各省督撫違抗宣戰詔書指令，紛紛與外國私訂和平協議，還視拳匪挾太后與天子而矯詔爲亂命。[2]

正當中華局勢如箭在弦之際，福邇和我遇上了一宗足以影響國運的曲折奇案。

○○○○○●

西曆六月最後一個禮拜五的早上，我如常回到位於荷李活道貳佰貳拾壹號的醫館華笙堂，開門給病人看診不久，忽然聽見街外一陣嘚嘚嗒嗒的馬蹄聲夾雜著轆轆輪聲，不禁嚇了一跳。走出門口一看，只見原來竟有一輛開篷馬車自長街東邊來到，停在了我們這棟樓前面，引來不少途人圍觀。

在香港這個地方，馬車雖不算罕見，但大多數時候只會在沿岸平坦寬闊的大馬路上往返，鮮會上到來橫建於山腰的荷李活道。這條街不但地勢較高，也狹窄得多，在這個鐘點更滿是熙來攘往的群眾，我不禁暗讚執韁的馬車伕技術了得，居然沒有撞到途人。

再看，馬車的後座沒有乘客，坐在車頭的車伕和身旁另一人都是印度人，兩個都穿著像是政府差役的制服。車伕身旁那人見我從華笙堂走出來，便跳下車走過來用英語問：「請問你是華大夫嗎？我是奉布政使之命來找你和福先生的，他和副總督正在等候你們。」

他所說的人，是一位跟福邇和我相識已久的英國紳士，精通漢學，爲自己取了個中文名字叫「駱檄」。他在香港殖民地政府服務已逾二十載，這時已晉升至布政使之位，亦即是職權僅次於總督的文官。[3]

福邇和我以前也爲駱檄辦過案，這次他不但派了馬車來相接，竟還和副總督一起等候，可見必定是十萬火急的要事。我的學徒安時達也跟了出來看個究竟，我回身吩咐他好好照顧醫館

---

1 故事裡所引用的文字來自六月二十一日《宣戰詔書》，清廷當時一共向十一國宣戰，但由於比利時、荷蘭和西班牙沒有派兵來華，故史稱「八國聯軍」（英、法、德、日、義、美、俄、奧匈）。

2 清廷向列強宣戰後，以兩江總督劉坤一（一八三〇—一九〇二）、湖廣總督張之洞（一八三七—一九〇九）、兩廣總督李鴻章（一八二三—一九〇一）及閩浙總督許應騤（一八三〇—一九〇六）為首，聯同山東、安徽等地巡撫，私自於六月二十六日跟各國駐上海領事訂立《東南互保條約》，違抗詔書支持義和團向外國開戰的命令。

3 駱克（James Lockhart, 1858-1937），香港殖民地時代官員，「駱檄」和「駱任廷」是他曾使用的漢名。他於一八九五至一九〇二年擔任香港殖民地輔政司（Colonial Secretary，後改稱 Chief Secretary 布政司），即現在政務司司長的前身。文中華笙翻譯其職銜「布政使」，是引用清朝同名的掌管一省行政和財政的官職。港島灣仔的駱克道便是以他為名。

病人；正要上樓找福邇，但他聽到外面喧囂，此刻也從樓上寓所落到街上，問那差役：「我就是福邇。是甚麼事情？」

差役道：「對不起，我不清楚。只知道是非常緊急的事情，布政史和副總督正在等待。請你們馬上跟我來！」說罷便招呼我們登上馬車。

我們說話之際，車伕已經熟練地馭馬，把車子掉轉了頭，一待福邇和我坐好，便駕車速循原路往東駛。不一會，馬車來到荷李活道東端盡頭，我本還以爲會轉往亞厘畢道上段前往總督府，不料車伕所取的卻是下段路，落到海傍的大馬路。

福邇高聲問：「你們不是送我們去總督府嗎？」

之前跟我們說話的差役回頭答道：「不是。我們送你們去域多利軍營。」

很快便到達位處中環與下環之間的域多利城總軍營。這裡是英國陸軍和海師在香港主要屯兵的地方，山坡上滿佈營房，海上則泊滿大小船艦，其中最壯觀之一是名叫「忒馬號」的運兵艦，三年前才來到香港，如今已長錨在岸邊，用作本地海軍總部。[4]

我們下了馬車，差役帶我們過到海旁一座建築物，跟在大門外把守的水兵交代了幾句，其中一個水兵便引福邇和我入內。來到一個門口，兵士敲敲門，朗聲道：「長官，布政使的客人到了！」接著便開門讓我們進去。

裡面是個會議室模樣的大廳，向海的窗戶可看到域多利港裡的船隻。只見廳中已有四個男人坐著等候，其中一個正是布政使駱檄；另外三人都穿著軍服，年紀較大的兩個是五十來歲的高級軍官，不過一個穿著陸軍制服，另一個穿的卻是海軍制服；第三個年紀最輕的也是海軍人員，看來三十不到，我雖然不懂辨認他的軍階，但不用說自是三人之中最低。

駱檄一見福邇和我來到，馬上起身過來迎接，道：「福先生，華大夫，非常感謝你們這麼快來到。」他轉身給我們介紹另外三人：「副總督加士居少將，[5]福先生你好像跟他見過面。這位是包維准將，[6]還有菲浦士上尉。」

---

4 維多利亞軍營（Victoria Barracks，亦稱 Victoria Cantonment），殖民地時代早期香港海陸兩軍主要駐守地點，即現在金鐘（Admiralty）一帶。中文「金鐘」之名，來自昔日當地一座英軍兵房大門前所懸的金色銅鐘，而英文 Admiralty 直譯則是「海軍部」的意思。華笙在文中音譯作「忒馬號」（HMS Tamar）的戰艦，後來官方正式中譯作「添馬艦」，原為十九世紀英國皇家海軍運兵船，一八九七年抵港後永久停泊在海軍船塢旁，直至一九四一年日本皇軍進侵，英軍司令部下令把添馬艦炸沉，以免落入敵軍手中。原址於戰後填海，仍沿用添馬艦為地名，該處原稱威爾斯親王大廈（Prince of Wales Building）的地標性建築物，於一九七九年落成，原為英國駐港海軍總部，回歸後由中國軍方接管，更名為「中國人民解放軍駐香港部隊大廈」。

5 加士居少將（Major-General William Gascoigne, 1844-1926），一八九八至一九〇二年間駐中國和香港英軍司令，同期亦兼最後一任香港副總督（Lieutenant Governor，此官職在其離任後作廢）。港英政府於一八九九年接收新界而與村民爆發的「六日戰爭」中，加士居擔任主帥。（請見本書〈雷橋屍變〉和〈木氏謎墓〉兩篇。）離任同年，因在香港期間參與八國聯軍之役有功，獲英王愛德華七世頒授爵士勳銜。九龍加士居道便是以他為名。

6 華笙在文中音譯「包維」准將（Commodore Francis Powell, 1849-1927），是一八九九至一九〇二年間指揮添馬艦（見註4）的最高級駐香港英國海軍官。如加士居一樣，因參與八國聯軍行動有功，離任後獲授爵士勳銜。

我們跟各人握過手，福邇便開門見山道：「我見副總督和准將兩位仍有點猶豫，好像還未能決定應該讓我知道多少事情背後的眞相，可見必定是十分機密的事。爲免浪費時間，請讓我先告訴大家我已經看出多少了吧。事故發生在一艘由菲浦士上尉所指揮的船上，一份高度機密的文件被竊，案件中已有人受重傷或死亡。」

光看各人訝異的表情，已知他沒說錯。加士居少將不可置信道：「你怎會知道這許多？」

福邇道：「我還看出了失竊的是甚麼文件，也難怪你們不願向我透露內容。香港殖民地政府擬定了一份祕密協議，準備送上廣州給兩廣總督李鴻章大人，正式要求他同意兩廣獨立。[7]我說得對嗎？」

眾人聞言，驚愕之情比適才更甚。駱檄轉望其他人道：「我不是說，甚麼事情也瞞不過福先生嗎？」

福邇道：「這純粹是觀察和推斷所得。香港總督四月時休假離港，由少將以副總督身分暫署其職，所以今日雖是布政使急召我們，副總督在場也是理所當然。可是接我們到來的地方，卻並非總督府或任何政府部門辦公處，而是域多利城總軍營，可見事情必定與軍事有關。這也解釋了爲甚麼各位沒有向巡捕房求助，因爲軍事案件是由軍方自行處理，巡捕房沒有管轄權。

既然在座還有駐港英國海軍指揮官包維准將，和他屬下一位上尉，那麼案件所涉及的當然是海師而不是陸軍了。大家可能沒有留意，菲浦士上尉的制服上沾了丁點血跡，連他自己也似乎沒有察覺。這些血跡，應該是在事故發生之後，上尉到達現場時不小心沾到的，所以我便知道一定有人受了傷，或甚至死亡。」

少將追問：「可是你又怎會知道兩廣獨立密約的事呢？」

福邇答道：「這個也十分簡單。自從華北拳民之亂惡化，外國派兵保護僑民以來，域多利城中最熱議的話題，便是如何保障大英在中國的利益。其中最廣受支持的方案，正是提倡廣東和廣西兩省獨立，讓華南避免戰亂之餘，亦同時落入英國勢力範圍之內。如今大清向外國列強宣戰，東南各省督撫又各自為政，達成互保協議，正是英方向兩廣總督李鴻章大人提出兩省獨立的最佳時機。」

他轉向駱檄再道：「布政使，我們的共同朋友何啓先生，正是本地華人領袖之中最支持兩廣獨立的人物，我跟他私底下討論過這個問題，所以亦知道他為此一直跟你保持密切聯

---

7 兩廣獨立的提議，在本故事發生之前已於興中會及其支持者與香港殖民地政府醞釀多時。中國多省督撫與外國列強訂立《東南互保條約》（請見註2）之後，港英政府隨即向兩廣總督李鴻章提出割據兩省的建議，成立「兩廣共和國」，由李鴻章出任總統。

繫。」8

他跟菲浦士又說：「事故明顯發生在閣下所派駐的船上。在英國海軍裡，一般要有上校軍階方能擔任一艘戰艦的指揮官，有時少校或中校亦能擔任中小型船艦的指揮官。據我所知，唯一的例外，是用來巡邏海岸或傳達訊息的最小型船隻，也可以由上尉指揮。當然，上尉你亦可能並非所屬船隻上的指揮官而是副官，而你身上的血跡，可能便是來自你的長官；正是因爲指揮官出了事，才會由副官向包維准將報告。」

最後，他回向其他人道：「但綜觀一切，我認爲最合理的解釋，還是殖民地政府擬定了一份提出兩廣獨立的祕密協議，由菲浦士上尉所指揮的通訊船送到廣州的英國領事館，讓他們轉達給李鴻章大人。通訊船看來原定今早出發，可是臨啓程卻突然發生事故，有人受傷或死亡，而密約亦被盜走。」

駱檄跟副總督對望一眼，見對方點頭，便道：「福先生，你說得一點不錯。失竊的正是香港政府草擬密約的英文原文和中文譯本，而菲浦士上尉的副官亦在事件中喪生。」他轉向加士居和包維，又道：「副總督、准將，我也跟你們說過，福先生如何曾經一夜之間，在廣州沙面爲英國領事館偵破了一宗間諜殺人案，還尋回了被盜取的機密文件。9今天的情況有點相似，福先生是我們破案的最佳希望。」

福邇道：「駱檄先生過獎了，沙面一案已是七年前的事情。今日我自當盡力而為。」他轉向菲浦士道：「請問事發經過是怎樣的？」

兩廣獨立的建議，我當然不會全然聞所未聞，但直到福邇點破本案失竊的是何物，我才知道殖民地政府居然如此老奸巨猾，這麼快便草擬好一份密約呈遞給李鴻章大人。雖然我深信，真誠仁厚者如駱檄，確實是為百姓著想，但對大多數的港英官民而言，提倡兩廣獨立美其名是保障華南安全，不受戰火威脅，但說穿了還不是想讓中國分崩離析，好讓他們更容易瓜切割奪，從中取利。一想到這裡，心中自然滿不是味兒，但在英國人面前又不便跟福邇開口直說。

這時菲浦士便跟我們講述事發經過；他也不愧為軍官，交代得精簡扼要，有條不紊。他道：「案件發生在由我指揮的通訊船『希望號』之上。這艘船常備有二十四名水手，除了我，另外還有兩名軍官，一位是在是次事件喪生的夏里遜中尉，另一位是昨天才調派到希望號的哥羅中尉。他們兩位都是『中船士』，亦即是仍在實習的初級軍官。[10]他們在船上，分別擔任我

---

8 何啟（一八五九—一九一四），十九世紀末二十世紀初香港華人領袖，曾在《香江神探福邇，字摩斯2：生死決戰》第三篇故事〈駐家大夫〉裡登場。他在香港是孫中山先生革命事業最有名望的支持者之一，於本案發生時擔任香港「定例局」（即現在的香港立法局）非官首議員，有分參與擬定兩廣獨立提議。

9 請見《香江神探福邇，字摩斯2：生死決戰》第五篇故事〈諜海潛龍〉。

的大副和二副。

「福先生你也可能知道，船上的軍官要輪流守更。八點鐘至午夜叫做『第一更』，昨晚是由我守的。更次開始後不久，我剛才提到的哥羅中尉便上船報到。我歡迎他之後，告訴他已經安排了他當晚所守的更次，是由凌晨四點鐘再至早上八點的『晨更』。我做出這個安排有兩個理由：其一，因爲這個更次其實沒有甚麼需要做，不會讓一個新丁應付不了；其二，是到了早上八點鐘，我便會回來接更，到時正好讓我順便指點他一些身爲二副須知的門路。之後，我便叫人帶他到已經爲他預備好的船艙休息，凌晨四點鐘再回到駕駛艙，跟到時下更的大副夏里遜中尉交更。

「昨天下午，希望號已經接到命令，要今天一早出發，把一個公文箱送上廣州沙面給英國領事館。昨晚我親自守第一更，便是因爲這個公文箱會在這個更次送到希望號。到了船上敲響銅鐘報時九點半之後不久，包維准將親自乘艇來到希望號，把裝著密約的公文箱交給我，我便把公文箱鎖在駕駛艙的保險櫃內。順帶一提，當時我並不知道公文箱裡面是甚麼文件，是事發之後我趕去給准將報告，他才向我透露是兩廣獨立的祕密協議。

「到了午夜十二點，大副夏里遜中尉準時來到駕駛艙換更，我便回到自己的船艙休息。早上，我七時許起床，吃過早餐後準時到駕駛艙接替哥羅中尉。剛才我也說過，因爲哥羅新來報到，我想在他離開駕駛艙之前，交代一下是次任務，便打開櫃子給他看看裡面的公文箱，準備解說一下到達沙面時跟大英領事館人員交收文件的程序。誰知一拿出公文箱，竟察覺鑰匙孔有新刮花的痕跡，心中不禁起疑。因爲我是船長，昨夜准將親自上船把公文箱交給我的時候，也一併讓我保管箱子的備用鑰匙，於是我馬上打開公文箱一看，只見裡面已經空空如也。」

我忍不住問：「不是我多疑，但會不會在公文箱送到船上之前，裡面的密約其實已被盜走？」

駱檄道：「沒可能。是我親手把密約的英文原版和中文譯本放進公文箱，然後交給包維准將的。」

包維也道：「我拿了公文箱，便馬上回來，登艇去到希望號，親手把箱子交給菲浦士上尉，還看著他把公文箱放進櫃子裡。期間，公文箱一直沒有離開過我身邊。」

福邇點頭道：「明白。上尉請繼續。」

菲浦士道：「我發現公文箱裡的文件被竊，便馬上叫哥羅去找夏里遜中尉過來。就是這樣，他發現夏里遜已經在自己艙房內呑槍自殺了。哥羅隨即回來向我報告，我跟他去看過屍體

---

10 「中船士」直譯自英語 Midshipman，應是華笙自創的譯法，如文中所述，是指英美海軍制度裡仍在見習階段的初級軍官。

後，命令他留守在船上，不許任何船員離開，然後便乘小艇到忒馬號向准將報告。」

我忍不住又說：「夏里遜中尉自殺，難道……？」

福邇打斷我道：「待我們檢視過現場，再作推斷不遲。」可能為轉話題，他跟菲浦士又道：「多得上尉你機警，及時發覺公文箱的鎖有被人挑弄過的痕跡，不然的話，便可能要等到公文箱送到沙面的時候才知道密約被竊。」

菲浦士道：「夏里遜本應中午再跟我交更，當他遲遲不出現接更，我自會派人去他的艙房看個究竟，便會發現他已身亡。到時希望號應仍未抵達沙面，但也只能到埗後才能讓領事館拍電報通知香港。」

福邇道：「那麼事不宜遲，請馬上帶我們到希望號調查！」

○○○○○●

副總督加士居少將沒有跟我們同行，只是跟包維准將說一有進展馬上通知他。之後福邇和我隨准將、布政使駱檄和菲浦士上尉登上一艘小艇，讓水手送我們到泊在離岸不遠的希望號。

在艇上，我忍不住低聲問福邇：「我不明白，為甚麼有人要偷這份密約呢？香港政府隨時可以再寫一份送上廣州給兩廣總督，偷去密約頂多也只能把事情拖延一兩天吧。」

駱檄精通中文，當然聽得明白我說甚麼，插口道：「賊人偷取密約，並不是爲了拖延事情，我認爲是爲了知道協議的具體內容。」他嘆了一口氣又道：「英國並不是唯一對兩廣獨立有興趣的國家。例如法國，便會擔心英國若把勢力範圍伸展到廣西，可能會影響他們在越南的利益；而我們英國人不也正是因爲法國強租廣州灣，才向大清租借新界以作抗衡嗎？」

福邇也道：「賊人偷取密約，另一個可能是爲了針對李鴻章大人。我知道英方就兩廣獨立一事，跟李大人其實早已有所接觸，但在未有任何擬定好的協議之前，一切仍純屬空談，李大人亦可以繼續使用『拖』字訣把事情延宕過去。但現在既已有一份給李大人的具體密約，雖說他並沒有接受，但假若落在政敵手裡，難保不會利用來對太后讒害他是欺君叛國的貳臣逆子，到時便後果堪虞了。」

若他不說，我也不會想到，但這時心頭不禁湧起三個字——「黏竿處」！難道密約失竊，竟會是大清密探所爲？礙於駱檄在旁，我又不敢再問下去。

說著，我們來到一艘雙桅帆船，正是希望號。水手在船旁垂下梯子讓我們登上甲板之際，正好聽到有人在船頭敲響銅鐘，「噹噹、噹噹、噹噹」的一共響了六下。

上到甲板，但見水手之中除了洋漢，原來還有唐人，我不禁道：「想不到你們有中國船員。」

菲浦士上尉道：「是的，皇家海軍在香港有聘用一些本地水手，參與非作戰性質的工作。因為人手不夠，來自英國的水手大多優先分配到大船上。另外，希望號的任務不是來往珠江，便是巡邏香港水域，所以聘請熟識本地情況的水手是非常明智之舉。」

福邇也問：「剛才的鐘聲，是船上敲鐘報時的方式嗎？」

菲浦士道：「不錯。現在是『午前更』，響鐘六次即是『第六鐘』，表示時間是上午十一點鐘。」

福邇不禁掏出懷錶匆匆看了一眼，若有所思，再問：「船上的更次和敲鐘報時的制度是怎樣的？請給我解說一下。」他怕各人覺得他問得不著邊際，補充道：「任何細節，都可能是破案的關鍵。」

菲浦士道：「英國海軍把一天二十四小時劃分成四個鐘頭的更次，每半個鐘頭又會像剛才那樣敲鐘報時。換言之，每一個更次會敲鐘報時八次，響起多少次鐘聲，便是這個更次的『第幾鐘』。」

福邇道：「所以在船上，不用看懷錶也知道時間。」

菲浦士道：「對了。在懷錶還未普及的時代，這個制度多半應已存在，所以我們在船上時很少會看錶。」

福邇又道：「你在岸上的時候，已提及過船上的幾個更次。可以告訴我一日二十四小時所分成的六個更次，是幾點鐘和叫甚麼名稱嗎？」

菲浦士道：「其實是一共有七個更次才對，因爲雖然每個更次各長四個鐘頭，但其中一個更次卻又一分爲二，分成各長兩個鐘頭的前更和後更。」他頓了一頓，又道：「七個更次依次是：晚上八點鐘至午夜的『第一更』、午夜至凌晨四點鐘的『中更』、四點鐘至早上八點鐘的『晨更』、八點鐘至正午的『午前更』，和正午至下午四點鐘的『下午更』。之後便是我所說一分爲二的更次，名稱有點特別，叫做『狗更』；『第一狗更』是下午四點至傍晚六點、『最後狗更』是六點到晚上八點。」

福邇道：「聽你之前所說，船長、大副和二副每日都要守更兩次，對不對？頗辛苦啊。」

菲浦士答道：「不錯，每天守兩更，一共八個小時。也沒甚麼辛苦的，都習慣了。在大船上，有足夠人手，兩個『狗更』是會由不同人守的，但希望號只有我、夏里遜和哥羅三位軍官，所以便把狗更的兩半復合爲一，當作四個鐘頭的一整更。這樣，我們三人每二十四小時各守兩更，便剛剛好了。」

福邇道：「守更的時候，不是一定要留在駕駛艙內吧？」

菲浦士道：「當然不是。守更的意思，是指在這個更次的時間內，船上的事情交由守更軍官負責，有事情需要處理的話，他當然會離開駕駛艙去處理。如果是十分重要或緊急的事情，就算守更的是大副或二副，也一樣會去找船長來處理。如果沒有甚麼事，那麼守更的軍官亦會定時離開駕駛艙，到甲板上巡視一遍的。」

福邇道：「最後幾個問題。回到敲鐘的制度，船上是由水手負責敲鐘的吧？他們是否也像你們軍官一樣，輪流守更敲鐘呢？還有，這個問題可能最重要，敲鐘的人是怎樣確定準確的時間呢？」

菲浦士道：「先回答你那個最重要的問題：船上的時間，是以駕駛艙裡的時鐘爲準的。你也可能知道，尖沙咀海濱水上差人總部，設有一個『時間球』，每天下午一點鐘前會懸掛在一個塔頂的高竿上，到了一點鐘整，便讓時間球落下，給海港中的船隻作爲報時訊號。在船上由正午至下午四點鐘守更的軍官，負責根據時間球訊號，把駕駛艙裡的時鐘調整得分秒不差。」

福邇點頭道：「我初來香港的時候，還未設有時間球，當時海港裡的船隻要依靠怡和洋行在銅鑼灣每天正午發射的『午炮』來調校時鐘。但因爲聲音有它的速度，所以泊得越遠的船隻便越慢聽到炮聲，當然沒有時間球那麼準確。」[11]

菲浦士道：「這就是了。在船上敲鐘的工作，是由水手輪流擔任，依照的也是跟我們軍官一樣的更次。當然，水手人數較多，所以視乎編排，通常好幾天才需要守一次更敲鐘。敲鐘人有一隻共用的懷錶，我們稱它爲『敲鐘者錶』，每天輪到哪個水手守下午更敲鐘，他亦負責到駕駛艙，把敲鐘者錶依照駕駛艙的時鐘調校得一致無誤。這樣，船上所有人只憑每半個鐘頭響起的鐘聲便知道正確時間。」

這時包維准將見福邇跟菲浦士上尉談了這麼久船上的守更和敲鐘制度，已顯得非常不耐煩。福邇見狀，便識趣地謝過上尉，請他帶我們先去檢視屍體。

○○○○○●

菲浦士上尉帶我們去到船裡一個艙房，門前有一個洋水手把守著。水手見到長官帶了幾個

---

11 香港當時用來向停泊維多利亞港海面船隻報時的「時間球」（Time Ball），於一八八五年在尖沙咀水警總部啟用，每天根據本地天文台發出的時間信號，在下午十二時五十分將時間球升至小塔圍竿頂部，再於下午一時整投下報時。操作這個報時系統的「時間球塔」，於一九〇七年遷至尖沙咀「大包米山」（現稱「信號山」），於一九三三年終止使用。時間球塔原建築物，現仍保存於由水警總部改建的「1881」商場。文中亦提到的「午炮」（Noonday Gun），則是怡和洋行（Jardine Matheson）每日正午在銅鑼灣海傍發放報時的空炮，在《香江神探福邇，字摩斯》第一集〈越南譯員〉和〈買辦文書〉兩篇故事都是破案關鍵之一。

人來到，立正向我們敬了個禮。

菲浦士道：「這便是夏里遜的艙房。」因爲地方狹窄，他便和包維准將和布政使駱檄留在門外，讓福邇和我進房檢查屍體。

只見有一具身穿睡衣的男屍仰臥床上，死狀恐怖，整個臉孔已被子彈近距離轟掉，血肉模糊，令人不忍直視。死者右手還拿著一把大口徑的手槍，頭顱旁邊還放著染滿血跡的枕頭，已被射穿，裡面的羽毛已散發滿地。看來枕頭本來是蓋著死者的頭臉，手槍是貼著枕頭發射的。我想起福邇之前指出菲浦士上尉衣服沾上了少量血跡，想必是他查看屍體時移開枕頭而弄到自己身上。

福邇轉頭跟眾人說：「光看死者換了睡衣才臥到床上，已經非常可疑。他若存心自殺，哪會先換上睡衣才吞槍？還有，先用枕頭蓋著臉孔，然後把手槍抵在枕頭上發射，若是自殺的話，這樣的射擊角度十分不自然。這樣做的理由，分明是爲了用枕頭蒙住開槍的聲音。」

菲浦士道：「我也覺得夏里遜不像是會自殺的人。」

准將也道：「我本來還以爲夏里遜一定與密約失竊有關，不是畏罪自殺，便是因爲不知怎地已經知道失了重要文件，覺得是自己疏忽所致，以死謝罪。但福先生你這麼說，他其實是被人謀殺，僞造成自殺的樣子？爲甚麼呢？殺人滅口嗎？」

福邇道：「兇手爲甚麼要殺人，我已有端倪。待找齊所有線索，便可以給你一個完滿的答案。」

我這時已檢查過死者，道：「從屍體的僵硬程度來判斷，確像是凌晨時分斃命的。但既然死者面貌完全被毀，怎樣確認他的身分？」

菲浦士道：「我認識夏里遜也有一兩年，見過他左前臂一個獨特的鯉魚刺青，他說是中環一位日本紋身師傅的傑作。我查看屍體時確認過，不會有錯。」

我捲起死者左手衣袖，果見臂上紋了一條東洋風格的鯉魚，色彩鮮豔，手工精美。

我又道：「這手槍是死者的嗎？」見菲浦士點頭，便想不到有甚麼可以再問了。

福邇拿起死者床畔小桌上的懷錶，打開蓋子看了一看，又放回桌面，道：「我們現在去駕駛艙吧。」

○○○○○●

船隻上的駕駛艙，英語不知道爲何稱之爲「橋」。我們來到時，只見已有個比菲浦士還要年輕幾歲的軍官在等候，正是哥羅中尉。

大家都以爲，福邇一定急不及待馬上盤問中尉，不料福邇卻道：「讓我先看看保險櫃和公文箱。」

菲浦士帶他過到櫃子，道：「公文箱便是放在了裡面，本來是鎖著的，但發現機密文件失竊之後便再沒鎖上。作爲船長，只有我才管有保險櫃的鑰匙。之前我亦說過，這次送上廣州領事館的公文箱，准將亦留了備用鑰匙給我保管。」

福邇打開櫃子，拿出公文箱看了一看，道：「幸好你目光銳利，看出公文箱的鎖有被挑開過的痕跡，才及時發現裡面的文件被盜。」他掏出放大鏡，用來檢視櫃子鑰匙孔，又道：「櫃子的匙孔也有被挑過的痕跡，不過細微得多，肉眼難以察覺。」

他把公文箱平放到保險櫃頂上，又把櫃子的門關上，跟菲浦士說：「好。現在請用你的兩把鑰匙，把公文箱和保險櫃重新鎖上。」

菲浦士奇道：「爲甚麼？」

福邇道：「這兩個都是十分簡單的鎖，要弄開不難。我想證實一下，能否在數分鐘之內把它們挑開。」

待菲浦士依言鎖好公文箱和保險櫃，福邇道：「中尉，麻煩你給我計時，好嗎？你說開始，我便開始。」說罷拿出隨身帶備的小皮包，找出小型挑鎖工具。

菲浦士拿出懷錶，道：「好吧。……開始！」

福邇聞言，便動手挑鎖，不多久，先後挑開了公文箱和保險櫃的鎖。他問：「花了多久？」

菲浦士道：「兩分四十八秒。想不到這兩個鎖這麼容易打得開！」

福邇道：「這個櫃子雖說是保險櫃，但跟正式的夾萬相去甚遠，唯獨是結構比公文箱堅固，所以賊人在上面留下的挑鎖痕跡才沒那麼明顯。我自問挑鎖技術只算中等，賊人應該比我高明得多，相信不用兩分鐘便能成事。」

接著福邇便問哥羅中尉他初來船上報到，及第一次守更的情況，卻似乎沒有問出甚麼有用線索。哥羅只是說，他向菲浦士報到後，去到安排給他的艙房休息，淺睡了幾個鐘頭後便依時到達駕駛艙跟夏里遜換更。

他道：「跟夏里遜中尉第一次見面，他十分友善，交更後還留下跟我談了許久才離去。想不到下次再看到他的時候，竟已慘死。」

之後，哥羅又說因為這個凌晨更次沒有甚麼事情需要他處理，便依照菲浦士之前指點過他那樣，每個鐘頭落到甲板巡邏一圈。到了早上八點鐘，菲浦士上尉來到跟他換更，之後一起發現機密文件被盜和夏里遜身亡。哥羅所說的過程，跟菲浦士之前說過的完全一致。

待哥羅說畢，福邇便道：「各位，我現在想做一個實驗。如果實驗的結果跟我所想的一樣，那麼我便能夠給你們解釋這宗案件裡兇徒的犯罪過程。」他指指駕駛艙牆上的時鐘，道：「船上的時間以這個鐘爲準，現在已經差不多是正午十二點鐘，我們應該隨時可以聽到由銅鑼灣那邊傳來的午炮聲，對不對？」

他見眾人點頭，又道：「菲浦士上尉、哥羅中尉，請你們兩個拿出懷錶，跟牆上的鐘對一對時間。」

兩人依言拿出懷錶看看。菲浦士道：「現在十二點整了。」

哥羅卻驚奇道：「咦！我的錶竟然慢了十多分鐘！」

話未說完，外面便響起「噹噹、噹噹、噹噹、噹噹」八下鐘聲。

菲浦士不明所以道：「午前更第八鐘，也即是正午。在正常的情況下，這便是船上兩個軍官交更的時間。福先生，你這個實驗證明了甚麼呢？」

福邇道：「我的實驗還未完結。既然是正午，爲甚麼聽不到銅鑼灣那邊的午炮聲呢？」

布政使駱檄道：「應該是剛才的鐘聲掩蓋了炮聲吧？」

福邇搖頭道：「我的耳朵很靈，剛才根本沒有炮聲。駱檄先生、包維准將、華兄，請你們也拿出懷錶，看看是甚麼時間？」

我們各自拿出懷錶一看，只見我錶上的時間竟然還差超過十分鐘才到正午。

包維准將驚道：「十一時四十八分！」

駱檄奇道：「我也是！爲甚麼會這樣？」

福邇道：「准將、布政使先生，十分抱歉，但我相信你們亦已心裡有數，密約已經不在船上。我無法讓它物歸原主，唯一能做到的，是揭穿兇徒犯案所用的這個詭計。」

駱檄道：「甚麼詭計？」

福邇道：「應該說，是兩個互相關連的詭計。第一個詭計，是令船上的時間快了十二分鐘，這樣才能讓他達成第二個詭計，偷取密約。」

准將傻道：「第二個詭計又是……？」

福邇道：「說穿了沒有甚麼稀奇，是騙徒常用的冒認身分詭計，不過在本案中，這詭計卻運用得十分巧妙。死者並不是自殺的，而是被兇手殺害後來再僞裝成自殺。兇手開槍轟掉死者臉孔，便是爲了掩飾盜取密約所用的詭計。」

包維准將還是似懂非懂，道：「你是說，兇手轟掉死者的臉，是因爲死的其實不是夏里遜？但這怎麼可能呢？剛才菲浦士上尉已經說過，認出屍體手臂上的刺青，怎會有錯？」

福邇道：「你會錯意了。死者的確是夏里遜沒錯。兇手開槍轟掉死者臉孔，並不是爲了掩飾死者的身分，而是爲阻延我們發現眞相。」

准將追問：「甚麼眞相？」

福邇道：「你們還沒有看出來嗎？凌晨四點鐘跟哥羅中尉換更的那位軍官，並不是夏里遜，而是兇手假扮的。」

○○○○○●

接下來，福邇便給我們詳細解釋兇徒所用的連環詭計。

他道：「犯案的人有兩個，姑且暫稱他們爲『主犯』和『從犯』吧。從犯冒充的身分比較明顯，我們先說他。這個從犯，便是由午夜到今早凌晨四點鐘負責敲鐘的人；全因爲他，才能達成把船上時間撥快十二分鐘的詭計。」

准將急忙跟菲浦士道：「還不快去把這個人找來？」

福邇道：「不用了。這個人怎會還留在船上？他和主犯在凌晨時分已經完成計劃，趁著黑夜逃離希望號。這裡離岸不遠，那個鐘點甲板上又沒有人，只要小心把偷走的密約放置於某種防水容器之中，由希望號偷偷泅水而去絕不困難。在這之前，主犯一定也是用同一方法，在從犯當值的時候泅水到希望號，由從犯趁著甲板沒有人之際垂下繩梯接上船。」他稍頓又道：「如果你們查一查昨晚編排的更次，我相信你們會發現，從犯是船上的華籍水手之一，午夜到凌晨四點鐘敲鐘的工作，是他自告奮勇去擔當的。」

准將道：「我還是不明白，這個把船上時間撥快十二分鐘的詭計是怎樣實行的。」

福邇道：「原理其實十分簡單。船鐘是每半個鐘頭敲響一次的，即是在每一個更次裡，一共敲鐘八次，你們海軍稱之為每個更次的『第一鐘』到『第八鐘』，對不對？」他見大家點頭，便繼續道：「正常來說，每次鐘聲應該相隔三十分鐘，但假如從犯在午夜至凌晨四點之間，每次敲鐘都把時間縮短一分半鐘，即是只隔二十八分半鐘便把銅鐘敲響，那麼到了更次完結的時候，一更四個鐘頭便總共少了十二分鐘。換言之，當敲更人去叫醒跟他接更的船員時，實際的交更時間是凌晨三點四十八分，而不是四點鐘。不用說，他交給下一更船員的那個用來看時間的『敲鐘者錶』，當然亦已撥快了十二分鐘。所以，從今天凌晨四點鐘至早上八點鐘的『晨更』開始，整艘船上的時間其實是快了十二分鐘。」

駱檄道：「怎可能呢？駕駛艙有船鐘，而幾位軍官亦有自己的懷錶，怎會沒有發現呢？」

福邇道：「因為從犯除了把每次敲鐘之間的時間縮短之外，也在船鐘及軍官的懷錶上做了手腳。首先，菲浦士上尉也說過，大家在船上的時候，一般習慣聽著鐘聲報時，很少拿出懷錶來看時間，所以從犯的把戲因而被揭穿的風險其實不大。另外，菲浦士上尉亦說，軍官守更的時候，並不是整整四個鐘頭都待在駕駛艙裡面的，而是會不時走到甲板上巡視一圈。午夜到凌晨四點守更的是夏里遜中尉，從犯便趁著他離開駕駛艙到甲板巡邏的時候，偷偷潛進駕駛艙，把牆上的時鐘撥快。假設離開駕駛艙出外巡邏四次，那麼從犯每次潛進去把時鐘撥快三分鐘，四個鐘頭後時間便正好也快了十二分鐘。最後，從犯亦會在適當的時間，趁著幾位長官在房內睡覺的時候，偷偷潛進房內把他們的懷錶撥快十二分鐘。」

包維准將道：「好了，你解釋了這個時間詭計怎樣實行，但還沒解釋為甚麼要撥快十二分鐘。」

福邇道：「把時間撥快十二分鐘，是為了配合我之前所提的第二個詭計，便是讓主犯冒充別人身分。你且聽我說下去，便會明白。」他頓了一頓，才繼續道：「從犯用我剛才描述的方法，在午夜至凌晨四點之間，把報時鐘聲和駕駛艙內的時鐘都加快了十二分鐘。所以，當夏里遜中尉聽見第八鐘響起，又看見駕駛艙內的時鐘是凌晨四點，便以為自己的更次完畢。其實真正的時間，是凌晨三點四十八分才對。這個時候，換上了海軍中尉制服的主犯便來到駕駛艙，自稱是新來希望號上任的哥羅中尉，跟素未謀面的夏里遜接更。」

他說到這裡，大家才恍然大悟。駱檄訝道：「主犯是個西方人！」

福邇道：「也有可能是個外貌極像西方人的混血兒，而且年齡必定跟眞的哥羅中尉相符，不然這個詭計便行不通。」

哥羅中尉聽了，想了一想，震驚道：「這麼說，今天凌晨，當我來到這裡接更的時候，對方其實不是夏里遜中尉？」

這時剛好從東邊傳來「砰！」的巨大聲響，正是銅鑼灣的怡和午炮。

福邇向哥羅點點頭，說：「對了。你當時遇到的其實是主犯，他在你面前便反過來假扮夏里遜，讓你跟他接更。」他見其他人好像還有一兩個不明白，便道：「我把主犯所做的事情按照時序說一遍，大家便會清楚。」他稍頓，才開始解釋：「主犯來到駕駛艙的實際時間，是凌晨三點四十八分，但夏里遜因爲加快了的鐘聲和時鐘的緣故，以爲已經是凌晨四點鐘。主犯在夏禮遜面前冒充哥羅，假裝跟他交更。一等到夏里遜離開，主犯便挑開保險櫃和公文箱的鎖，偷取密約，藏在自己身上。剛才我已證實，整個盜取密約的過程只需兩三分鐘，所以主犯有充足時間。這個時候貨眞價實的哥羅還在自己的艙房裡，按照自己懷錶上正確的時間，準備前往駕駛艙守更。」

駱檄問：「可是哥羅在自己船艙裡聽見報時鐘聲，發覺跟自己懷錶上的時間不符，那又怎樣？」

福邇道：「問得好。但實際上，在船艙裡是聽不到甲板上的鐘聲的。你有沒有留意，之前船上敲響表示十一點半的第七鐘時，大家沒有聽到鐘聲？這是因爲我們當時還身在夏里遜的艙房檢視屍體，未曾離去。這便證明，在艙房裡是聽不到鐘聲的。」他繼續解釋：「好了，當哥羅依照自己懷錶上的時間去到駕駛艙，主犯這時便冒充夏里遜，跟他交更，還跟哥羅談了好一會才離去。他這樣做，其實是爲了分散哥羅的注意力，讓他不會留意到剛開始守更，駕駛艙的時鐘已是四點十多分鐘。」

駱檄又問：「爲甚麼主犯不乾脆在哥羅來到之前，把駕駛艙的鐘撥回正確的時間呢？」

福邇道：「也問得好。他不能這樣做，因爲若把這個鐘撥回正確時間，駕駛艙的時鐘便會跟外面敲響報時的鐘聲脫節。不要忘記，從犯花了之前一更整整四個鐘頭，把響鐘的時間逐漸縮短，才成功製造出這個時間詭計，騙得夏里遜提早十二分鐘離開崗位。但從犯完成詭計之後，馬上便要把『敲鐘者錶』交給下一位接更敲鐘的船員。試想，如果這個『敲鐘者錶』顯示的是正確時間，而不是快了十二分鐘的假時間，那麼下一次敲鐘的時間便距離上一次有四十二分鐘之久了。就算在凌晨時分，船上依然有其他守更未睡的水手，一定會有人留意到報時鐘聲出現這麼大的差別。所以，還是讓駕駛艙時鐘保持加快了十二分鐘安全得多。結果，哥羅中尉也眞的直到我剛才做的實驗，方拿出懷錶來對照時間，所以這個詭計到現在才揭穿。」

菲浦士怒道：「那麼主犯之後到夏里遜的艙房，開槍轟掉他的臉孔，完全是爲了掩飾跟哥羅換更的其實另有其人？卑鄙！」

福邇也黯然道：「剛才我在死者艙房，發現他的懷錶顯示的是正確時間，可見兇手殺人後忘了掩飾這條線索。」他稍頓又道：「非常遺憾，我今天所能做到的便只有這麼多了，無法把主犯和從犯捉拿歸案。至於密約，這份文件既然已經外洩，恐怕你們兩廣獨立的提議也必然失敗。即使你們不向李鴻章大人透露密約已失，他也一定會從其他渠道得悉。就算他眞的曾一度考慮過這個方案，如今也不敢跟你們繼續商討下去。」

駱檄問：「你道對方是誰？」

看見福邇欲言還止的模樣，誰都看得出他心裡有數。但他始終沒有說出口，各人亦沒有追問。

○○○○○●

本案至此並未結束，半個月之後還有後續。

這時諸國聯軍已占領天津，進軍北京在即；太后急授李鴻章爲直隸總督北洋大臣，召他回京主理議和，收拾殘局。李大人北上述職時途經香港，所乘輪船停泊海港的同日，另一艘名曰「佐渡丸」的日本郵輪也駛入了域多利港。

佐渡丸上，一個身穿和服、高大虬髯的日本人，正引領著一個年約五十的中國人到一個廂房。

大漢敲敲門，道：「孫先生，李大人派來的人到了。」他說的不是日語，而是中文。廂房裡面的人應了一聲，道：「謝謝你，宮崎。請他進來吧。」

日本大漢開門讓客人內進，只見坐在廂房裡的是個身穿西服，沒有留辮，唇上有兩撇髭鬚的三十來歲男子。

如果不知道房內這人是誰，光看打扮，可能誤會他跟門外那個叫宮崎的大漢一樣，也是個日本人。但如果見過他的照像，便可能會認得，他名叫孫文。

來客恭謹地拱手作揖道：「在下方博，是李大人近身侍衛，專程前來迎接孫先生到我們船上，跟大人洽談。」

孫文還未答話，方博身後突然響起一把熟識的聲音：「你甚麼時候當上了李大人的近身侍衛？」

方博猛然回身，原來宮崎已踏進了房間，雖然沒有把門關上，卻猶如一座大山般擋著門口，左右身旁還多了兩個人：一個是福邇，另一個便是我。

福邇轉向孫文又道：「孫先生，不要上當。這個人的確叫方博沒錯，卻不是李大人的幕僚，而是黏竿處的人。他今日來到，無非是想利用李大人之名騙你下船，然後把你押解回京領功！」

正是「士別三日，刮目相看。」八年前，我們初遇孫文時，他還是一個尚未正式畢業的實習西醫，[12]之後又幫過他一點忙，但到了這時候，他已是名聞國際的革命領袖。雖然他們有別於保皇派，以推翻帝制為目標，這個我自是無法苟同，但又怎會因此對方博的陰謀坐視不理？

方博驚問福邇：「你怎會知道我在這裡的？」

福邇道：「我上月調查兩廣獨立密約被竊一案的時候，看出多半是黏竿處所為，本來真的以為是家兄指使的行動。案中所用到的詭計，除了他之外，我諒你或黏竿處任何人都想不出來。但再想深一層，便明白原來的計劃雖必定出自家兄，但一定是被你偷用了來以權謀私。你

---

12 請見《香江神探福邇，字摩斯2：生死決戰》第四篇故事〈舞孃密訊〉。孫文日本友人宮崎滔天（一八七一——一九二二），原名宮崎寅藏，中國革命支持者（亦見註15）。

借用的那個時差詭計，由你實踐起來仍有明顯漏洞，但其實是有方法可以做得十全十美的，只不過你想不出來罷。而另外那個冒認身分之計，亦絕無必要殺害無辜。這兩點，便讓我看出密約竊案的眞正主謀其實另有其人。」

方博冷哼道：「婦人之仁，怎做大事？你大哥黏竿處總管這個位子，遲早不保。」

福邇不以為忤道：「不用說，你早已把密約呈上給太后邀功，但還想一石二鳥，利用密約來引出孫先生！」他轉向孫文道：「他早已查出你和香港興中會支持者，已跟李鴻章大人就兩廣獨立一事聯絡上，偷到了密約之後又得悉內容細節，自然很容易令你們信服，以為他眞是李大人派來邀請你會面的。」

宮崎道：「我眞的被他騙了！幸好福先生和華大夫及時找到我，告訴我眞相。」

我也道：「不但如此，還及時設下這個圈套，讓他自投羅網。只是利用了孫先生你作餌，實在過意不去。」

孫文道：「華大夫言重，我感激你和福先生才對呢。可是方博怎知道我會用這個方法來香港，找到這條船上？」

方博冷笑道：「你是被朝廷通緝的欽犯，自然無法回大清跟李鴻章會面。你又已被香港政府驅逐出境，唯有乘坐途經香港的外國船隻，抵達時只要不登岸，便不會被本地政府發覺。你自以爲高明，但已經不是第一次玩這個把戲，我又怎會查不出來？一個月前，你和這個日本人也是這樣乘坐途經香港的東洋郵船，到達時便在海面上跟本地的革命黨員會合，圖謀不軌。[13]當時我事後才發覺，來不及對你們採取行動，但這次你又重施故技，便讓我有機可乘了。」

宮崎道：「我們怎樣處置這個人？」

方博嘿嘿道：「你們可以拿我怎樣？召差人來拘捕我嗎？我們雖然在香港水域，但這艘是揚著日本國旗的郵輪，本地差人無權上船執法。姓孫的這個小子亦早已被英夷驅逐，根本不可以踏足香港，不然也不用躲在船上了。」

宮崎道：「福先生，這艘是日本船，應該執行的便是日本法律，對不對？我們就把他押回日本吧！」

方博哈哈一笑，又道：「你們當然可以要求船長把我扣押在郵輪上，待回到日本再把我送審。不過我現在告訴你們，我雖然並非李鴻章大人的幕僚，但其實在總理衙門也擁有一官半職，所以享有外交特權，日本法庭是不會受理的。[14]到時候，我反控你們這些革命亂黨挾持大

---

13 孫文在一八九五年乙未廣州起義失敗後，次年被港英政府應清廷要求驅逐出境，五年內禁止踏足香港。本故事同年六月十七日，孫文與宮崎寅藏乘坐輪船「煙迪斯號」（Indus）由日本抵達香港，於維多利亞港海面與香港興中會重要人物祕密會面，商議數月後惠州起義（十月六日）的安排。雖然方博在文中聲稱知道孫文當時曾暗中來港，卻明顯並沒有查出是次祕密會議的內容。

清官員，造謠生事，大家且放大雙眼看看，最後吃虧的是哪一方？」

孫文跟福邇和我道：「兩位大俠，今日你們救了我一命，我自是萬分感激，但他說得對。我們當以大局爲重，犯不著跟這種人糾纏不清而耽誤了大事。」

方博洋洋得意道：「你們只有兩個選擇：一就是放了我，一就是把我幹掉。」他望望宮崎，又道：「你在星洲的時候，不是派這個日本人去行刺康有爲嗎？你們這些革命黨也好，保皇黨也好，滿口仁義道德，爲國爲民，暗地裡不又是勾心鬥角，爾虞我詐？」

宮崎道：「沒有這回事！只是一場誤會！」

方博的話，我自然不會相信。才不過兩年前，我認識宮崎之初，他正是福邇營救康先生到香港之後，護送康先生到日本的人。[15]

只聽見方博繼續道：「你們要是殺我的話，便得要好好毀屍滅跡，不然若被人發現，犯罪的便是你們了。」

我聞言自是怒不可遏，但福邇卻只是轉向宮崎，用日語說了一句話。宮崎聽了，咧嘴一笑，二話不說便突然衝前，伸手往方博身上便是一抓。

我雖然從沒見過方博出手，但他既然身爲黏竿處數一數二的密探，功夫想必不會太弱。但東瀛擒摔之術聞名天下，宮崎的武藝我亦早領教過，方博一時之間不及招架，馬上被拑制得動彈不得。

宮崎力大如牛，半推半提便把方博押出門口，登上樓梯。孫文、福邇和我緊隨其後，不一會便上到甲板。宮崎把方博押到圍欄旁，迅速變招，把方博舉到自己肩膊上，發力一拋，便將他從船上甲板丟到海裡。

福邇拿起一個掛在圍欄上用來拯溺的救生浮圈，拋進水裡給方博，接著指指陸地的方向，喊道：「苦海無涯，回頭是崖。你好自爲之吧！」

方博其實不用眞的游回岸邊，他有幾個手下已在郵輪旁一艘舢板艇上待著，等候他帶孫文下船。這時手下們看見方博竟被人扔進海中，知道事敗，慌忙櫓艇過去相救；拉了他上舢板之後，急急搖櫓離去。

---

14 外交豁免權（immunité diplomatique）的基本原則，是一國的外交人員不受他國刑事法律管轄，依照當時的國際法主要源自拿破崙戰事後由一八一四至一八一五年維也納會議（Congrès de Vienne）訂立的相關法則。由於總理衙門等同清政府的「外交部」，假如方博擁有總理衙門官職之言屬實，理論上可對別國司法機關要求外交豁免，但會否被接受則具爭議性。適用於現代國際法的外交豁免權，主要由一九六一年《聯合國外交關係公約》所明定。

15 剛在孫文與宮崎寅藏於本故事抵達香港之前，宮崎奉孫之命前往新加坡，聯絡當時身在該地的康有為，希望促成孫康兩人分別代表的革命派和保皇派的合作。期間，康有為收到密報指宮崎是次任務實為暗殺康有為，終令警方介入，拘留宮崎。孫文親自趕往新加坡營救，結果宮崎雖獲釋放，但終身禁止入境，而孫文亦被限五年內不准踏足星洲。至於福邇營救康有為及福華兩人結識宮崎寅藏的故事，請見本書第一篇〈空樓魅影〉。

我們看見敵人如斯狼狽的模樣，無不哈哈大笑起來。

○○○○○●

那天，李鴻章大人的船的確抵達了香港，但他最後還是沒有接見孫文。

這時香港總督卜力已經休假回來，次日，李大人便跟他會晤，但二人到底閉門密談了甚麼，便不爲外人所道了。當晚，港督在官邸設宴招待貴賓，殖民地各高官和不少社會名流均出席。可能因爲福邇和我不久前破案有功，我倆亦獲邀參加。

二十多年前，我在陝甘綠營位居守備之職，曾輔助左公宗棠湘軍平定回亂；如今終於有幸拜見這位跟左大人齊名的一代名臣，也總算一嘗夙願了。而福邇更曾救過李大人一命，這次重逢，更是班荊道故一番。

酒席後，我陪福邇回到他荷李活道寓所，見已是深夜，正要在門口道別，自己回家，他忽道：「華兄，剛才宴會上，李大人邀我隨他回京。如今國難當前，我怎能拒絕？明天一早，我便上船。」

我愕然道：「你不早說？」

他嘆道：「我實在難以啓齒。之前我們一別四年，重逢亦已有兩載；這次再度分袂，不知道又要何日方可再見了。」

我想也不用想，馬上答道：「你說甚麼『再度分袂』？當然是我陪你一起去！」

他道：「怎可以呢？此行吉凶難料，你還有家室……」

我打斷他道：「我正是因爲已有家室，才要跟你同行。幾個孩子雖然在英國人的殖民地出生長大，但我時常教誨他們勿忘祖國，要像福叔叔那樣師夷長技以興華，他日盡一己所能，造福同胞。正如你所說，國難當前，匹夫有責；我若讓你一個人去冒險，自己卻安安樂樂躲在香港，那麼我這個做父親的算是個甚麼榜樣了？」

福邇見我態度堅決，便不再爭辯，只是點了點頭。他雖沒說甚麼，但眼中流露的感激之情，已勝千言萬語。

我忍不住笑笑又道：「再說，孩子們自小便聽我說福叔叔和爸爸的故事，好不容易才等到你回來跟他們見面。你這次北上，我若不與你同行，萬一又再讓你走丟的話，你叫我怎向孩子們交待？」

YLM 41

香江神探福邇，字摩斯3：捲土重來

作者——莫理斯

主　編　蔡昀臻
封面設計　兒日
美術編輯　丘銳致
行銷企劃　沈嘉悅
總編輯　黃靜宜

發行人　王榮文
出版發行　遠流出版事業股份有限公司
地　址　104005 台北市中山北路一段 11 號 13 樓
電　話　（02）2571-0297
傳　真　（02）2571-0197
郵政劃撥　0189456-1
著作權顧問　蕭雄淋律師
輸出印刷　中原造像股份有限公司
2024 年 2 月 1 日　初版一刷
定價 380 元

Printed in Taiwan
ISBN 978-626-361-450-5
遠流博識網 http://www.ylib.com　E-mail: ylib@ylib.com

國家圖書館出版品預行編目 (CIP) 資料

香江神探福邇，字摩斯 . 3 : 捲土重來 / 莫理斯著 .
-- 初版 .-- 臺北市 : 遠流出版事業股份有限公司 , 2024.02
面；　公分
ISBN 978-626-361-450-5 (平裝)

857.7　　112022412